LES
ROBINSONS FRANÇAIS

ou

LA NOUVELLE-CALÉDONIE

PAR J. MORLENT

CONSERVATEUR DE LA BIBLIOTHÈQUE PUBLIQUE DU HAVRE

TOURS

ALFRED MAME ET FILS

ÉDITEURS

BIBLIOTHÈQUE DE LA JEUNESSE CHRÉTIENNE

FORMAT IN-8° — 2ᵉ SÉRIE

ACTES DES MARTYRS D'ORIENT (les), par M. l'abbé Lagrange.

AFRIQUE INCONNUE (l'), par M. Gilbert, professeur à l'université de Louvain.

ALDA, l'ESCLAVE BRETONNE, traduit de l'anglais par Mme L. de Montauclos.

AMIE DES JEUNES PERSONNES (l'), par Mlle Anaïs Marlin.

AMIS DES OUVRIERS (les), par l'auteur de la Vie du B. Pierre Fourrier.

ASSETTE, ou l'influence de la piété filiale, par Mme Marie de Bray.

APÔTRES DE CHARITÉ (les), par A. M.

ARABELLA, ou Trente ans de l'histoire d'Angleterre, par Henri Guenot.

AUSTRALIE (l'), par ***.

BONHEUR DANS LE DEVOIR (le), par Mme L. B. veuve d'Aureley.

BOURDALOUE, esquisse biographique et morceaux choisis, par A. Laurent.

CANADA (le), par le comte de Lambel.

CHRISTIANISME EN ACTION (le), choix de nouvelles, par Eugène de Margerie.

CHANOINES DU MONT SAINT-BERNARD, par M. Le Gallais.

CHRONIQUES ET LÉGENDES NÉERLANDAISES, par le Vicomte de Lastic-Saint-Jal.

CLÉMENCE DE LUSTILLE, par Mme de Montauclos, auteur de Camille, etc.

COMTESSE DE GLOSWOOD (la), par Mlle Leclerc.

CONQUÊTES EN ASIE par les Mogols et les Tartares, par M. de Chatannes.

DERNIER DES STUARTS (le), par J.-J.-E. Roy.

DEUX BEAUX-FRÈRES (les), ou Faute et dévouement, par Mme Marie de Bray.

DEUX FAMILLES (les), par Mme la comtesse de Bassanville.

ÉCOLE DE LA PIÉTÉ FILIALE (l'), par A. Vallée.

ÉLISA SCHUELER, ou la Juive convertie, par Stéphanie Ory.

ÉMILE ARTHENAL, par C. Guenot.

ENFANTS BRAVES (les), par M. Charles Jobey.

ÉTATS-UNIS D'AMÉRIQUE (histoire des), par Théophile Ménard.

FEU DU CIEL (le), histoire de l'Électricité, par Arthur Mangin.

FRANÇAIS EN ÉGYPTE (les), par J.-J.-E. Roy.

FRANÇAIS EN ESPAGNE (les), par J.-J.-E. Roy.

FRANÇAIS EN RUSSIE (les), par J.-J.-E. Roy.

GUILLAUME LE CONQUÉRANT, par M. Tédière.

HISTOIRE ABRÉGÉE DES MISSIONS CATHOLIQUES dans les diverses parties du monde, par J.-J.-E. Roy.

HISTOIRE DE LA SAVOIE ET DU PIÉMONT, par M. Le Gallais.

HISTOIRE DU SIÈGE ET DE LA PRISE DE SÉBASTOPOL, par J.-J.-E. Roy.

IMPRESSIONS D'UN PÈLERIN DE TERRE-SAINTE, par M. l'abbé Becq.

JE (Racine (hist. de), par J.-J.-E. Roy.

JEUNES CONVERTIES (les), ou Mémoires des trois sœurs Barlow, traduit de l'anglais.

JUANA, par Stéphanie Ory.

LÉGENDES BOURGUIGNONNES.

LOUISE MÉRAT, ou l'Apôtre de la famille, par A. Destes.

LIGER, épisode de l'histoire de Syracuse, par René du Mesnil de Maricourt.

MARCUS FLAVIUS, ou les Chrétiens sous Néron, par C. Guenot.

MARIE-ANTOINETTE (histoire de), reine de France, par J.-J.-E. Roy.

MARIE DE BOURGOGNE, par Mlle A. Gerbier.

MARIE ET MARGUERITE, par F. Villars.

MARIE-THÉRÈSE D'AUTRICHE (histoire de), par J.-J.-E. Roy.

MASSILLON, esquisse biographique, suivie de morceaux choisis, par A. Laurent.

MÉMOIRES D'UN CENTENAIRE, par Alexandre de Saillet.

MERVEILLES DE L'INDUSTRIE, par Arthur Mangin.

Mlles DE CLAIRVAL, nouvelle, par J. Sauzay.

MES VOYAGES AVEC LE DOCTEUR PHILIPS DANS LES RÉPUBLIQUES DE LA PLATA, par Armand de B***.

MON ONCLE ANDRÉ, ou Vanité des richesses, par Théophile Ménard.

MORALE PRATIQUE, par M. G. de Gérande.

MORE DE GRENADE (le), par Henri Guenot.

PLANTEUR DE JAVA (le), par Henri Guenot.

RÉCITS D'UN ALSACIEN, par Charles Dubois.

RÉFLEXIONS MORALES ET HISTORIQUES.

REINE-MARGUERITE, ou une Famille chrétienne, par Mlle A. Destes.

RÉVOLUTION DE 1688 EN ANGLETERRE (histoire de la), par Théophile Ménard.

ROBINSONS FRANÇAIS (les), ou la Nouvelle-Calédonie, par J. Morlent.

ROME SOUS NÉRON, études historiques.

SOIRÉES ALGÉRIENNES, par M. l'abbé Léon Godard.

SOIRÉES EN FAMILLE, par A. M.

SOLANGE DE CHATEAUBRUN, par Théophile Ménard.

SOUVENIRS ET EXEMPLES, par Mgr Chalandon, archevêque d'Aix.

STÉPHANIE VALDOR, par Mme la Cesse de la Rochère.

TANCRÈDE, prince de Tibériade, par C. Guenot.

TERSINA, ou l'Exilé du désert. Récit historique et légendaire, par M. l'abbé E. B***.

THÉODORE ET LOUIS, ou le Remplaçant et le Remplacé, par Théophile Ménard.

TROIS MÈRES (les), ou Faiblesse, ambition et sagesse, par Mme Aricie Sauquet.

VRAI PATRIOTISME (le), par le P. Chateau.

Tours. — Impr. Mame.

BIBLIOTHÈQUE

DE LA

JEUNESSE CHRÉTIENNE

APPROUVÉE

PAR Mgr L'ARCHEVÊQUE DE TOURS

—

2ᵉ SÉRIE IN-8ᵒ

Je jetai un regard sur le prétendu diable, et j'avoue qu'à première
vue je me sentis peu rassuré.

LES
ROBINSONS FRANÇAIS

OU

LA NOUVELLE-CALÉDONIE

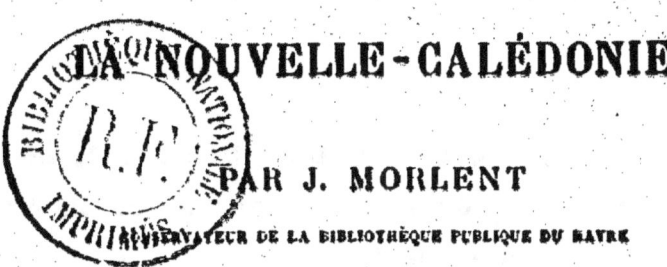

PAR J. MORLENT

CONSERVATEUR DE LA BIBLIOTHÈQUE PUBLIQUE DU HAVRE

—

NOUVELLE ÉDITION

TOURS

ALFRED MAME ET FILS, ÉDITEURS

—

M DCCC LXXVIII

La Nouvelle-Calédonie est une grande île des mers du Sud dont le gouvernement français a pris possession récemment.

Elle n'est connue encore que très-imparfaitement. La description que nous en avons faite dans cet ouvrage est le résultat d'obligeantes communications, orales ou écrites, dont nous sommes particulièrement redevable à M. le capitaine Vaultier, petit-fils du contre-amiral Vaultier, une de nos illustrations maritimes du siècle dernier.

M. le capitaine Vaultier a séjourné à plusieurs reprises dans la Nouvelle-Calédonie; il a eu de fréquents rapports avec ces pieux missionnaires français qui les premiers ont planté l'étendard de la croix sur cette terre, arrosée de leur sang et souillée par l'anthropophagie. Leur courageux et infatigable dévouement en a facilité la conquête à la France.

Bientôt cette île, qui renferme d'immenses richesses végétales et minérales, sera le but de nombreuses émigrations françaises; c'est pourquoi nous nous sommes attaché à ne jamais franchir les limites de la vérité dans la description de ce curieux pays. Tout ce qui tient à ses productions naturelles, aux mœurs, aux usages, aux préjugés de ses habitants, est digne de la plus grande confiance, nous oserons ajouter, digne aussi d'exciter à un haut degré l'intérêt de nos lecteurs.

J. MORLENT.

LES
ROBINSONS FRANÇAIS

———◦◦◦———

CHAPITRE I

Ma vocation. — Départ du Havre pour Liverpool. — *L'Anna* et le capitaine Burns. — La chapelle catholique. — La mer. — La vie de bord.
— Le fils du charpentier. — Souvenirs du pays. — Baptême maritime
de Tony. — Le père Besson. — Mon mousse. — Morale paternelle.

J'avais seize ans et demi lorsque mon père, honorable
négociant du Havre, me fit quitter mes études classiques et
sortir du collége de cette ville pour rentrer dans la maison
paternelle. Il voulait que je fusse près de lui pour le consoler
un peu de la perte de ma mère bien-aimée, ravie en quelques
heures à notre tendresse par une maladie foudroyante.

Un an s'était écoulé depuis ce cruel événement, et rien
encore n'avait pu adoucir le chagrin de mon malheureux
père. Vainement avait-il cherché une diversion à sa douleur
en étendant le cercle de ses affaires : c'était pour lui une
fatigue de plus, mais non un allégement à ses peines. Il avait
demandé à la religion la résignation qui lui faisait défaut ;
mais si profonde était sa blessure, qu'elle était lente à se
cicatriser.

Enfin, quoiqu'il lui en coûtât beaucoup de me ravir à mes
travaux scolaires au moment où ils pouvaient m'être le plus

profitables, il s'y détermina après quelque hésitation, et j'obéis sans me plaindre.

Il me proposa d'abord de m'attacher à son commerce; mais j'avais peu de goût pour les spéculations de cette nature, et le positivisme de cette vie de négoce n'avait pour moi rien d'attrayant. Mes idées prenaient déjà un autre cours, et j'inclinais vers les lointains voyages.

Je confiai mes idées à mon père.

« Eh bien! au fait, dit-il, tu as raison; l'émotion des affaires ne remplit jamais le vide du cœur, je l'ai éprouvé. Nous voyagerons, nous courrons le monde, les deux mondes, vois-tu, et nous ne nous quitterons pas.

— Je vous accompagnerai où il vous plaira de me conduire.

— Et quelles contrées du globe veux-tu visiter?

— Les plus éloignées, mon père.

— Cela entre aussi parfaitement dans mes projets. Ta bonne mère, Édouard, qui était Irlandaise, m'a souvent parlé d'un de ses frères qu'elle aimait beaucoup, et qui remplit à Sydney, dans la Nouvelle-Hollande, des fonctions élevées. C'est donc honorer sa mémoire que d'aller serrer la main de ton oncle maternel; il nous en saura gré. Traverser six mille lieues de mer! Mais l'Australie est un pays à voir; c'est encore la moins fréquentée et la moins connue de toutes les régions de la terre, et Dieu sait si, chemin faisant, et le chemin est long, je ne trouverai pas quelques bonnes affaires.

— Je pensais, mon père, que vous renonceriez en même temps au négoce?

— Tu dis vrai. Je ferai seulement le métier en amateur. Il faut bien s'entretenir la main; on ne sait pas ce qui peut arriver; au temps où nous vivons, un revers de fortune ne tarde pas à vous faire perdre le fruit de vingt années de travail et d'heureuses opérations, laborieusement et consciencieusement conduites.

— Vous ferez là-dessus, mon père, tout ce que vous jugerez convenable; seulement, je dois vous le dire encore, j'ai peu de sympathie pour le commerce.

— Tu me laisseras faire, c'est tout ce que je te demande. »

Peut-être mon père avait-il raison en me parlant ainsi; mais, je le répète, je ne me croyais pas né pour faire un négociant; non que je dédaignasse cette profession, je l'ai toujours honorée, dans la personne surtout de l'auteur de mes jours. Je me croyais appelé à un autre genre de vie, et mon imagination avait trop d'activité et d'universalité pour se restreindre dans le cercle étroit des affaires de ce genre.

Mon père écrivit à Liverpool pour se mettre en quête d'un navire. Un de ses correspondants lui recommanda l'*Anna*, beau et solide trois-mâts qui, sous la conduite du capitaine Burns, avait fait plus de dix voyages dans les mers du Sud et surtout dans les régions australiennes. Aussitôt nous quittâmes le Havre, et nous nous rendîmes à Liverpool.

Il ne fut pas difficile de s'entendre avec les armateurs de l'*Anna*, attendu que mon père traita sans conteste pour notre passage, et qu'il accéda à toutes les conditions qui lui furent soumises. Nous eûmes avec le capitaine Burns, qui parlait assez correctement le français, deux entrevues qui nous donnèrent de son intelligence et de ses capacités une opinion très-favorable. Un capitaine de navire est souverain maître à son bord, et c'est beaucoup déjà pour les passagers que le souverain maître leur convienne.

A ce point de vue nous ne pouvions que nous féliciter de cette heureuse rencontre. Anna était le nom de ma mère, et cette coïncidence nous sembla de bon augure.

Il ne nous restait que cinq jours pour les préparatifs de notre départ. Je les employai à quelques achats de livres pour la traversée, dont la durée était presque indéfinie; car le capitaine nous avait dit que c'était à Valparaiso seulement qu'il serait fixé sur l'itinéraire qu'il aurait à suivre dans l'Océanie.

Mon père s'assura des lettres de crédit sur diverses places, et déposa à la banque d'Angleterre les restes de sa fortune. Toutes les affaires d'intérêt aussi bien réglées que le permettait la prudence humaine, nous nous trouvâmes en mesure de monter à bord de l'*Anna*, aussitôt que l'ordre nous en fut donné. Avant de mettre le pied sur le navire, mon père me dit : « Édouard, il y a près d'ici une chapelle catholique; si nous y entrions pour invoquer la protection d'en haut, et prier Dieu, maître de nos destinées, maître, avant le capi-

1*

taine, du bâtiment qui va nous transporter à travers un Océan semé d'écueils et de périls, si nous priions Dieu de bénir notre entreprise ?

— Mon père, jamais proposition ne me fut plus agréable; entrons, je prierai pour vous, pour ma mère et pour moi. » Un bon prêtre était agenouillé sur les marches de l'autel; il entendit nos vœux et récita avec nous une pieuse et sainte oraison.

Nous montâmes ensuite à bord de *l'Anna*. Le capitaine, qui nous y attendait, nous souhaita la bienvenue; il nous installa le plus commodément qu'il fut possible, et se mit de fort bonne grâce à notre disposition pour tout ce qui pouvait nous être agréable : tels étaient, nous disait-il, les ordres qu'il avait reçus de ses armateurs.

« Sommes-nous beaucoup de passagers? lui demanda mon père.

— Vous êtes les seuls, répondit le capitaine; si l'époque de mon départ n'eût pas été avancée de quelques jours par des considérations que j'ignore, nous aurions eu jusqu'à Valparaiso une famille espagnole qui devait se rendre au Chili. Je regrette pour vous son absence, cela vous eût fait compagnie; les jours sont longs, ou du moins ils semblent tels durant les voyages de mer; je dis longs pour les passagers; car nous autres marins, toujours préoccupés et menant à bord une vie active, une traversée de quelques mois ne nous effraie pas; en mer la distraction, à terre l'ennui quelquefois.

— J'ai cru, capitaine, entendre parler français à bord.

— Vous avez raison; il nous est venu de France un ouvrier charpentier qui nous a demandé passage pour lui et pour son fils en offrant ses services. Nos armateurs ont accepté, et je transporterai à Sydney, où ils veulent se rendre, le père et l'enfant, si Dieu nous fait, comme je l'espère, la grâce de nous conduire à bon port. »

Je fus heureux d'apprendre que nous allions naviguer avec des Français. Quoique la langue anglaise ne nous fût pas étrangère, l'oreille est toujours flattée d'entendre le langage dans lequel on a appris à penser, à aimer; un voyage en mer est une espèce de captivité, captivité d'autant plus dure qu'elle n'est pas adoucie par la présence et la conversation d'un ou de plusieurs compatriotes.

Le 3 mai, *l'Anna* sortit par un vent favorable des bassins de Liverpool et mit à la voile. A peine eûmes-nous gagné le large et perdu de vue les rivages britanniques, que je ne sais quel sentiment de tristesse s'empara de moi; plongé également dans de pénibles réflexions, mon père restait silencieux. Ce n'est pas sans déplaisir que lui et moi nous quittions la France. Cependant j'avais peu sujet de regretter le Havre: longtemps avant la mort de ma mère j'avais été privé des douces et saintes joies de la vie de famille; mon enfance et les premières années de ma jeunesse s'étaient passées sur les bancs du collége.

Pendant l'existence de ma mère, nous habitions tout le temps des vacances une charmante villa sur la côte d'Ingouville, dans une position ravissante; si j'ajoute à cela deux voyages à Rouen par la Seine, une promenade de huit jours dans Paris, j'aurai fait le compte exact de toutes les distractions qui m'ont été permises dans le cours de mes études classiques.

Il y avait à bord un charpentier nommé Besson, et son fils Antoine, dont l'équipage anglais avait fait Tony, appellation qui plaisait beaucoup plus que la première à ce jeune garçon, âgé d'environ seize ans; ces braves gens étaient du Havre, mais ils avaient passé à Étretat bon nombre d'années. Tony n'avait reçu aucune espèce d'éducation; il maniait avec assez d'habileté les outils de son père; là se bornait son savoir-faire. Du reste, il était vantard, bâbleur au dernier point; mais il ne manquait pas d'esprit naturel, un peu gâté par la dissimulation et cette espèce de finesse qui distingue encore aujourd'hui les Normands de certaine classe.

Je causais quelquefois avec Tony lorsque je le rencontrais sur le pont; nous parlions du pays que nous quittions, et à ce sujet il me racontait sur le village d'Étretat des histoires maritimes qu'il avait recueillies de la bouche des pêcheurs de ce port, histoires mêlées de récits d'une incroyable naïveté, et souvent aussi diaprées des plus étranges superstitions.

Ces causeries se terminaient toujours de mon côté par une invitation à M. Tony d'accepter dans notre chambre quelques rafraîchissements, invitation toujours aussi acceptée avec empressement. La nourriture de l'équipage de l'*Anna* était suffisante sans doute, mais elle n'était ni recherchée ni délicate; aussi les petits suppléments offerts à mon jeune compagnon de voyage entraient-ils pour quelque chose dans cette question que Tony ne manquait jamais d'adresser aux matelots en sortant de sa cabine : « M. Édouard est-il sur le pont? »

Il semblait donc s'être attaché à moi, d'abord parce que j'étais son pourvoyeur de friandises : les biscuits au sucre, les conserves, les jambons, les vins, les liqueurs, il savourait tout avec un appétit charmant; mon père prenait plaisir à voir comment il s'acquittait de cet exercice, et je crois qu'il fourrait dans les poches du gaillard ce qui n'avait pu trouver place dans son estomac.

Tony n'avait rien à faire à bord; aussi ne tarda-t-il pas à s'adonner à moi : si bien qu'on ne l'appelait plus que le mousse de M. Édouard, quoique jamais je n'eusse réclamé de lui que des actes d'obligeance tout à fait en dehors de la servilité.

La jovialité de son caractère l'entraînait un peu loin quelquefois, et le conduisait à la médisance. Je voulus le corriger de ce défaut. Je tentai plus encore : ce fut de l'amener peu à peu à des entretiens instructifs; mais j'échouai complétement des deux côtés; Tony ne me prêtait qu'une attention distraite; dès que j'ouvrais un livre, la peur le prenait, et toujours il trouvait un prétexte pour s'échapper. « Mon père a peut-être besoin de moi, disait-il, je vais revenir; » et je ne le revoyais plus. La conversation des matelots, qu'il ne comprenait guère cependant, était beaucoup mieux dans ses goûts, et beaucoup plus aussi à la portée de son intelligence.

Tony, c'est le nom que je continuerai à lui donner, avait eu, ainsi que moi, le malheur, étant fort jeune encore, de perdre sa mère, cette triste conformité de situation avait contribué à m'inspirer pour lui quelque sympathie; mais son ignorance sur toutes choses, ses idées fausses que j'essayais en vain de redresser, ses préjugés que je voulais détruire, son irréligion que je tentais de combattre, me le rendaient souvent peu aimable.

Mon père s'amusait pourtant assez volontiers des naïvetés de M. Tony, il lui faisait, en cachette, comme je l'ai dit, ses petites libéralités ; aussi nous disait-il que jamais il n'avait été aussi heureux que depuis qu'il était à bord. Un jour, le père Besson, qui entendit le propos, lui dit : « Sais-tu bien, Antoine, pourquoi tu te trouves si heureux ici ? Je vais te l'apprendre, moi : c'est, primo, parce que tu es un fainéant, et qu'ici tu n'as rien à faire ; et puis tu es un gourmand, et à bord tu as toujours la bouche et le ventre pleins. Mais jouis de ton bon temps, mon garçon, pendant que tu le tiens ; quand nous serons là-bas, là-bas, tu sais bien, il faudra virer de bord et jouer des bras ; sinon je jouerai des miens, et tu sais bien sur qui ça tombera, ces deux bras-là, qui n'y vont pas mal quand ils sont en train. Tu n'auras pas à Sydney deux messieurs à t'empâter du matin au soir.

— Eh bien ! donc, je travaillerai, fit mutinement Tony.

— C'est que ta vie est au bout, vois-tu, » ajouta le père Besson.

Cet homme, aux allures un peu brutales, avait tous les préjugés de son fils ; de plus, un penchant prononcé pour les liqueurs alcooliques ; mais s'il s'ennuyait, lui, c'était de son oisiveté forcée. Il eût désiré, comme il le disait souvent, que notre navire essuyât une *bonne* tempête et de notables avaries dans sa coque ou dans sa mâture, pour le seul plaisir de s'occuper et de montrer son savoir-faire. Heureusement il n'en fut pas ainsi, et nous arrivâmes à Valparaiso sans que le moindre accident eût signalé notre assez courte traversée.

Nous comptions faire quelque séjour dans ce grand centre du commerce chilien ; mais dès le lendemain de notre arrivée, le capitaine Burns vint nous prévenir qu'il recevait l'ordre de partir immédiatement pour Sydney, et de ne faire qu'une courte relâche sur deux points qu'il nous désigna. Le soir même l'*Anna* reprenait sa course.

CHAPITRE II

Départ pour Sydney. — Itinéraire. — L'Océanie. — Les archipels. — Les maçons imperceptibles. — Un continent qui se crée avec des ouvriers lilliputiens. — Les mers de corail. — Merveilleux travail. — La grande barrière. — Noukaïva. — Déception. — Les îles maigres. — Les îles grasses. — Naissance des îles et de la végétation. — Les Samoa. — Opoulou. — Nouvelle déception.

Nous gagnâmes le tropique pour profiter des vents alizés, et bientôt nous entrâmes dans les mers madréporiques.

« L'Océanie, » nous dit le capitaine Burns, qui ne manquait jamais de nous signaler ce qui se trouvait de remarquable sur la route humide que nous parcourions, « l'Océanie a plus d'îles et de volcans que toutes les autres parties du monde.

« Dans cette pléiade d'îles, on en trouve d'ancienne et de nouvelle création ; il en est auxquelles on ne saurait assigner une date, d'autres dont la formation est toute récente, d'autres encore d'un âge intermédiaire, enfin l'on en rencontre un assez grand nombre qui *se font* en ce moment même.

« On penserait volontiers que créer une île dans l'Océanie est une œuvre de géant. Il n'en est rien ; c'est le travail des lithophites, animaux, pour ainsi dire, microscopiques, qui échappent à la vue. C'est là, je vous assure, un merveilleux travail, et qui prouve la puissance infinie du Créateur suprême de notre univers.

« Dans ses innombrables îles basses, cette vaste partie du monde offre d'étonnantes constructions dues à l'action continue de ces vermisseaux, auxquels on daigne à peine assigner une des dernières places dans le règne animal. Ces ouvriers d'espèce particulière forment *sous nos yeux* des milliers d'îles, et des millions d'hectares de terre qui interrompent la vaste surface du grand Océan ; et qui sait si, à une époque qu'il n'est pas donné aux prévisions humaines de fixer, ils ne feront pas de la réunion de ces îles et îlots un continent solide, conquête à laquelle la mer ne saurait s'opposer ?

— Ce doit être, m'écriai-je, un travail bien intéressant à observer, mais dont très-probablement il est difficile de se rendre un compte exact.

— Oh ! non, répliqua M. Burns. Quelque impénétrable que soit souvent la nature dans ses secrets, il en est, et celui-ci est du nombre, qu'elle laisse échapper, et dont la persévérante perspicacité de l'homme ne manque pas de s'emparer pour en augmenter la somme de ses connaissances. Je ne suis pas assez savant pour vous donner tout à fait la clef de cet arcane ; mais je puis du moins vous dire l'opinion la plus reçue généralement sur ces étonnantes formations.

« Lorsqu'on examine sous les eaux les tubes calcaires et l'immense variété des embranchements qui résultent de ce travail incessant, on rencontre parfois dans les couches supérieures un état de moiteur qui n'existe pas dans les couches inférieures, et qui cesse de se montrer dans les bancs de corail pétrifié qu'on aperçoit au-dessus des eaux. La conséquence naturelle de cette observation, vous la comprenez sans doute, c'est que ces lithophytes ou fabricants de pierre travaillent toute leur vie, et que ce n'est qu'après leur mort que leur étui se durcit et se consolide. Ils n'établissent jamais leur demeure à une grande profondeur, où ils ne pourraient résister à la trop forte pression et où ils seraient privés de l'action bienfaisante de la lumière ; mais ils commencent leurs étonnants travaux à quelques brasses seulement au-dessous du niveau de l'Océan, en s'établissant non pas sur un fond sableux, mais sur les hauts-fonds qui montent jusqu'à une petite distance de sa superficie ; c'est ainsi qu'en élevant peu à peu leur demeure ils changent en île des bas-fonds, et qu'ils parviennent à construire autour des terres ces récifs qui menacent à chaque pas du naufrage le plus habile navigateur.

— Capitaine, lui dis-je, je comprends parfaitement, d'après la précision et la clarté de vos explications, et l'ouvrier et son œuvre : ce sont des maçons qui bâtissent, bâtissent toujours, et bâtiront probablement, selon les expressions de la Bible, jusqu'à la consommation des siècles. Mais où ces vermisseaux prennent-ils les éléments, les matériaux de leurs gigantesques constructions?

— Monsieur Édouard, je me suis fait souvent à moi-même cette question, et je n'ai jamais pu la résoudre; il est vrai que je ne suis pas un savant; je vois l'œuvre et j'admire; plus souvent encore je m'effraie, et vous allez comprendre le juste sujet de mes vives appréhensions. Sur la côte boréale de l'Australie (Nouvelle-Hollande), au milieu du détroit de Torrès, comme au milieu des petits espaces de mer qui la bordent de toutes parts, gisent ces innombrables écueils de madrépores qui s'élèvent des bancs sous-marins pour former ces murailles à fleur d'eau, et ces récifs entourent comme d'une ceinture toute la partie orientale de ce continent jusqu'au tropique. Jetez les yeux sur cette carte, et vous vous rendrez compte du travail fait jusqu'à ce moment; avant dix ans, elle ne sera plus exacte, et deviendra insuffisante pour guider le navigateur; car dans ce laps de temps la ceinture se sera élargie encore, puisque les polypes n'interrompent jamais leur immense travail.

« Groupés de mille manières, pressés, agglomérés ou en zigzag, ils dessinent sur cette côte un mur que les marins ont nommé les *Récifs de la grande barrière;* d'étroits canaux serpentent dans ce labyrinthe inextricable d'une mer semée d'écueils, sur lesquels Flinders et bien d'autres navigateurs moins célèbres vinrent briser leurs navires.

« Du reste, Messieurs, ajouta M. Burns, puisque vous avez bien voulu patiemment écouter *ma* théorie des lithophytes, à mesure que nous pénètrerons dans cette Polynésie où nous entrons, je vous ferai remarquer combien elle s'applique aux îles entre lesquelles nous naviguons; peut-être trouverez-vous là une distraction aux ennuis inévitables de la traversée. »

Rien ne pouvait nous être plus agréable que la proposition de M. Burns, à qui les vents alizés, continuellement bons et

persistants, laissaient assez de loisir à bord. Il était secondé
d'ailleurs par des officiers qui ne manquaient ni de science
maritime ni de zèle; nous étions donc parfaitement rassurés
sur son expérience, et le travail accompli de ces formidables
vermisseaux nous inspirait peu d'inquiétude et ne troublait
pas notre sommeil.

Le capitaine Burns possédait à un haut degré cette qualité
si appréciable pour des passagers novices et curieux; il répondait toujours aux questions qui lui étaient adressées, et,
quelques puériles ou vétilleuses qu'elles fussent souvent, jamais il n'en témoignait de fatigue ou d'impatience; on pouvait dire de lui qu'il savait son Océanie par cœur et sur le
bout des doigts.

Après trente-huit jours de navigation, nous arrivâmes devant Noukaïva. On ne s'y arrêta point, à mon grand déplaisir; mais l'itinéraire du capitaine était déterminé. Dans cette
partie du voyage, nous pûmes du moins vérifier l'exactitude
des observations du capitaine Burns, et prendre, chemin
faisant, un aperçu de cette étrange et vaste région, si bien
décrite par un explorateur américain. Dans ces myriades
d'îles, les unes, cachées au niveau ou à peine élevées de quelques pieds au-dessus de la surface de la mer, ne se composent
que de corail, de coquilles et de sables, où semblent d'abord
ne croître qu'à regret quelques rares végétaux; les autres,
s'élevant majestueusement sur les flots, et couvertes d'arbres
et de verdure depuis leurs rivages jusqu'au sommet des plus
hautes montagnes, se parent, au contraire, de tout ce que la
nature possède de richesses et de charmes. Aussi, tandis que
les premières offrent à peine le plus strict nécessaire à un
grand nombre d'êtres de notre espèce qui y végètent dans
l'ignorance et dans la misère, les secondes, dans le luxe de
leur fertilité, prodiguent sans travail et sans peine à leurs
heureux habitants une nourriture abondante, les fruits les
plus exquis, et deviennent presque toutes pour eux une
source de jouissance presque inépuisable.

Que les premières de ces îles aient surgi du fond de la mer
et se forment de bancs de corail et de coquilles, c'est un fait
incontestable. Pour reconnaître à chaque pas cette formation
graduelle, il suffit de parcourir l'archipel Dangereux. Là,

c'est un rocher, encore enfoncé sous l'eau de plusieurs pieds, mais dessinant déjà la forme de l'île: les parties extérieures, s'élevant les premières, laissent un lac au milieu; puis peu à peu le lac se comble ou se dessèche, et la végétation commence à y apparaître. Avec le temps le terrain se consolide et devient propre à la culture. La première plante qu'on y rencontre est le *farà*, qui, poussant au milieu des sables et des pierres, revêt, le premier aussi, ces tristes lieux de sa belle verdure et embaume l'air de ses parfums. Cet arbre croît et se multiplie rapidement, sans qu'on puisse concevoir de quoi il se nourrit, au milieu de ces débris de corail et de ces sables arides; mais une fois qu'il a couvert une île, et que son épais feuillage et ses fruits tombés, détériorés par les eaux pluviales, se sont mêlés aux sables et aux coraux dissous, tout change promptement d'aspect: la terre, devenue plus féconde, nourrit alors une foule d'autres végétaux qui s'y multiplient rapidement, ainsi que le cocotier, qu'on trouve presque partout où il y a des habitants.

Les autres îles de cet océan sont presque toutes très-élevées. Plusieurs même sont à pic, et n'ont que peu ou point de terres basses, comme les Marquises, les Navigateurs. D'autres ont des plaines spacieuses, comme les îles de la Société, les îles des Amis, et les îles Fidgi.

Toutes ne paraissent être que le sommet de grandes montagnes, et souvent, lorsqu'on passe à une faible distance de ces îles, on est pris d'étonnement et d'admiration à l'aspect gigantesquement fantastique des figures qu'offrent les découpures des roches colossales qui les entourent ou les dominent. Tantôt vous apparaissent les tours et les clochers d'immenses cathédrales, tantôt des groupes d'animaux, souvent des statues de personnages bibliques et des images vénérées: le tout se dessinant au milieu de la plus luxuriante végétation.

Par ces récits et d'autres encore, d'un intérêt au moins aussi grand, le capitaine Burns savait tromper les longueurs de la navigation, et nous donner le plus vif désir de visiter quelque jour les îles principales de ces archipels, innombrables oasis semées par une main créatrice et toute-puissante au milieu de ces vastes mers d'azur.

« Nous allons relâcher à l'île Opoulou, une des Samoa, » nous dit le capitaine.

Ce fut pour mon père et pour moi une bonne nouvelle, car jusqu'alors nous avions éprouvé souvent le supplice de Tantale; notre navire avait *rasé* des îles charmantes sans pouvoir y aborder; nous distinguions sur les rivages les populations joyeuses se livrant au plaisir, à la danse, à l'exercice de leurs jeux, de leurs armes, et nous ne pouvions leur tendre une main amie; les fruits étaient appendus aux arbres et semblaient nous inviter à les cueillir...: fruits défendus! Enfin nos pieds devaient bientôt toucher cette terre polynésienne si ardemment convoitée.

A onze heures, la grande embarcation du navire fut mise à la mer. Elle nous reçut au nombre de six personnes: le capitaine d'abord, un de ses officiers, un cuisinier, mon père, Tony et moi.

En quelques minutes nous arrivâmes au petit port de l'île; mais, hélas! à peine eûmes-nous débarqué que le capitaine vint nous dire: « J'ai le regret de vous annoncer, Messieurs, qu'un ordre que nous remet notre correspondant m'oblige à reprendre immédiatement la mer. »

Et nous remontâmes tristement à bord de *l'Anna*.

CHAPITRE III

Futuna. — Un festin comme on en voit peu. — Singavi. — Petelo le baleinier couronné. — Ses voyages. — Sa conversion. — *L'Arche d'alliance.* — Drapeau donné à Sam par le roi des Français. — Lettre de Louis-Philippe. — Fête générale. — Banquet d'amis. — Cantiques. — Bénédiction épiscopale. — Le martyre. — Le repentir. — Le pardon. — Départ. — Les Français de la Polynésie. — La tempête. — Le naufrage.

Trois jours après notre départ d'Opoulou nous abordions à l'île Futuna, et nous entrions dans l'anse Singavi. Le capi-

taine nous dit que cette île était naguère encore réputée pour
la férocité de ses habitants ; un des chefs de Futuna fit servir
un jour à ses convives quatorze cadavres rôtis d'ennemis qu'il
avait tués dans une île voisine. Le christianisme est venu
adoucir et même changer entièrement les mœurs et les habitudes de ces peuples anthropophages. Il y a peu d'années les
missionnaires catholiques, à qui revient l'honneur de ces
conversions, furent témoins du massacre d'un de leurs pieux
coopérateurs, le père Chanel, qui, ayant baptisé les fils du roi
de l'île, après les avoir instruits des vérités du christianisme,
fut assommé à coups de massue.

Aujourd'hui tout est bien changé ; ces populations sont
d'une douceur étonnante, et, malgré le désir qu'ils ne cachent
pas de posséder ce qu'apportent les navires, jamais les Futuniens ne se permettent le moindre vol ; ils n'osent pas même
demander ce qui excite leur convoitise.

Nous ne visitâmes que le village de Singavi, où notre navire s'approvisionna de vivres frais, de cocos, de fruits, de
légumes ; mais je dus à notre capitaine, qui plusieurs fois
avait abordé dans l'île, quelques détails intéressants, qu'il
tenait lui-même de M. le capitaine français Vaultier, ayant
navigué dans ces mers avec l'*Arche d'alliance*, et commandé le
brick l'*Anonyme*.

Le roi actuel de Futuna porta d'abord le nom de *Sam*. Il
le changea, en recevant le baptême catholique, contre celui
de *Petelo* ou Pierre ; les habitants de l'île ayant peine à prononcer les *r*, le nom de Petelo est resté à S. M. Futunienne.
Sam était fils du grand chef de la partie S. de l'île. Tout
jeune encore, il fut pris de la passion des voyages, et s'em-
barqua sur un baleinier américain qui était venu relâcher à
Futuna. Doué d'un excellent caractère et d'une intelligence
supérieure à celle de ses compatriotes, Sam ne tarda pas à se
faire remarquer et aimer du capitaine ; mais à la mort de son
père il dut rester dans l'île, dont il fut reconnu grand chef.
Les missionnaires s'attachèrent à cultiver les qualités de cœur
et l'esprit du jeune souverain. Devenu chrétien, et instruit
non-seulement des vérités du christianisme, mais d'une infinité de notions utiles à ceux que Dieu destine à gouverner des
hommes, Petelo comprit la nécessité d'affermir son petit gou-

vernement par des lois sages et des institutions véritablement civilisatrices; il sollicita la protection de la France, et demanda un drapeau pour sa patrie. Cette faveur lui ayant été accordée, *l'Arche d'alliance* fut chargée par le gouverneur de Taïti de lui remettre le drapeau désiré et une lettre au nom de Louis-Philippe, roi des Français. Petelo ayant appris l'anglais, la lettre avait été traduite en cette langue. « Je ne saurais, dit M. Vaultier, exprimer les démonstrations de joie de ce jeune roi lorsque, chargé par M. le commandant Marceau de la lui remettre, je lui en donnai lecture. La suscription flatta singulièrement son orgueil : *A S. M. Petelo, roi de Futuna*. »

Le 23 février 1847, jour fixé pour la cérémonie, deux petites pièces d'artillerie furent débarquées de *l'Arche d'alliance*, afin d'assurer par les salves d'usage le pavillon sur le palais du roi.

Un spectacle si nouveau avait amené sur le rivage une foule immense de naturels, saluant à la fois de coups de fusil et leur roi en grand costume et le drapeau au milieu duquel se dessinait la croix, symbole de la rédemption. Sur la place *royale*, à l'ombre des cocotiers et des bananiers, se dressaient des tables chargées de cochons rôtis. Le festin commença au bruit de la mousqueterie, des chants d'actions de grâces et d'une musique du cru instrumentalement charivarique. Le roi n'avait pas oublié l'équipage de *l'Arche d'alliance*; il avait envoyé à bord force provisions de bouche, entre autres une espèce de crème délicieuse, véritablement digne d'un palais civilisé. Cette crème était composée de noix et de lait de coco et d'une espèce de châtaigne indigène très-savoureuse, le tout accompagné d'une énorme racine de kava, le présent le plus honorable suivant les coutumes du pays.

Le repas fini, les jeux commencèrent, c'est-à-dire les combats simulés à la lance, au casse-tête; puis vinrent les danses, irréprochablement décentes. La nuit arrive, une de ces nuits suaves, douces, calmes, embaumées, et telles que dans nos pays d'Europe on en goûte rarement le charme; des groupes joyeux se forment dans les bocages, mais sous la surveillance des mères attentives. Tout à coup les regards se tournent vers le chemin qui conduit à Saint-Joseph. C'est Monseigneur !

vive Monseigneur! Un long cri de joie retentit parmi la population.

Au milieu d'un groupe de guerriers, de femmes, de jeunes filles, s'avançaient, accompagnés de quelques missionnaires, M⁏⁏ Bataillon, évêque d'Héliopolis, et M. le commandant Marceau. Les chants recommencent : cette fois c'étaient de pieux cantiques chantés avec un harmonieux et parfait accord et un ensemble admirable; mille torches s'allument et produisent un effet tout féerique sous ces voûtes de verdure. Monseigneur entonne d'une voix forte, vibrante et solennelle l'*Ave maris stella* (Salut, étoile de la mer), alternativement chanté par des chœurs d'hommes et de femmes. L'âme émue s'incline vers la Divinité au milieu de cette nature si belle, de cette atmosphère si pure et si transparente, sous un ciel diamanté de millions d'étoiles. Puis le silence se rétablit; le prélat, debout, adresse à Dieu une courte et touchante prière, terminée par la bénédiction épiscopale, reçue avec recueillement par toute la population prosternée.

Vous croiriez avoir vu dans ce peuple, le plus guerrier et le plus spirituel de la Polynésie, de vieux chrétiens. Erreur! ce sont tous des convertis d'hier, ou plus justement de quelques années, convertis après avoir versé le sang d'un martyr!

L'île de Futuna fut découverte en 1616 par Horn de Schouten, et reconnue en 1842 par la corvette française l'*Allier,* qui en dressa le plan *d'un seul coup d'œil.* Futuna n'est séparée de l'île d'Alofi que par un petit bras de mer d'un mille et demi de largeur.

Les deux îles voisines furent souvent en guerre, et se donnaient le plaisir de rôtir leurs prisonniers et de les manger cuits à point, art culinaire dans lequel ils excellaient. Les indigènes adoraient des idoles, ils avaient même une mythologie assez compliquée; de plus ils n'étaient pas, tant s'en faut, de mœurs irréprochables, et se passaient mille fantaisies qui figurent au code pénal de tous les peuples civilisés.

Survinrent les missionnaires français, qui, à trois seulement, entreprirent la conversion de ce peuple. On commença par les bien accueillir, on les fêta; les rois du pays, car le pays était riche en rois, semblèrent d'abord les écouter avec ferveur et docilité : un des fils de ces principicules reçut même le baptême et devint fervent catholique; mais cela déplut à son père, qui se fâcha encore lorsqu'il s'agit de faire un auto-da-fé des idoles du second ordre. Quand les rois absolus et sauvages se fâchent, il est rare que ceux qui sont l'objet de leur colère échappent à leur vengeance ; la première victime fut le père Chenel, un des missionnaires, égorgé par un misérable. Le père Nizler, son compagnon de labeurs évangéliques, allait subir le même sort; l'avis officieux d'un indigène lui sauva la vie. Sur ces entrefaites arriva, comme nous l'avons dit, la corvette *l'Allier,* ayant à bord Mᵍʳ Pompalier et trois missionnaires.

Le commandant, M. Lavaud, voulut, par un exemple, effrayer et punir le village, en faisant jouer son artillerie et sa mousqueterie; en moins d'une heure , toute la partie sud de l'île, théâtre du massacre, eût été à feu et à sang, pas un seul habitant n'eût échappé. L'évêque intervint, demanda grâce pour les coupables au nom du Dieu qui pardonne, au nom de Celui qui préfère la miséricorde au sacrifice, et la population fut épargnée.

Le pardon ne fut pas stérile : tous les Futuniens se convertirent au christianisme. Heureux aujourd'hui, ils déplorent leurs erreurs passées; ils se livrent au travail, sans cesser d'aimer le plaisir; la population de l'île s'augmente tous les jours; plus de sacrifices humains, plus de cannibalisme, plus de guerres : l'enfer s'est changé en paradis; car cette île fortunée réunit tous les éléments qui doivent contribuer à la félicité et au bien-être d'un petit peuple. Elle a son roi chrétien, son drapeau national, ses temples surmontés de la croix, son doux et beau climat; elle mérite ce nom qu'on a donné à ses habitants, *les Français de la Polynésie.*

L'Anna sortit de l'anse de Singavi avec une mer forte et houleuse; mais, les vents étant favorables, le capitaine ne voulut pas retarder son départ, quoiqu'il n'eût pas une parfaite confiance dans la durée du beau temps. Il consultait souvent ses instruments nautiques, et, malgré son apparente impassibilité, il était aisé de voir qu'il n'était pas sans appréhension. En effet, à peine eûmes-nous franchi quelques passes dangereuses que nous fûmes assaillis par un ouragan

terrible : les nuages s'accumulèrent et couvrirent l'Océan
comme d'un vaste linceul; les vents se déchaînèrent avec
furie, et le navire n'obéit plus au gouvernail.

Depuis trois jours nous étions sous le coup d'une tour-
mente épouvantable. La mer était effrayante à voir; à chaque
instant elle nous montrait la profondeur de ses abîmes. Toutes
les voiles étaient carguées, afin de n'offrir aucune prise à la
tempête. Vainement avait-on essayé à plusieurs reprises de
jeter l'ancre, le fond n'était pas tenable, et toujours le navire,
poussé par une impulsion irrésistible, chassait sur ses ancres,
et courait tantôt d'un côté, tantôt de l'autre. Dès le commencement de la bourrasque, le capitaine avait cessé de prendre
du repos, il ne quittait pas la sonde; son visage était calme,
quoique son front fût soucieux; il donnait ses ordres avec le
plus grand sang-froid, et il était obéi de son équipage avec
autant de ponctualité que s'il eût commandé la manœuvre par
le plus beau temps. Les pompes, qu'il faisait jouer à chaque
instant, ne donnaient pas plus d'eau que d'habitude : c'était
un motif de sécurité. Cependant, m'étant approché d'un des
matelots, quoique je pusse difficilement me tenir sur le pont,
j'entendis qu'il disait à son camarade de travail : « A mon
estime, depuis quarante-huit heures nous avons diablement
dérivé de la bonne route; si ça continue encore un peu, ça
ira mal : gare aux brisants ! »

C'était peu rassurant : je me gardai bien de faire part à
mon père de ce que je venais d'entendre; mais il était facile
de s'apercevoir qu'il avait le pressentiment du péril, car je
lisais à la fois dans son regard de l'anxiété, de l'effusion et de
la tendresse.

« C'est moi qui l'ai voulu, me dit-il en me serrant la main :
s'il arrive malheur, me le pardonneras-tu, mon fils?

— Mon père, soyons confiants dans la Providence, et rési-
gnons-nous à ses décrets. »

Tony, dont le père était occupé à la manœuvre, était accroupi dans un coin et ne soufflait mot.

« Avez-vous peur, Tony? lui dis-je.

— Peur, ça se pourrait bien; et vous, monsieur Édouard?

— Je n'ai pas peur, mon ami, parce que la peur est un
mal de plus qui s'ajoute aux autres maux. Je suis chrétien,

et me soumets. Tony, priez avec ferveur, et votre peur se
passera.

— Merci, monsieur Édouard; mais une prière... je n'en
sais pas. »

Le capitaine cherchait, au milieu de ce déchaînement de
la tempête, à se rendre compte de la position du navire; mais
les résultats ne semblaient pas le satisfaire complétement, car
il répétait souvent à la suite de ses observations : « Ce n'est
pas cela; c'est impossible ! »

La nuit vint ajouter d'abord ses ombres sinistres à ce lu-
gubre tableau de la mer en courroux; puis un orage effroyable accompagné de tonnerres et d'éclairs éclata sur nous.
La foudre tombait à chaque instant à une si faible distance
de l'Anna, que je m'étonnais de ce que, notre navire étant
le point le plus élevé de la surface, elle ne l'eût pas encore
frappé.

Vers minuit, au milieu du feu des éclairs incessants, un
matelot cria : « Terre à bâbord ! »

Terre! ce mot, qui nous avait causé une joie si vive aux
approches de Valparaiso, jeta cette fois la consternation dans
tout l'équipage.

« Terre à bâbord ! » répéta-t-il.

Je ne sais alors quelle voix dont l'accent avait quelque
chose de sinistre s'écria: « Nous sommes perdus ! » Au même
instant un choc terrible se fit sentir, et l'Anna eut un sou-
bresaut qui nous jeta tous sur le pont ou sur le plancher de
la chambre.

Le navire ébranlé se couche sur sa hanche; déjà les flots le
submergent et se courbent sur lui comme le vautour sur sa
proie; mais d'une voix assurée et d'un geste rapide le capitaine jette un ordre.

« Les deux chaloupes à la mer ! » s'écrie-t-il. Mais la mer
n'était plus qu'un chaos de montagnes mouvantes entassées
les unes sur les autres. Que l'homme est petit auprès des
forces de la nature !

« Édouard, me dit mon père, qui avait entendu le commandement du capitaine, le péril est immense; mais il ne
l'est pas autant que la miséricorde divine : prions, car peut-

2

être notre dernière heure est venue. » Et il m'étreignit dans ses bras.

« O mon Dieu! dit Tony, pourquoi avons-nous quitté le Havre!

— Et votre père, où est-il? que fait-il?

— Je n'en sais rien, monsieur Édouard.

— Votre place en ce moment est près de lui.

— J'aime autant rester avec vous.

— Pas une minute à perdre, s'écrie de nouveau le capitaine; vite dans les chaloupes! Mais du sang-froid, ou je ne réponds de rien. La première chaloupe embarquera les deux jeunes gens et leurs pères, avec six hommes de l'équipage les plus robustes : vite à bord de la première! La seconde sera pour le reste de l'équipage et pour moi. Je quitterai le navire quand tout le monde sera embarqué : c'est mon devoir. »

Mon père me pressa contre son sein en fondant en larmes et répétant : « C'est moi qui l'ai voulu : malheureux que je suis! » Puis il me passa au cou une petite chaîne à laquelle était suspendue une croix d'or. « C'est la croix que portait ta mère; que ce signe vénéré te protége et te sauve du péril. »

La barque pouvait à peine rester une seconde près du bord de l'*Anna*, qui s'enfonçait de plus en plus dans les flots. J'y fus jeté avec Tony et cinq matelots. Mon père, soutenu par le père de Tony, allait y descendre; mais une vague énorme sépara en ce moment l'embarcation du navire et nous porta au large, sans que les efforts des matelots pussent la ramener au point d'où la lame l'avait éloignée.

« Mon père! mon père! m'écriai-je; ramenez-moi près de mon père!

— Impossible, répondit un des matelots : le navire est au fond de l'eau. »

J'étais debout dans la barque, les mains dirigées vers la place que l'*Anna* avait occupée.

« Asseyez-vous, Monsieur, me dit l'homme qui tenait la barre du gouvernail; asseyez-vous, d'abord parce que vous gênez ma direction, et que vous pouvez tomber à l'eau. » Je n'entendais rien. Un autre matelot me poussa rudement

avec son aviron, et je roulai sans connaissance au fond de la
chaloupe.

CHAPITRE IV

Le diable et l'ange gardien. — Terrible souvenir. — Pauvre *Anna*. —
Une joie sauvage. — Une main providentielle. — Trésor de sollicitude.
— Un pays inconnu. — Des fruits empoisonnés. — Éloquente pantomime. — La cuisinière à l'œuvre. — Captivité salutaire. — Un trou
de rocher. — La prière. — La chanson. — Un grand danger. — Trois
inconnus féroces. — Un horrible repas. — Jubilation de gourmandise.
— Malda. — Une poire pour la soif.

« Holà! ah! ah! c'est le diable! » Je fus tiré de l'espèce
de léthargie où j'étais plongé par cette exclamation. Mes pau-
pières étaient tellement gonflées, que je faisais de vains efforts
pour les ouvrir; je les frottai avec le dos de ma main pour les
dégager du sable, et cela me causait d'atroces et cuisantes
douleurs; je ne voyais rien; mais toujours j'entendais des
cris d'épouvante poussés par une voix que je ne pouvais méconnaître : c'était la voix de Tony.

« Qu'est-ce donc? Qu'avez-vous, mon pauvre Tony? Que
voyez-vous qui vous fait pousser de tels cris?

— J'ai, j'ai..., monsieur Édouard, que le diable est tout
près de moi, là, qui me touche... Regardez donc.

— Mes yeux ne peuvent s'ouvrir.

— Ah! tant mieux, je voudrais bien pouvoir tenir les yeux
fermés... » Et il se serra fortement contre moi; j'entendis un
son de voix étrange qui me rassura peu. Cette voix, qui sortait de la gorge et produisait l'effet qui résulte du gargarisme,
répétait sans cesse : *Mac-micri, mac-micri!* et pourtant il me
parut qu'il y avait quelque chose d'affectueux dans les in-
flexions de cette voix, qui ne ressemblait à rien de ce que
j'eusse jamais entendu.

Tony fit un nouveau mouvement d'effroi, et se rapprocha plus encore de moi en poussant des cris.

Et la voix inconnue de répéter encore : *Mac-micri, mac-micri!* puis je n'entendis plus rien.

« Bon, s'écria Tony, le diable s'est sauvé comme un voleur.

— Mais où sommes-nous donc, Tony? répétai-je.

— Où nous sommes, monsieur Édouard! Dans un trou, sous de grandes pierres, couchés sur de larges feuilles sèches.

— Et comment sommes-nous là?

— Comment? je l'ignore. Et puis, ma foi, j'ai tant dormi, tant dormi, et vous aussi, à ce que je crois, que je ne me souviens plus de rien : et vous?

— Moi! attendez, Tony! Il me semble; mais non, ce n'était pas un rêve, ô mon Dieu! Je me rappelle que tout à l'heure il faisait nuit : n'étions-nous pas, vous et moi, dans un grand canot avec des marins qui nous ont dit?... Vous souvenez-vous de ce qu'ils disaient, Tony?

— Oui, oui, à présent je m'en souviens. Ils disaient : « Le « flot nous chasse sur les grandes pierres tranchantes et poin- « tues, nous ne pouvons gouverner au milieu de ces dangers : « nous ne nous tirerons jamais de là. »

« Et l'un d'eux a repris : « Nous touchons, nous avons « touché... Il y a de l'eau dans la chaloupe! »

« L'embarcation a fait cric crac; elle s'est ouverte, nous avons culbuté dans la mer, et j'ai bu un fameux coup! Ah! que c'est mauvais, de l'eau de mer!

— Et moi aussi, je m'en souviens. Mais je souffre horriblement du bras gauche. Je souffre partout, et mes yeux qui ne peuvent s'ouvrir!

— Et ma tête qui est saignante et qui me semble grosse comme je ne sais quoi. Avec ça j'ai une faim! Je vais tâcher de me lever... Ouf!... ne voilà-t-il pas que c'est impossible! Je suis brisé, moulu comme je l'étais lorsque mon père, mécontent de moi, m'appliquait sur les reins ce qu'il appelait ses douceurs, un fouet à six brins de lanières.

— Mon père!... ô mon Dieu! quel souvenir vous venez de réveiller, Tony! Mon père, il devait venir avec nous dans cette barque où l'on nous a jetés pêle-mêle; mais il n'a pu descendre, lui, et je l'entends encore qui me crie: « Édouard, Édouard, mon cher enfant! »

— Ah! oui, et le mien donc qu! jurait comme un possédé en criant : Antoine, Antoine! Et *l'Anna* qui a disparu. *L'Anna!* pauvre *Anna*, où est-elle à présent? au fond de la mer sans doute; car il y avait, à ce que disaient les matelots, dix pieds d'eau dans la cale quand on a descendu les chaloupes. Peut-être bien que votre père et le mien se seront sauvés dans l'autre embarcation.

— Puissiez-vous dire vrai, Tony! et pourtant je ne le pense pas, le navire a sombré tout de suite; ils n'auront pas eu le temps de se reconnaître; et tenez, je ne sais si je l'ai vu ou si je l'ai rêvé, mais il me semble y être encore : il se fait un grand trou dans l'eau, suivi d'un bruit sourd et d'un bouillonnement; puis règne un silence de mort, un silence horrible; tout a, sur la mer, le même aspect qu'auparavant. Aucune trace du navire. » Et nous nous prîmes, Tony et moi, à pleurer et à gémir.

Les cris *mac-micri, mac-micri*, se firent entendre de nouveau.

« Encore le diable, fit Tony; voilà ses griffes noires qui me serrent les bras. Nous sommes perdus; le voilà qui s'approche davantage; il va nous étrangler, c'est sûr. Le diable me passe ses griffes sur le visage. Je ferme les yeux, je suis mort.

— Eh! non, puisque vous parlez, Tony. »

Et je sentis aussi, moi, non une griffe, mais une main un peu rude qui cherchait mes yeux, et qui, après les avoir bassinés avec une eau très-fraîche, répéta le *mac-micri* avec un son de voix très-radouci et pénétrant.

Tony s'était reculé autant qu'il l'avait pu au fond de la grotte et me disait à voix basse: « Êtes-vous étranglé, monsieur Édouard? Vous ne soufflez plus mot. Je n'ose regarder.

— Eh! non, Tony. Regardez, au contraire, ouvrez les yeux tout grands, et vous verrez que ce diable n'a pas les griffes aussi crochues que vous le pensez. Le diable a fait patte de velours, je vous assure.

— C'est égal, j'ai bien peur encore. »

Je jetai un regard sur le prétendu diable, et j'avoue qu'à

première vue je me sentis peu rassuré. Imaginez une créature toute noire, les cheveux crépus, les yeux presque rouges,
de longues et larges dents jaunes se montrait à travers des
lèvres épaisses dans une bouche démesurément grande, des
doigts d'orang-outang avec des ongles fendus. Cette déplai-
sante figure était à genoux devant moi : elle portait au cou
une espèce de collier qui descendait jusqu'à la ceinture sur
un tissu brun et sale qui lui entourait les reins et formait un
jupon très-court, très-court.

En voyant l'impression désagréable qu'elle avait faite sur
moi, elle répéta son cri habituel, et dans ses yeux si éraillés,
dans les traits affreux de son visage, on trouvait pourtant
quelque chose qui n'annonçait pas la méchanceté. Lorsqu'elle eut de nouveau bassiné mes yeux avec une espèce
d'étoupe trempée d'eau, elle prit à côté d'elle un vase de
terre noire et le porta à ses lèvres en m'invitant à suivre son
exemple.

« Ne buvez pas cela, monsieur Édouard, me cria Tony, qui
en tapinois avait ouvert les yeux pour voir ce qui se passait,
ne buvez pas cela : le diable veut vous empoisonner. »

Comme si elle eût compris ce que Tony venait de dire, cette
femme (c'était une femme, ou du moins elle en avait les
formes) porta de nouveau le vase à ses lèvres.

J'avais une soif dévorante qui ne me permettait plus d'hésiter : je pris le vase de ses mains et le portai à ma bouche. Il
contenait un liquide frais et doux comme du lait : j'en avalai
d'un trait le contenu.

Alors cette femme se leva, se mit à danser, à battre des
mains en faisant une affreuse grimace.

« Ah! s'écria Tony, pourquoi avez-vous bu cela, monsieur
Édouard? Je vous l'avais bien dit, le diable est content :
voyez plutôt. Mais ce poison va vous brûler le corps ! »

La femme prit un second vase, et s'approcha de Tony avec
la même invitation qu'elle m'avait faite.

« Scélérat! exclama-t-il en repoussant sa main avec horreur : ce n'est pas assez d'un empoisonné, il t'en faut deux !
Je ne boirai pas, pourtant j'ai bien soif. Commencez-vous à
brûler, monsieur Édouard?

— Au contraire, je me sens mieux.

— Tiens, tiens, c'est possible; mais tout à l'heure vous verrez. »

Cependant mon compagnon d'infortune s'empara du vase, et, après avoir attendu quelques minutes, voyant que je n'étais pas mort, il l'approcha d'abord craintivement de ses lèvres, et finit par en humer quelques gouttes; puis il s'enhardit et revint à la charge en disant : « Ce n'est pas trop mauvais! » Une seconde après cette dégustation, la bouteille était vide. « Tant pis si j'en meurs. » Et la femme se remit à danser comme elle l'avait fait lorsque j'eus bu.

« Ris et danse tant que tu voudras, dit Tony : à présent le coup est fait

— Et bu.

— C'est vrai. »

La pauvre créature, dont les regards essayaient d'exprimer la joie, voyant que je ne faisais aucun mouvement, s'approcha de moi, et, malgré notre vive opposition, se mit en devoir d'enlever mes vêtements, encore trempés d'eau de mer, et ceux de Tony.

« Elle a une poigne d'enfer, dit Tony. Excusez, je ne m'étais pas trompé, c'est bien la main du diable. »

—Eh! non, c'était une main providentielle et bienfaisante.

Les aspérités des roches m'avaient déchiré les bras, les cuisses, l'épaule; mes pieds étaient endoloris, bleus de meurtrissures. Cette femme examina toutes mes blessures avec une attention dont un bon chirurgien eût été seul capable; elle mit doucement sa main sur mes articulations, essaya de me faire remuer les bras, les jambes, et, son inspection terminée, elle fit un signe de joie; puis elle tira d'une petite natte quelques feuilles douces, molles et larges, les humecta d'une certaine liqueur odorante contenue dans une noix de coco, m'en frotta les membres, et appliqua d'autres feuilles plus larges encore sur toutes mes blessures et meurtrissures; elle les entoura d'un ligament très-souple; puis ayant ajouté à notre lit quelques boîtes de mousse fraîche, elle m'y coucha, en me prescrivant par gestes de rester calme et paisible.

Tony la regardait faire, ébahi et ne sachant plus que penser ni que dire; mais il était aisé de lire sur son visage que le cours de ses idées avait changé, et que ses opinions sur le compte du prétendu diable s'étaient considérablement modifiées. Moins maltraité que moi dans la catastrophe, il ne fit aucune difficulté de soumettre ses membres au même pansement; après quoi il se coucha. Elle nous couvrit presque entièrement de feuillage, et le sommeil ne tarda pas à nous gagner l'un et l'autre.

Il faisait grand jour quand nous nous réveillâmes. Quelle ne fut pas notre surprise à tous deux en voyant étendue le long de notre lit, sur une mince couche d'herbes sèches, cette pauvre femme qui toute la nuit avait veillé sur nous! Oh! alors, ce n'était plus un diable, c'était, sous une vilaine forme, un ange que Dieu avait envoyé pour nous prodiguer les trésors de sa sollicitude.

« J'ai faim! »

Tels furent les premiers mots que prononça Tony en ouvrant les yeux. Ces mots ne trouvèrent pas d'abord d'écho autour de nous. Mais la pauvre femme, nous voyant éveillés, s'était levée aussitôt, et nous avait offert quelques fruits dont la saveur un peu acide se rapprochait de celle de la groseille; puis, quand nous y eûmes goûté, cette fois avec une pleine et entière confiance, elle nous soumit au même traitement que la veille, c'est-à-dire qu'elle pansa nos blessures avec des feuilles nouvellement cueillies, recouvertes d'autres plantes qu'elle avait broyées entre deux cailloux.

Cette nuit de sommeil m'avait fait beaucoup de bien; cependant je souffrais cruellement encore, d'un pied surtout. Vainement j'essayai de me tenir debout, mes jambes me refusaient le service. Plus heureux et moins blessé que moi, Tony pouvait se mouvoir et marcher; il faisait quelques pas en dehors du rocher qui nous abritait, il revenait, puis de temps en temps il étendait le cercle de ses promenades, et pourtant, chaque fois qu'il s'éloignait davantage, les yeux de notre garde-malade le suivaient avec plus d'anxiété.

Après une absence d'un demi-quart d'heure environ, il revint tout joyeux, les mains chargées de quelque chose que de prime abord la faiblesse de ma vue ne me permit pas de distinguer. « Qu'est-ce là, Tony? lui dis-je.

— Ce que c'est? mais vous ne voyez donc pas! Ce sont les

plus jolies pommes que j'aie jamais vues de ma vie; en Normandie, où il y en a de belles pourtant, je n'en ai jamais trouvé de si appétissantes que celles-ci.

— Mais comment avez-vous pu monter à l'arbre pour les cueillir?

— A l'arbre! mais il n'est pas plus grand que ça. » Et il mettait la main à la hauteur de son genou. « Il n'y a qu'à se baisser pour en ramasser. En voulez-vous une, monsieur Édouard? Tenez, voici la plus belle. » Et il allait en porter une à sa bouche, lorsque la femme noire l'aperçut, et se jeta sur les pommes, qui roulèrent à terre, où de ses pieds elle les écrasa.

Qui fut dupe? ce fut M. Tony, qui, stupéfait, ne put s'empêcher de dire d'un ton de mauvaise humeur : « Cette femme ne veut pas que nous mangions; elle nous fera mourir de faim. Qu'est-ce que cela lui fait que nous mangions ces pommes? Il n'en manque pas où je les ai prises, Dieu merci. Si c'est dans son jardin que je les ai cueillies, je ne lui ferai pas compliment de son jardin; il est bien mal tenu : partout des ronces, de grandes herbes et des cailloux. »

A ses gestes elle comprit qu'il était fâché; elle s'approcha de lui, ramassa un des morceaux de pommes écrasées, et lui ayant pris la main, elle la lui frotta avec ce fruit. Aussitôt la peau de Tony devint rouge et enflammée. « Cela me brûle! » s'écria-t-il; et sur la partie frottée il s'éleva une grosse ampoule qui au bout d'un quart d'heure se remplit d'eau.

Il était impossible de démontrer plus évidemment que cette prétendue pomme n'était qu'un fruit des plus vénéneux.

« Vous voyez, Tony, lui dis-je en rejetant loin de moi le fruit qu'il m'avait offert : si cette femme n'eût pas été là, votre imprudence nous aurait coûté cher à tous deux : nous étions infailliblement empoisonnés. » Tony ne pouvait comprendre qu'un fruit si vermeil et si beau pût occasionner la mort; il se contenta de répondre : « Eh bien! je n'en mangerai pas. »

Notre prévoyante gardienne nous laissa seuls quelques instants; puis elle revint portant une espèce de panier de nattes recouvert de feuilles. Elle ramassa autour du rocher quelques

2*

branches sèches, des mousses brûlées par le soleil, frotta deux cailloux l'un contre l'autre, en fit jaillir des étincelles et alluma le feu.

« Bon! dit Tony en poussant une joyeuse exclamation, la cuisinière est à l'œuvre, le panier s'est ouvert, elle y prend de longues racines qui ressemblent à des salsifis; c'en est peut-être : j'aimerais mieux des pommes de terre. Elle les couche sous la cendre : est-ce encore un remède ou bien le déjeuner? J'aimerais mieux le déjeuner; mais il y a aussi dans le panier, au fond, quelque chose que je ne puis voir. »

Au bout d'une demi-heure environ, l'impatience de Tony fut satisfaite. La négresse retira les racines du feu en écartant les cendres, elle enleva la peau de ces racines, et vint m'en offrir quelques-unes, que je refusai; ce qui parut lui causer quelque peine; mais déjà je ressentais les atteintes de la fièvre. Tony ne se fit pas prier pour accepter la proposition, et même la double ration : il se jeta sur les racines avec une avidité dont j'aurais ri de bon cœur en toute autre circonstance.

« Vous avez tort de n'en pas manger! s'écria-t-il, ce n'est pas mauvais, je vous assure; cela a même un peu le goût du pain frais; mais c'est plus dur aux dents, et un peu amer. »

Ensuite la négresse brisa adroitement avec une pierre une noix de coco qui se trouvait au fond du panier; elle m'en servit le lait, que je bus encore, et donna l'amande à Tony, qui la dévora littéralement. « Ma foi, dit-il, c'est égal, la vieille s'y entend; le déjeuner me plaît assez. J'aimerais autant une bonne soupe, mais ce que j'ai mangé vaut encore mieux que le biscuit de bord à moitié pourri.

« Vous avez la figure rouge comme du feu, monsieur Édouard; vous feriez bien de tâcher de dormir, puisque vous n'avez pas faim; pendant votre sommeil je vais essayer d'une petite promenade aux environs. Nous ne sommes pas loin de la mer; j'en ai aperçu quelque chose tout à l'heure, et je vais grimper sur notre rocher pour voir si je ne découvrirai pas trace de notre navire. »

Je ne prêtais à tout cela qu'une attention assez distraite;

la fièvre avait beaucoup augmenté, et mes idées ne se fixaient sur rien. Cependant Tony, que je croyais loin de moi, se trouva, je ne sais comment, tout près de ma couche, marmottant des imprécations dont je ne saisissais bien ni le sens ni la portée. « Maudite vieille! qu'est-ce que cela peut lui faire?

— Qu'avez-vous donc, mon cher Tony?

— Ce que j'ai? que je suis très-mécontent. Je voulais me promener, prendre un peu l'air et connaissance du pays. J'avais à peine fait quelques pas que je me trouve nez à nez avec cette moricaude, qui me fait une grimace épouvantable, et sans plus de façon me saisit de son bras de fer, m'enlève comme une plume et me ramène ici, en faisant de gros yeux et grommelant je ne sais quoi entre ses vilaines dents.

« Chien de pays! va, disait-il avec une colère qui avait bien son côté risible; il y a des pommes superbes, on ne peut en manger; je veux me promener, on ne le veut pas. »

J'avais déjà remarqué en maintes occasions, à bord surtout, que le fils du charpentier Besson était rageur, entêté, opiniâtre, quoique serviable et courageux dans certaines circonstances où il agissait spontanément; car tout commandement lui était insupportable. Je lui supposais une très-mauvaise tête; mais je lui croyais un bon cœur.

La chaleur, l'abattement, mes douleurs que la fièvre rendait plus aiguës, me faisaient une position très-fâcheuse. J'appelais de tous mes vœux un peu de sommeil pour calmer mes agitations, et ce sommeil me vint. Combien de temps dura-t-il? C'est ce que je ne saurais dire; mais en m'éveillant je trouvai Tony ronflant à côté de moi. Je me gardai bien de troubler son repos, je venais de sentir le prix de celui que Dieu m'avait fait : ma tête était dégagée, mes idées se formaient avec plus de netteté; mais, hélas! avec elles revenaient les tristes souvenirs du passé et les prévisions non moins tristes sur l'avenir qui nous était réservé. Tony, qui n'avait pas perdu la mémoire de l'empêchement que la négresse avait opposé à sa volonté, rêvait haut, et je saisis entre autres divagations ce petit monologue: « Mon père me battait quelquefois, assez souvent même; il avait la main rude..., mais c'était mon père, après tout; il avait le droit de me

corriger lorsque je faisais mal... Ici personne ne me battra,
ou nous verrons...; à moins que la vieille...; mais je l'en-
verrai... promener : il est vrai qu'elle ne veut pas que j'y
aille; elle ne sera pas la maîtresse ici... » Là-dessus Tony
s'éveilla, étendit les bras, bâilla largement, et me dit : « Vous
ne dormez plus, monsieur Édouard ?

— Vous le voyez bien, Tony.

— Et qu'allons-nous faire ici toute la journée, dans ce
vilain trou de rocher où l'on ne voit goutte? Cela commence
à devenir ennuyeux : ne trouvez-vous point ?

— Hé quoi! ne sortons-nous pas de prison? Est-ce que
l'*Anna* était autre chose? à peine pouvait-on de long en large
y faire quelques pas.

— Ah! c'était différent! on causait avec les matelots, on
faisait des tours, des niches; on jouait aux dés avec ceux qui
n'étaient pas de quart.

— Patience, je vous le répète, mon cher Tony, remet-
tons-nous dans les mains toutes-puissantes de Celui qui
a fait le monde, ayons confiance en Dieu, qui jamais n'abandonne les orphelins, et nous sommes tous deux orphelins
peut-être.

— Prions...; mais je ne sais pas de prière, je vous l'ai dit,
je crois, monsieur Édouard. Ah! si fait, je sais mon *Pater :*
un peu..., pas beaucoup. Ça s'oublie si vite.

— Nous le dirons ensemble. »

Tony se mit à genoux : il joignit les mains, et moi je restai sur mon lit; je n'aurais pu me lever. Ce fut dans cette
attitude humble et suppliante que nous surprit la négresse...
Elle pénétra en hésitant sous le rocher; ses yeux étaient
hagards, ses gestes animés; elle prêtait l'oreille, s'arrêtait,
faisait quelques pas dehors... Enfin elle rentra chargée d'une
grosse botte d'herbes vertes; elle fit remonter Tony sur mon
lit, jeta vivement sur nous le paquet d'herbes, dont elle nous
couvrit entièrement; mais auparavant elle se mit le doigt
sur la bouche et pinça ses deux grosses lèvres en nous invitant ainsi au silence.

Ces dispositions faites, elle s'assit devant nous en nous cachant autant qu'elle le pouvait, et se mit à chanter en enfilant
de petites coquilles avec des brins de fil et de ficelle rouge.

Évidemment il s'agissait de quelque chose de grave où nous devions être assez directement intéressés.

En effet, très-peu de temps s'était écoulé lorsque nous entendîmes près de nous des bruits de pas, et tout aussitôt des voix gutturales et mâles, qui ne laissèrent pas de nous inspirer une grande frayeur.

Les voix s'approchaient de plus en plus de nous sans devenir plus rassurantes. La négresse avait cessé de chanter; elle parlait avec beaucoup de volubilité, mais toujours dans un langage parfaitement inintelligible pour moi. J'écartai avec la main quelques brins des herbes qui nous couvraient, et avec le secours de cette petite fenêtre je pus voir assez distinctement ce qui se passait. Devant la femme, assise et travaillant toujours à son collier, se dressaient trois figures d'hommes de belle taille, et n'ayant sur le corps que de courts vêtements; ils semblaient bien faits, musculeux; mais il y avait dans le jeu de leur physionomie quelque chose de dur et de repoussant, je dirai plus, de féroce. La conversation engagée avec la pauvre femme semblait fort animée; mais, à l'exception des gestes, très-expressifs, elle n'était pas à notre adresse, et c'était très-regrettable. Je crus deviner cependant qu'ils faisaient à notre gardienne des interpellations auxquelles elle semblait répondre négativement en tournant la tête : « Nda, nda, » c'est le mot qu'elle ne cessait de répéter; j'ai su depuis que c'était une négation : « Non, non. »

Enfin ces trois hommes s'éloignèrent de quelques pas, et s'accroupirent autour du foyer que la négresse avait allumé pour cuire des racines. L'un d'eux raviva le feu avec des broussailles, pendant que les deux autres développèrent un rouleau de nattes qu'ils tenaient sous le bras. Ils en tirèrent deux morceaux de chair crue et toute saignante, les placèrent sur des charbons ardents, et semblèrent attendre avec impatience et convoitise que la grillade fût cuite à point; car ils la retournaient dans tous les sens et la regardaient avec une effrayante avidité. Lorsqu'ils jugèrent son état de cuisson satisfaisant, ils manifestèrent une joie inexprimable. D'abord ils déchiquetèrent en lambeaux de moyenne grosseur et avec les doigts cette chair encore à moitié crue; ils en firent quatre parts en laissant les os de côté. Ils en offrirent une à la négresse, qui la refusa d'abord. Ayant insisté, elle la repoussa avec dégoût, avec horreur même; car elle détourna la tête en disant : « Nda, nda, Maïda; » et d'autres mots encore énergiquement prononcés. Celui qui lui avait présenté cette chair l'enveloppa dans une large feuille, sans plus insister pour la faire accepter, et l'attacha à une mince courroie qui lui ceignait les reins.

Ce mets leur sembla délicieux sans doute; car en le dévorant leurs traits exprimaient une jubilation de gourmandise satisfaite qui m'eût fort égayé dans un autre moment.

Après s'être rassasiés, ils se trouvèrent en gaie   et se prirent à lutter ensemble avec les plus hideuses contorsions; puis à la lutte succéda une ronde satanique, que Tony, qui, ainsi que je l'avais fait, s'était ménagé un petit jour pour voir ce qui se passait, trouva si drôle, qu'il ne put retenir un éclat de rire, lequel me fit trembler.

La négresse se leva tout de suite; son visage exprimait la terreur et l'effroi. Elle posa aussitôt sa large main sur la bouche du rieur, qu'elle comprima vivement. Un des danseurs, entendant ce rire insolite, se retourna brusquement pour voir d'où il provenait, et tous s'arrêtèrent en même temps que lui; mais la négresse, par une inspiration qui sans doute en ce moment nous sauva la vie, imita si parfaitement le rire de Tony, et cela à plusieurs reprises, que les sauvages, convaincus que cette femme avait poussé ces éclats de voix, ne s'en occupèrent pas davantage et recommencèrent leur danse effrénée; puis fatigués de cet exercice, ils s'endormirent.

Leur sommeil dura environ une heure. Après quoi ils se levèrent, dirent à la négresse quelques mots que je ne compris pas; puis ils partirent, emportant chacun un des os qu'ils avaient tenus en réserve, et qu'ils se mirent à ronger comme des chiens.

CHAPITRE V

Le danger s'éloigne. — L'appétit d'un Normand. — La vigilante pourvoyeuse. — Convalescence. — Comment on peut devenir anthropophage. — Singulière exclamation. — Les œufs de tortue. — Encore la
fièvre. — Un nouveau péril. — Échange de langage. — Un spectacle
magique. — Imprudence de Tony. — Fanfaronnade. — La marmite
renversée. — Les maraudeurs. — Voyage en pays inconnu. — Le
serpent délie la langue de la femme. — Maigre pitance. — Ce dont
une femme sauvage est capable. — Une pointe de jalousie. — Un beau
paysage. — Les deux joies de Tony. — La pêche miraculeuse. — Les
bons et les mauvais. — Les cocotiers. — Défiance et malice. — Un avis
maternel.

Ce mot de Maïda m'avait frappé par son harmonieuse
douceur, et il me vint à la pensée que ce pouvait bien être
le nom de notre vigilante et attentive gardienne. Je résolus
d'en faire l'essai. La négresse avait suivi à quelques pas de
nous la marche des sauvages pour s'assurer de la direction
qu'ils avaient prise; dès qu'elle reparut, je criai : « Maïda!
Maïda! » Tout aussitôt elle s'approcha de moi, et sa figure
exprimait une vive satisfaction. Je ne m'étais pas trompé,
Maïda était le nom de notre protectrice. Cependant elle s'en
retourna sur-le-champ. Tony, qui sortit, comme il disait,
de sa botte de fourrage, la vit gravir la pente du rocher, et
suivre des yeux encore la trace des sauvages; après quelques
minutes d'observation, elle revint à nous, sautant de joie,
battant des mains et disant : *mac-micri, mac-micri;* elle me
dégagea de ma couche d'herbes, me plaça debout à côté de
Tony, et, nous regardant tous deux avec affection, elle nous
palpa les membres, en s'approchant de nos visages comme si
elle eût voulu nous embrasser.

Mon compagnon d'infortune était bien le garçon de meilleur appétit qui se pût rencontrer; on doit même dire qu'il

était à toute heure du jour en disposition de manger. De
cette ancienne souche normande fortement constituée, petit,
trapu, haut en couleur, habitué dès son enfance aux travaux
en plein air, si favorables à la santé en développant la vigueur corporelle, il négligeait rarement l'occasion d'apaiser
cette faim incessante. Les sauvages ne furent pas plutôt hors
de vue, qu'il fit comprendre à Maïda le besoin de manger
qu'il éprouvait; et il faut dire que Maïda ne se trompait
jamais à sa pantomime expressive, qui consistait, de la part
de Tony, à ouvrir un large bec comme le corbeau de la
fable, à y introduire le doigt indicateur, et à lui montrer
que, l'espace étant vide et la nature ayant horreur du vide,
au dire des anciens physiciens, il fallait qu'elle se hâtât de le
remplir.

Ce qu'ayant vu Maïda, elle prit son panier et gravit de
nouveau sur le sommet de la roche, afin de s'assurer sans
doute que les sauvages ou d'autres ne pourraient revenir, et
que, pour quelque temps du moins, ses nourrissons n'auraient
rien à craindre.

Quant à Tony, il trouvait tout naturel qu'on lui donnât à
manger lorsqu'il avait faim : c'était l'usage chez lui et à bord
du navire; il ne voyait ni ne sentait rien au delà.

Maïda, qui s'était dirigée du côté de la mer, ne nous avait
pas quittés sans nous avoir fait par signes des recommandations qui pouvaient se traduire ainsi : Restez tranquilles, ne
vous éloignez pas. Après son départ, j'essayai de marcher,
et à ma grande satisfaction je pus mettre, comme on dit vul-
gairement, une jambe devant l'autre. Mes membres étaient
un peu engourdis; ce que j'attribuai plus encore à l'attitude
incommode et forcée que j'avais prise et longtemps conservée, qu'à mes contusions et à mes blessures, qui ne me faisaient éprouver aucune douleur.

En furetant çà et là selon son habitude, Tony s'aperçut, à
sa grande joie, qu'un des sauvages avait laissé parmi les
herbes le paquet, enveloppé de larges feuilles, qui contenait
les restes du festin; il s'en empara tout aussitôt, s'empressa
de le délier, et le flaira : « Cela sent bon, dit-il, et nous allons
faire comme ces vilains mal blanchis, nous régaler l'un et
l'autre avec cette grillade oubliée.

— Et qu'ils pourraient bien venir chercher.

— Ils ne la trouveront plus; elle sera mangée avant leur retour.

— Ne ferions-nous pas mieux, Tony, d'attendre que Maïda fût revenue?

— C'est donc bien Maïda qu'elle se nomme, cette vieille

— Vous avez vu qu'elle répond très-bien à cette appellation.

— Bah! qui sait si elle reviendra et quand elle reviendra? Et peut-être, ne rapportant rien, elle voudra partager notre trouvaille.

— Ce serait encore une raison pour attendre.

— Croyez-moi, monsieur Édouard, comme disait feu ma grand'mère, nous tenons, et un bon *tiens* vaut mieux que *tu l'auras*.

— Vous êtes égoïste et peu reconnaissant, Tony: avez-vous déjà oublié que Maïda partageait avec nous tout ce qu'elle avait? Dans tous les cas, je vous déclare que cette viande de je ne sais quel animal m'inspire un profond dégoût, et que je n'y toucherai pas.

— Comme il vous plaira, monsieur Édouard, je m'en vais, moi, faire griller le bifteck, et vous verrez comme il sera appétissant quand il aura passé quelques minutes sur le feu. »

Il rassembla les broussailles qui fumaient encore, attisa les charbons, et dit en y plaçant la chair: « Drôle de viande tout de même; j'allais souvent chez un de mes oncles, boucher à Sainte-Adresse; on en voyait là de toutes sortes; mais je ne me souviens pas d'en avoir vu de pareille: probablement c'est de quelque animal inconnu.»

Je finis par me ranger à cette opinion.

« C'est cuit, s'écria le gourmand. Heureusement j'ai retrouvé dans ma poche mon petit couteau, un peu rouillé. Je fais deux parts, monsieur Édouard: la plus grosse pour vous, tenez; l'autre pour moi.

— Merci de votre générosité; mais je n'ai pas faim, Tony.

— Vous n'avez pas faim! Alors je garderai l'autre. »

Et il portait un morceau à sa bouche, lorsqu'une main vigoureuse sur laquelle il ne comptait pas le lui arrache et le jette à terre. C'était Maïda!

Étourdi par cette subite apparition et par l'acte inattendu qui l'avait suivi, Tony, rouge comme une écrevisse, resta d'abord immobile ; puis, se baissant tout à coup, il voulut ramasser ce que Maïda lui avait arraché des mains. Plus prompte que lui dans ce mouvement, elle releva la chair cuite et la lui mit sous le nez en manifestant l'horreur qu'elle éprouvait par des gestes et un jeu de physionomie dont je n'oublierai jamais l'éloquente expression. Ses yeux sortaient presque de leur orbite, son front se plissait ; ses cheveux étaient crispés, son agitation extrême. Puis elle saisit la cuisse de Tony et en rapprocha le morceau, comme si elle eût voulu rendre sensible ainsi une comparaison dont le sens ne pouvait m'échapper.

Avec un sang-froid que j'eus peine à comprendre, Tony me regarda et se mit à rire : « Ne croirait-on pas, monsieur Édouard, que la vieille veut me prendre la mesure d'un pantalon ?

— Ne voyez-vous donc pas, Tony, que nous venons, grâce à Maïda, d'échapper à une grande abomination ? et votre estomac ne se soulève-t-il pas de dégoût, comme mon cœur d'indignation, en pensant que nous avons failli faire un repas de cannibale ? Ne frémissez-vous pas à l'idée de cette horrible souillure ? Cette chair dont nous allions nous repaître, c'est de la chair humaine !

— Ah ! » fit-il sans s'émouvoir davantage. Peut-être n'y avait-il dans cette exclamation que le regret d'un appétit trompé. Tony voulait manger ; et la nature du mets lui importait peu ; j'en jugeai ainsi à son désappointement.

La Providence, dont Maïda était la voix, nous réservait un dédommagement ; elle fit sortir de son panier une énorme tortue vivante et quatre œufs de ce testacé, accompagnés d'une douzaine de grosses huîtres, qui avaient bien la forme de celles qu'on pêche sur le littoral de la Manche et dans les rades, mais qui en différaient par l'épaisseur et la couleur. Tony ne perdait pas de vue ces objets ; je lus dans ses yeux que la grillade était oubliée, et qu'il avait enfin l'espoir de satisfaire aux impatiences de son estomac.

Maïda alluma du feu, et, lorsque la cendre fut suffisamment échauffée, elle y déposa les œufs ; je ne sus que c'étaient des

œufs de tortue que par des signes qu'elle me fit en me montrant alternativement la tortue et les œufs. En attendant leur
cuisson, elle ouvrit les huîtres à l'aide d'un caillou tranchant
et avec une promptitude que lui eussent enviée les plus ha-
biles écaillères de Paris. Après avoir soulevé la chair de
l'huître et l'avoir examinée avec une curiosité que je ne m'ex-
pliquais pas (j'appris dans la suite que quelques-unes de ces
huîtres pouvaient contenir des perles), elle en mangea une et
nous offrit les autres. Mais la chair de cet animal vivant rappela mes dégoûts, et je ne pus cette fois triompher de ma répugnance. J'abandonnai à Tony la part à laquelle je pouvais
prétendre. Il n'en fut pas ainsi d'un des œufs de tortue, que
je mangeai avec plaisir en l'arrosant de quelques gorgées de
lait de coco, boisson saine et bienfaisante dont je me trouvai
très-bien.

La nuit suivante fut encore pour moi pleine d'anxiété et
de fiévreuse agitation. Tony dormait bruyamment à côté de
moi. Maïda était couchée un peu plus loin sur quelques
feuilles, et, torturé par une cruelle et délirante insomnie, je
repassais dans ma mémoire tous les incidents du naufrage;
je voyais mon père me tendant les bras, poussant des cris de
terreur, levant les mains au ciel. Je faisais de vains efforts
pour aller à lui, une vague énorme s'interposait entre mon
père et moi; il échappait à mes embrassements, et je ne saisissais qu'une ombre, un fantôme hideux, que je repoussais
avec horreur.

La fièvre augmentait alors; une soif brûlante me dévorait
et fixait ma langue à mon palais; et rien autour de moi pour
l'apaiser. J'avais essayé de réveiller Tony; mais il dormait
d'un sommeil de plomb. Je compris alors tout ce qu'il y avait
de justesse dans ces paroles d'un roi fugitif ne trouvant rien
pour étancher sa soif: « La moitié de mon royaume pour un
verre d'eau!» Hélas! je n'avais pas de royaume à donner, moi,
pauvre, à la merci d'une femme aussi pauvre; mais j'aurais
fait volontiers le sacrifice de la moitié de ma vie pour quelques gouttes de lait de coco.

Enfin le jour parut, et me délivra de cet affreux cauchemar
et de la fièvre qui l'avait produit. Quelques oiseaux chantaient
sur les buissons voisins, et Maïda, s'étant levée, s'empressa

de venir nous souhaiter le bonjour à sa façon, en nous touchant le nez, ce qui éveilla Tony. Elle nous fit lever l'un et l'autre, et je devinai, à l'espèce d'inquiétude dont ses traits portaient l'empreinte, que la journée qui commençait ne devait pas ressembler à celle qui l'avait précédée. Il était évident pour moi qu'il se passait quelque chose d'extraordinaire dans la tête de cette femme.

Dès que le soleil eut paru à l'horizon, elle sortit, grimpa sur le rocher, et en redescendit bientôt, la figure encore plus bouleversée. Elle me fit avancer un peu, fixa mon attention du côté de la mer, que je ne pouvais voir, puis leva ses doigts l'un après l'autre. Je compris à la huitième levée, à laquelle elle s'arrêta, qu'il y avait sur le rivage, ou non loin de nous, huit hommes, huit animaux ou huit barques. Mes suppositions n'allaient pas au delà de ces trois objets. Je m'expliquai alors la cause de son anxiété. Ensuite elle me prit la main, me fit marcher et presque courir, tâche que j'accomplis assez bien, car ma fièvre était calmée, et le grand air avait rafraîchi mon sang.

Maïda, dont l'oreille était, comme l'intelligence, douée d'une finesse extrême, avait, sans que nous nous en fussions doutés, saisi notre nom au passage, et sans pouvoir le prononcer encore, elle savait parfaitement lequel de nous était Édouard, lequel s'appelait Tony. J'essayai à plusieurs reprises, et en lui faisant étudier le mouvement de mes lèvres, de lui faire dire Édouard; mais son gosier s'y prêtait difficilement, et, malgré sa bonne volonté, rien de ce qu'elle proférait avec une extrême difficulté ne ressemblait à ce que j'eusse désiré entendre. Tony était plus heureux : quoique dans la bouche de Maïda la prononciation de ce nom ne fût pas parfaite, on pouvait dire qu'elle était presque satisfaisante.

Elle fit à Tony un signe très-impératif qui lui ordonnait de rester sous le rocher, à la place qu'il y occupait; ensuite elle marcha devant. Elle me fit tourner autour du rocher, au sommet duquel on arrivait par un sentier à peine frayé et très-rapide. Lorsque nous fûmes arrivés presque au point culminant, elle se leva, passa la tête entre deux grosses pierres au milieu desquelles croissent des plantes assez sem-

blables à la fougère de nos bois; puis elle se retira, fit prendre
à ma tête la même position entre les touffes de verdure, en
ayant soin que le reste de mon corps ne fût pas à découvert,
et j'eus alors sous les yeux un spectacle magnifique. C'était
la mer, calme, azurée comme le ciel et étincelante des feux
du soleil levant; ses petites lames, doucement excitées par
une brise zéphyrienne, venaient mourir, légèrement écumeuses, entre les pointes des petites roches, presque à fleur
d'eau, dont la grève était semée; çà et là les ondes formaient
de petits jets, comme ceux des évents de la baleine, et retombaient en prenant les teintes les plus variées et les plus
éblouissantes; on eût dit une mer de diamants, de rubis,
d'émeraudes. Je restai là dans une espèce d'extase. Portant
ensuite mes regards aussi loin qu'ils pouvaient s'étendre
vers l'horizon maritime, mes yeux y cherchaient la trace de
quelque navire; mais vaine et décevante fut cette investigation. Je ne découvris rien, si ce n'est que j'avais devant moi
le théâtre de notre naufrage. Maïda, qui se tenait près de
moi, avait soin de m'abaisser la tête chaque fois qu'elle s'élevait au-dessus des plantes et qu'elle pouvait être aperçue du
rivage; puis elle montrait encore ses huit doigts et les deux
pouces rabaissés sur la paume de sa main.

Je cherchais toujours, sans pouvoir le trouver, le mot de
cette énigme. Enfin, à force de promener mes regards sur le
rivage, je les arrêtai sur une ligne de sable surmontée de
quelques points noirs. D'abord je pris ces points pour des
pieux; mais un examen plus attentif me fit découvrir que
ces objets n'étaient pas fixes, qu'ils s'élevaient, s'abaissaient,
changeaient de place. Plus de doute, c'étaient des hommes,
des sauvages. Je comptai…; ils étaient huit; je les vis ensuite
se séparer, se rapprocher, se grouper. Évidemment ils ex-
ploraient le rivage; Maïda ne s'était pas trompée. Je retirai
ma tête, engagée dans le feuillage, et lui fis signe que je l'a-
vais comprise : elle reprit aussitôt le même sentier qui nous
avait conduits là. Il était temps; une imprudence de Tony
aurait pu renverser tous les plans de Maïda et compromettre
notre existence.

Sans tenir aucun compte des injonctions qui lui avaient
été faites, M. Tony gravissait le sentier, la tête haute. Maïda

le fit descendre en le poussant avec une rudesse qui s'expliquait parfaitement en pareil cas. La brusquerie de ce geste le mit en colère et presque en état de rébellion.

« Pourquoi donc êtes-vous venu ici, Tony, puisque Maïda vous l'avait défendu?

— D'abord, parce que je m'ennuyais d'être resté seul; et puis j'avais peur pour vous.

— Peur! et de quoi?

— Qui sait si cette femme ne vous avait pas emmené avec elle pour se défaire de vous, et de moi ensuite? Mais voyez, j'avais mon couteau ouvert et tout prêt à l'éventrer si elle vous avait fait du mal. Je ne peux pas m'accoutumer à cette vilaine figure-là.

— Vous avez tort. Si Maïda avait eu de mauvaises intentions, qui l'empêchait de les exécuter, lorsque, sous ce rocher où nous nous sommes trouvés je ne sais comment encore, nous étions tous les deux à sa discrétion? Cette défiance est injurieuse pour Maïda. Ainsi qu'à vous, d'abord elle m'a semblé d'une laideur repoussante; mais son cœur est si bon, qu'il doit faire oublier son visage. Quels tendres soins n'a-t-elle pas pris de nous! Sans elle nous serions morts de faim et de nos blessures. Médecin vigilant, elle a pansé nos plaies, pourvu à nos besoins les plus pressants, et quand ces trois hommes sont venus, affamés de chair humaine, pour empêcher que nous ne fussions découverts et mangés peut-être par eux, de quelle sollicitude ne nous a-t-elle pas entourés! comme elle veillait sur nous! En nous cachant à leurs regards, ne nous a-t-elle pas soustraits aussi à leurs appétits féroces?

— Vous croyez qu'ils nous auraient tués, monsieur Édouard? mais j'avais mon couteau!

— Faible enfant! une lame de deux pouces, un bras à peine exercé, pour abattre trois colosses altérés de sang humain!

— Vous avez raison. Quant à la vieille...

— Encore ce vilain mot! Moi, voyez-vous, je l'appellerais volontiers ma mère.

— Je ne le dirai plus, monsieur Édouard, ne me grondez pas.

— Je n'ai pas le droit de vous gronder, Tony; je veux

seulement ouvrir vos yeux à l'évidence et votre âme à la gratitude. »

Nous étions au bas du rocher. Maïda s'empressa encore une fois d'allumer du feu; elle alla chercher la tortue, en sépara avec de grands efforts les deux écailles, l'ouvrit, vida quelques intestins de la bête, et, se servant de ses écailles comme d'un ustensile de cuisine, elle les posa sur la cendre chaude en saupoudrant la chair avec quelques herbes sèches, pulvérisées dans sa main et qui exhalaient un arome très-agréable.

« Quel bon déjeuner nous allons faire, monsieur Édouard! » dit Tony.

Mais il devait en être autrement. A l'instant de servir, Maïda, dont l'ouïe était douée d'une grande subtilité, se jeta à terre, appliqua son oreille sur le sol, et se releva aussitôt tout alarmée. Elle renversa la marmite, comme dit Tony, et, à son grand déplaisir, couvrit de terre le foyer encore fumant; puis, nous attirant de son côté, elle nous cacha dans un fourré qui se trouvait à cinquante pas du rocher. Elle nous fit mettre la face contre terre, et prit la même position. Il était temps: déjà nous entendions les pas précipités de quelques hommes qui, dans un langage barbare, tenaient entre eux une conversation très-animée. Levant un peu la tête, je vis qu'ils se dirigeaient précisément vers le rocher que nous venions de quitter. Comme ils pouvaient être suivis de quelques autres, nous restâmes dans cette situation jusqu'à ce que l'oreille de Maïda, toujours collée contre terre, lui eût appris que, pour le moment du moins, aucune nouvelle bande n'était en marche. Elle nous fit lever et nous imposa le plus profond silence.

Tous ces hommes, ainsi que je ne tardai pas à l'apprendre, avaient été informés du naufrage, sans doute par ceux qui avaient stationné la veille près de nous, et ils venaient à la curée, se dirigeant en toute hâte vers le rivage pour se mettre en quête des débris ou des cadavres que la mer aurait pu y jeter. Mais comme leur attente devait être trompée, vu que les tribus voisines les avaient devancés dans ces investigations, Maïda avait le pressentiment de leur prompt retour, et, ne voulant pas nous exposer, chemin faisant, à leur fâ-

cheuse rencontre, elle avait pris de sages mesures pour les
éviter. C'était pour nous seulement que cette pauvre femme
avait peur; car personnellement elle n'avait rien à redouter
d'eux. Nous nous levâmes donc sur son ordre, et, au lieu
de prendre la route à demi frayée que ces hommes avaient
suivie, nous nous jetâmes du côté opposé à travers d'épaisses
broussailles. Lorsque nous les eûmes quittées, après une
heure de marche, nous nous trouvâmes vis-à-vis d'une montagne d'une assez grande élévation, et sur le flanc de laquelle
serpentait un chemin

> Montant, sablonneux, malaisé,
> Et de tous les côtés au soleil exposé.

Et Dieu sait quel soleil! des torrents de feu! La sueur ruisselait
de tout mon corps; la faiblesse, l'état maladif dans lequel
je me trouvais, faisaient pour moi de cette ascension un véritable et presque intolérable supplice. Tony ne soufflait mot,
et piétinait tout haletant. Maïda cheminait toujours en avant,
sans paraître se douter que la chaleur fût accablante. Sentinelle vigilante, elle s'arrêtait souvent, soit pour reconnaître
son chemin, soit pour observer de près ou de loin ce qui pouvait
la rassurer ou lui donner quelque nouveau sujet d'alarme.
J'étais l'objet, je ne dirai pas de sa prédilection, mais de sa
commisération; de temps en temps elle jetait sur moi des
regards pleins de bienveillance, et m'adressait dans son langage quelques paroles que mon cœur interprétait ainsi : Courage, petit, courage! *Mac-micri, mac-micri!*

Nous marchâmes encore une heure; ce fut un siècle pour
moi, tant je souffrais. Nous descendions enfin par une pente
rapide cette montagne que nous avions eu tant de peine à
gravir. Nous arrivâmes à une espèce de ravin au milieu duquel coulait une eau limpide et peu profonde, formant cas-
cade à la partie supérieure des rochers et rubanant ensuite
dans un vallon assez large et tout tapissé de fleurs.

Maïda nous fit asseoir sous une touffe d'arbres au large et
épais feuillage. Elle eut soin de nous placer de telle façon que
nous ne pouvions être aperçus de ceux qui de la hauteur auraient eu vue sur la petite vallée; ensuite elle s'éloigna. Tony,

qui ne tenait aucun compte des injonctions les plus sages et
les plus formelles, dès qu'il la vit à distance, quitta sa retraite, s'approcha du ruisseau et y but amplement en puisant
de l'eau avec le creux de sa main. Il m'invita à en faire autant, et je cédai à la tentation. Voir à quelques pas de soi
l'onde la plus pure, être dévoré de la soif la plus ardente, et
s'abstenir, c'était chose au-dessus de mes forces. Je me levai,
et remontai le cours de la petite rivière, pour ne pas puiser
l'eau qu'il avait troublée plus bas; car Tony avait voulu
joindre le plaisir d'un bain de pieds à celui de boire à satisfaction; j'écartai quelques roseaux pour accéder plus aisément, lorsque ce cri : Éd...ouard, me fit retourner subitement. A deux pas de moi était Maïda très-effrayée, et qui me
fit signe de ne pas approcher davantage. Je jetai les yeux
autour de moi, et je vis avec effroi, se dressant au milieu des
roseaux, un grand serpent noir qui allait m'atteindre; puis je
me sentis soulever de terre; c'était encore Maïda, qui m'entraîna ou mieux me porta sur l'autre rive.

Le péril que j'avais couru était si imminent, qu'il avait
tout à coup délié la langue de ma vigilante gardienne. Maïda
put enfin prononcer mon nom, ce que, dix fois auparavant,
elle avait en vain essayé. Elle ne l'oublia plus.

Je ne saurais dire si j'eus plus de joie d'avoir échappé à la
piqûre du reptile que d'avoir entendu mon nom sortir de la
bouche de Maïda.

Tony était resté un peu plus loin sur le bord où je me trouvais; il n'avait rien vu de ce qui s'était passé. Ne comprenant
pas pourquoi on ne lui faisait pas signe de venir nous rejoindre, et s'apercevant que Maïda n'avait eu de l'eau qu'à la
hauteur du genou, il n'hésita pas à traverser le ruisseau.

Maïda, toujours prévoyante et attentive à nos besoins,
nous offrit une espèce de fruit noir assez semblable à de
grosses mûres, qu'elle venait de cueillir sur des buissons voisins. Nous les trouvâmes d'un goût exquis et très-rafraîchis-
sants. En les mangeant, je ne pus m'empêcher de sourire à
cette exclamation de Tony : « Si c'est là tout le déjeuner, il
est maigre. » Son estomac parlait toujours plus haut que sa
raison.

Il fallut bien de nouveau se mettre en route, et je fais ici

3

l'aveu que le courage faillit me manquer à l'aspect de la montagne qui se dressait presque à pic devant nous, et qu'il fallait gravir. Elle formait le côté nord du vallon, et le soleil, contre les rayons duquel nous n'avions que quelques feuilles pour abriter nos têtes, était alors à sa plus grande altitude. Nous commençâmes à monter lentement; mais, après quelques minutes de cette rude ascension, il me fut impossible de faire un pas en avant. Je m'arrêtai; ma tête était aussi fatiguée que mes jambes, et j'allai me jeter sur la terre, sans prendre souci de ce qui pouvait en avenir, lorsque je me sentis soulever par une force supérieure. C'était la bonne Maïja, quelle autre qualification lui donner? qui me chargeait sur ses épaules malgré les efforts que je faisais pour m'en défendre. Vainement je la suppliais de me laisser où j'étais, elle fut impitoyable dans son dévouement héroïque.

Avec ce lourd fardeau de ma personne, elle escalada la montée avec autant d'agilité que si elle eût été parfaitement libre de ses mouvements, et bientôt elle me déposa sur un plateau tapissé de mousses desséchées.

« Vous êtes bien heureux, monsieur Édouard, fit Tony, d'avoir trouvé une pareille aubaine; ce n'est pas à moi qu'il en arriverait autant. Du reste, vous le méritez bien, et ce que j'en dis, ce n'est pas par jalousie, n'allez pas le croire; je voudrais être assez grand, assez fort pour vous rendre un pareil service; mais c'est que, voyez-vous, je commence aussi à me fatiguer; et si nous avons encore à faire beaucoup de chemin comme celui-là, je pourrais bien rester en route, à moins que je ne fasse aussi la rencontre d'un autre sauvage. Pourtant, ajouta-t-il avec malice, j'aurais quelque honte à me faire porter sur le dos d'une femme.

— Ce que vous dites là, Tony, n'est ni à propos ni généreux même, et ce sentiment de jalousie dont vous cherchez à vous défendre perce malgré vous dans vos paroles. Je suis aussi affligé que vous auriez pu l'être d'avoir donné à Maïja la peine qu'elle a prise; mais vous avez vu que j'ai vainement essayé de me soustraire à cette action, ma volonté a été impuissante.

— Il faut que les femmes de ce pays aient l'habitude de porter de lourdes charges; car elle vous a enlevé comme une plume, et vous étiez déjà sur ses épaules que je vous croyais encore à terre; puis elle montait, montait, que j'avais peine à la suivre. »

Il fallut encore se mettre en devoir de cheminer; mais cette fois il n'y avait plus à monter. Le plateau était droit et plat, et il se terminait par une descente un peu abritée par des broussailles, et surmontée de rochers d'une forme gigantesque et singulière, figurant ici des ruines de vieux châteaux, là des colonnes à demi brisées, plus loin des silhouettes d'individus de stature colossale : le tout entremêlé d'arbres d'une végétation rabougrie. La descente opérée, nous nous trouvâmes à l'entrée d'un vallon plus frais, plus riant encore que celui que nous venions de quitter; on eût dit une des riches et verdoyantes vallées de notre belle Normandie. Les flancs de ce vallon étaient couverts de cocotiers chargés de fruits et entremêlés d'autres arbres couverts d'un feuillage épais, foncé et entremêlé de fleurs aussi larges que celles du magnolia.

Tout fatigué que j'étais et presque hors d'état de me soutenir, je ne pus retenir un cri d'admiration.

Arrivés près d'une touffe de grands arbres entremêlés de lianes fleuries, Maïda nous fit signe que nous devions nous reposer. Ces lianes, se contournant de mille façons, formaient un berceau naturel.

Le repos nous était devenu à tous trois absolument nécessaire : aussi nous étendîmes-nous avec délices sur l'herbe fine qui tapissait le sol du bosquet. Bientôt le sommeil nous surprit sous ces frais ombrages, sommeil bienfaisant et réparateur, qui nous fit oublier et les misères passées et les dangers présents.

En m'éveillant je me trouvai seul; et, cherchant autour de moi à la place occupée par mes compagnons de voyage, je m'inquiétai de ce délaissement. Mais bientôt je vis entrer Tony; son visage était radieux.

« Ah! monsieur Édouard, me dit-il, qu'elle jolie pêche nous avons faite, Maïda et moi! Voyez donc ces poissons, comme ils sont jolis! les belles couleurs! »

Je jetai les yeux sur le panier qui les contenait, et je fus de son avis. « Mais c'est une pêche miraculeuse! » m'écriai-je.

Ces poissons étaient de la taille de nos harengs, couverts de belles écailles nacrées, tachetées de bleu, de rouge, de jaune.

« Où et comment avez-vous pris cela, Tony?

— Où? mais dans la grande rivière qui coule à deux cents pas d'ici. Comment? je vous expliquerai cela tout à l'heure, quand les poissons seront cuits. Tenez, voici Maïda qui arrive, avec sa charge aussi : elle va nous accommoder cette matelotte; car vous devez avoir appétit, monsieur Édouard. »

Cela signifiait simplement : Tony a faim.

Maïda fit comme Tony; joyeuse, elle me montra sa pêche, puis gratta, toujours avec un caillou tranchant qu'elle attachait à sa ceinture, les écailles des poissons, qui brillaient au soleil comme des paillettes d'or et d'argent, elle les frotta ensuite avec des herbes odorantes; puis avec deux autres cailloux elle alluma du feu à quelque distance du bosquet.

« Je suis curieux, monsieur Édouard, de voir à quelle sauce Maïda nous fera manger ce poisson; le beurre ne les gênera pas, je crois. Ah! si nous avions ici un pot de notre bon gros cidre de Normandie, comme cela les arroserait bien, et quel excellent déjeuner nous ferions!

— Décidément, Tony, vous êtes né avec de grands penchants pour la gourmandise; mais, je vous le répète, nous devons nous trouver satisfaits de ce que nous rencontrerons ici; nous n'avons pas le droit de nous montrer exigeants ou difficiles.

— Vous avez toujours raison, monsieur Édouard; vous pensez à tout, et moi je ne suis qu'un pauvre ignorant.

— Hélas! mon ami, vous et moi nous sommes à bonne école pour apprendre, l'école de l'adversité. »

Tony avait déjà tourné les talons, et n'avait pas attendu ma réponse pour aller faire un tour à la cuisine en plein air. Les poissons étaient sur le gril improvisé, c'est-à-dire sur quelques pierres plates posées, de distance en distance, au milieu du foyer incandescent. Maïda s'empressa de nous les servir, et véritablement je les trouvai délicieux.

« Racontez-moi donc comment s'est faite cette pêche, Tony : vous n'aviez pas de filets.

— Bah! ces femmes sauvages, ça sait tout faire. Vous

allez voir comment elle s'y est prise. D'abord il faut vous dire que cette rivière, qui n'est pas profonde, foisonne de poissons de toute espèce : j'ajoute de toute espèce, quoique nous n'ayons apporté que d'une seule; mais ce n'est pas ma faute. Il paraît qu'il n'y a pas beaucoup de pêcheurs dans le pays, car les poissons n'y sont pas farouches; on pourrait presque les prendre à la main; mais je n'y ai pas réussi tout de même. Maïda a été plus adroite : savez-vous ce qu'elle a fait?

— Non, pas encore, et j'écoute.

— D'abord elle a creusé le long de la rivière, qui s'en va en pente, une petite rigole; et je l'ai aidée, la voyant faire; puis, quand la rigole a été assez longue, elle s'est mise dans l'eau courante, qu'elle a agitée et troublée en remuant le fond, ce qui faisait remonter le sable à la surface. Quelques poissons, qui suivaient tranquillement le cours de l'eau, auront eu peur du bruit que faisait Maïda; ils ont aussitôt changé de route et pris celle de la rigole, absolument comme si on leur avait dit de le faire; c'est là que je les attendais. Quand Maïda a vu qu'il y avait assez de poissons dans le petit canal, elle en a fermé l'entrée avec des cailloux, des herbes et de la vase, comme elle avait fait auparavant à la sortie : de sorte que, ne pouvant rebrousser chemin, ils ont été pris sans difficulté, mais non sans faire beaucoup de sauts et de bonds quand ils ont senti la main qui les touchait. Nous en avons bien happé ainsi une douzaine et demie, et dans la rigole nous en avons laissé autant, que vous irez voir tout à l'heure; car ils sont encore bien plus jolis dans l'eau que pêchés. »

Maïda, qui était présente, semblait prêter une oreille attentive à ce récit et jouir de notre admiration.

« Mais, Tony, je m'aperçois à l'instant que votre main droite est saignante : est-ce un de ces poissons qui vous a mordu?

— Oh! non; ça c'est une autre histoire. Vous voyez ces grands arbres en face de nous qui n'ont qu'une tête et pas de branches, avec une écorce raboteuse, et qui ressemble à une chevelure mal peignée?

— Ce sont des cocotiers : est-ce que vous ne vous souve-

nez pas d'en avoir vu sur les îles devant lesquelles nous avons
passé?

— Je n'y ai pas fait attention, et puis, en fait d'arbres, je
n'aime que ceux que j'ai vus en Normandie, nos jolis pommiers, quand ils sont couverts de leurs belles fleurs blanches
et roses, ou bien lorsqu'ils courbent leurs branches sous le
poids des fruits vermeils dont ils sont chargés au mois d'oc-
tobre. Quant à ces grandes perches qui portent des noix plus
grosses que ma tête et dures comme des cailloux, je n'en fais
pas beaucoup de cas.

— Savez-vous, Tony, que vous parlez bien, lorsque vous le
faites d'après vos impressions et vos sensations?

— Je parle comme je puis, monsieur Édouard, et plus souvent mal que bien; je n'ai jamais été au collège, moi! Mais
revenons au grand arbre. La négresse me fit signe d'y monter; et comme mon père, étant charpentier, m'a fait souvent grimper sur les chevrons, marcher sur les solives,
je ne me fais pas tirer l'oreille pour enjamber le mât; je
grimpe, je grimpe; c'était plus haut que je ne croyais; enfin
j'arrive aux longues feuilles et j'atteins les noix, que je jette
à terre. A mesure, Maï la les ramasse; un de ces cocos se dé-
tache tout seul et me tombe sur la tête, où il me fait la bosse
que vous voyez. Je m'y étais mal pris sans doute; car la vieille,
qui était en bas, riait à se tordre les membres, en montrant
ses longues vilaines dents. J'étais taquiné, et je descendis de
cette perche plus vite que je ne voulais, me rabotant çà et
là les cuisses, les bras et la main, que je me suis un peu
écorchés. Mais c'est égal, je n'y pense plus, nous avons six
cocos. »

J'étais désireux de voir ces gentils poissons nager en plein
liberté dans leur élément naturel. Nous nous dirigeâmes
vers le ruisseau, et chemin faisant j'admirai la beauté du
splendide paysage que j'avais sous les yeux; je m'étonnai en
même temps de n'y remarquer aucune habitation, aucune
trace de culture ni de pas d'hommes. Je sus plus tard que
la guerre avait éclaté l'année précédente entre deux tribus
voisines; que les vainqueurs avaient usé largement, impitoyablement même, de leur victoire, en brûlant les cases,
détruisant les plantations et massacrant toute la popula-

tion à trois lieues à la ronde, sans distinction de sexe ni d'âge.

Nous étions arrivés sur les bords de la rivière, torrent rapide et redoutable dans la saison des pluies, en ce moment ruisseau plutôt que rivière, aux ondes calmes et transparentes comme le cristal. Les rives en étaient émaillées d'une infinité de fleurs toutes nouvelles pour moi, mais qui toutes aussi avaient un éclat extraordinaire : on eût dit qu'elles trouvaient plaisir à se mirer dans ces eaux pures, sur lesquelles leurs tiges semblaient se pencher avec amour et reconnaissance; car c'est à ces mêmes eaux qu'elles étaient redevables d'échapper, par la fraicheur et l'humidité qu'elles répandaient sur leurs racines, aux rayons brûlants du soleil.

Je vis ces petits poissons se promenant tantôt par bandes, tantôt isolément, montant quelquefois à la surface pour humer l'air ou happer quelques moucherons imprudents.

En suivant un peu le courant de la rivière, Tony, accroupi sur le bord, aperçut un autre poisson beaucoup plus gros que les autres, qui nageait en faisant des zigzags, et donnait la chasse à d'autres petits poissons de la taille d'une ablette. Il alla se cacher ensuite sous le pied d'un vieil arbre mort qui se baignait dans l'eau.

« Attendez, je vais y fouiller, dit Tony en entrant dans le ruisseau, et nous l'attraperons certainement, ou il sera bien malin. »

Il en fut ainsi qu'il le désirait : il passa ses deux mains dans la retraite que le poisson s'était choisie. D'abord il lui échappa en longeant les arbres du bord ; mais il avait affaire à un pêcheur opiniâtre qui ne lâchait pas volontiers sa proie; ayant saisi un morceau de bois flottant, il lui en frappa la tête et l'étourdit.

« Il est à nous, s'écria Tony tout joyeux de sa capture. Aidez-moi, monsieur Édouard, à le sortir de l'eau. »

Je lui prêtai main-forte en tirant le poisson par la queue, tandis qu'il le prenait par la tête, et nous le jetâmes sur le gazon.

C'était un poisson de forme singulière : sa tête était très-petite; son ventre, démesurément gros, était blanc tacheté de noir; son dos, d'un vert foncé zébré de bandes jaunâtres.

« Ah ! fit Tony, en voilà un qui à lui seul vaut les douze
que nous avons pêchés ; il doit être bien plus charnu que les
autres. Portons-le vite à Maïda, qui sera bien étonnée, et qui
verra qu'à l'occasion on peut aussi se pourvoir. »

Ce poisson, en effet, pesait bien un kilogramme et demi :
il était mort en sortant de l'eau, peut-être du coup que Tony
lui avait porté.

Maïda était assise sur la pelouse, et s'occupait à ouvrir une
des noix de coco. Tony jeta le poisson devant elle ; aussitôt
elle le repoussa du pied. « Eh bien ! fit Tony, c'est ainsi qu'elle
reçoit notre pêche ! »

Maïda vit bien à la mine rechignée de mon compagnon qu'il
était fâché ; aussi ne différa-t-elle ni l'explication ni sa propre
justification.

Elle se leva, prit un caillou gros et tranchant, et fendit
d'un seul coup le ventre de l'animal ; il en sortit un liquide
presque noir exhalant une odeur insupportable ; ensuite elle
repoussa encore le poisson aussi loin de nous qu'il lui fut
possible, et répéta les mêmes gestes qu'elle avait faits à propos des prétendues pommes que Tony avait cueillies.

« Il paraît, monsieur Édouard, que notre pêche n'est pas
du goût de la vieille (c'était le nom qu'il ne manquait jamais
de donner à Maïda lorsqu'il croyait avoir à se plaindre d'elle).
Sans doute c'est parce qu'elle n'était pas de la partie ; j'aurais
pourtant mieux aimé ce gros poisson, où il y a plus à prendre
que dans les petits, qui sont pleins d'arêtes et qui ont dimi-
nué de moitié en cuisant.

— Tony, vous avez la mauvaise habitude de supposer toujours à Maïda des intentions qu'elle ne saurait avoir : eh bien !
j'ai une opinion plus juste de ce qui vient de se passer sous
nos yeux. Savez-vous ce que j'en pense ?

— Non, monsieur Édouard.

— N'avez-vous pas compris comme moi que, lorsque
Maïda a écrasé vos pommes et vous a empêché d'en manger,
c'est qu'elle savait, ce dont nous ne nous doutions ni l'un ni
l'autre, que ces fruits sont vénéneux et peuvent donner la
mort ?

— Ah ! vous avez raison ; et peut-être que le poisson est
aussi vénéneux.

— C'est venimeux qu'il faut dire : vénéneux pour les plantes, venimeux pour les animaux,

— Merci, je tâcherai de m'en souvenir. Précisément Maïda a fait la même chose, les mêmes grimaces pour le poisson qu'elle avait faites pour les pommes; alors c'est une bonne femme, ça, c'est vrai; il faut que j'aille l'embrasser. »

Et Tony, suivant ce premier mouvement, se jeta au cou de Maïda.

« Tenez, mon ami, lui dis-je, vous avez bon cœur, je le vois.

— Ce n'est pas ce que disait ma grand'mère, qui me connaissait : « Antoine, répétait-elle à mon père, Antoine est un « garnement qui n'a pas plus de cœur que ça, — elle montrait son sabot. — Il faut l'embarquer et lui faire manger « de la vache enragée. »

Maïda, qui témoignait quelque impatience de cette longue conversation, à laquelle elle ne pouvait prendre part, l'interrompit, et nous montra d'un côté le soleil arrivé aux deux tiers de sa course, et de l'autre un petit sentier qui serpentait sur la montagne opposée à celle au bas de laquelle nous avions fait une halte si agréable; puis elle chargea Tony de porter cinq des cocos, et le sixième fut mangé sur place : elle enveloppa les poissons qui restaient, et qu'elle avait fait griller en notre absence, et l'on se mit en marche avec d'assez bonnes dispositions.

CHAPITRE VI

Les moustiques. — Kart. La hutte. — Sculptures sauvages. — Maïda chez elle. — Le mobilier d'un naturel. — Vin de coco. — Tatouage nocturne. — Les petits ouvrages d'un indigène. — Nouvelle alerte. — La grotte mystérieuse. — Conversation secrète. — Visite périlleuse. — Les deux pères. — La petite croix d'or. — Éducation mutuelle. — Une antipathie canine. — Les araignées comestibles. — Abstinence forcée. — Tony se défie de la Providence. — Merle et vautour. — Déjeuner tombé du ciel. — Kart chasseur.

Le soir de cette journée, entremêlé de fatigues et de quelques compensations, se passa, ainsi que la nuit, à la belle étoile; nous nous couchâmes sur la terre presque nue, abrités seulement par quelques arbres chétifs et peu chargés de feuillage. Nous nous trouvions sur le revers d'une montagne. Maïda, me montrant quelques insectes ailés qui bourdonnaient autour de nous, me fit comprendre que nous n'aurions pu dormir dans la plaine, où ces animaux fourmillent et sont pour les habitants une cause incessante de tourments et de douloureuses piqûres. Ce sont les moustiques, une des plaies qui affligent les pays les plus favorisés du Ciel, et qui fera toujours regretter au voyageur la température des climats de l'Europe occidentale.

Le lendemain, nouvelle mise en marche, toujours par monts et par vaux, avec les mêmes incidents et une chaleur souvent intolérable.

« Chien de pays! » disait Tony dans ses accès de maussaderie de plus en plus piquants, et pensant à ses pommes vénéneuses et à son gros poisson au ventre *plein d'encre*; « chien de pays, où l'on ne peut toucher à rien sans craindre de s'empoisonner ou d'être piqué par quelque bête malfaisante! » Et la Normandie revenait sur le tapis, la Normandie, son paradis terrestre, d'où pourtant sa paresse et ses mauvaises inclinations l'avaient fait bannir.

Nous cheminions silencieusement, gravissant une côte assez rapide, lorsque Maïda poussa un cri de joie.

« Kart! Kart! » dit-elle; et en même temps elle manifesta cette joie à sa manière accoutumée, en battant des mains et en dansant d'une façon qui semblait si ridicule à Tony, qu'elle provoquait toujours ses éclats de rire.

« Kart! Kart, qu'est-ce donc? » clamait Tony. Nous ne tardâmes pas à l'apprendre. Au détour d'un petit sentier nous vîmes accourir un animal dont il était difficile d'abord de spécifier la nature; mais toute incertitude cessa bientôt. Kart était un chien de petite taille, gris-noir, au poil hérissé, aux oreilles droites, et pointues. Kart accourut au-devant de sa maîtresse, lui lécha les pieds, les jambes, les mains, sautillant autour d'elle et lui faisant mille caresses qui lui furent rendues; il se tourna vers Tony et vers moi, nous flaira, mit sa queue entre ses jambes, et nous honora de deux grogne-ments.

« La vilaine bête, dit Tony : tout est donc laid dans ce pays! Cependant je ne suis pas fâché de retrouver ici un animal comme il y en a en Normandie; ils y sont plus beaux, c'est vrai, mais je m'arrangerai de celui-ci tout de même; ce sera un bon camarade; je lui apprendrai l'exer-cice comme je faisais à Azor, le chien de ma grand'mère, et qui m'a mordu bien souvent. » Et il se mit à répéter : « Kart! Kart! » Kart, défiant et sur ses gardes, ne répondait pas à l'appel, marchant devant nous en éclaireur, et se retournant cent fois au moins dans une minute pour ne pas perdre de vue Maïda. C'était pour nous un intéressant et curieux spec-tacle. Un autre nous attendait tout près de là, qui ne nous causa pas une moins agréable surprise. Au détour d'un gros bloc de rochers qui semblait vouloir nous barrer le chemin, nous nous trouvâmes tout près d'une espèce de hutte res-semblant assez à ces meules de grains éparses dans nos cam-pagnes après la moisson : c'était la même forme à peu près quant au sommet; mais la base en était différente. Du côté opposé à celui par lequel nous arrivions à la hutte, se trou-vait une ouverture d'environ un mètre trente centimètres de haut, formée par deux montants de bois dont l'extrémité supérieure était surmontée de deux figures grossièrement sculptées et d'un aspect hideux. Cette hutte, couverte de longues herbes sèches, était adossée à un rocher dans les fentes duquel croissaient des arbustes qui rendaient moins triste l'aspect de cette muraille naturelle d'un ton gris ardoise.

Maïda renouvela ses signes de joie en voyant cette hutte, dont elle ouvrit la porte, retenue aux montants par des attaches de jonc tordu. Évidemment c'était là sa demeure, retraite cachée à tous les yeux, et qu'on ne pouvait découvrir que du haut du rocher contre lequel elle était construite. Elle y entra la première; non, ce fut Kart qui l'y précéda. Elle jeta les yeux çà et là, parut satisfaite de sa rapide inspection, et nous invita à entrer avec des gestes qui témoignaient du plaisir qu'elle éprouvait à se trouver et à nous recevoir chez elle.

D'abord aucun objet ne nous frappa la vue dans cette espèce de four, qui ne recevait le jour que par la porte; mais peu à peu l'obscurité se dissipa, et je pus plonger un regard scrutateur dans la demeure de notre bienfaitrice. L'ameublement était des plus primitifs. Autour de la case quelques bottes d'herbes sèches recouvertes de nattes; au fond une petite planche suspendue au toit par des cordages; sur cette planche quelques ustensiles dont l'usage m'était parfaitement inconnu; dans un coin, deux vases de poterie grossière et de dimensions différentes, quelques cocos vidés et des joncs percés aux deux extrémités : tel était l'inventaire du mobilier de la pauvre femme. Loin d'avoir honte de cette misère, Maïda en semblait tout orgueilleuse, et nous montrait avec de grandes explications, toujours parfaitement inintelligibles pour nous, chacun des objets qui lui tombaient sous la main.

Mais nous n'avions pas tout vu encore. Maïda ouvrit une autre porte dont l'entrée se confondait avec les parois de la case; elle ouvrit, ou mieux elle souleva cette porte, qui cachait une espèce de chenil de longueur d'homme, mais très-peu élevé au-dessus du sol. Elle nous fit comprendre que là était sa couche, et qu'elle nous abandonnait la grande hutte.

Un rayon de soleil couchant y pénétrait; Maïda s'accroupit sur une natte, et nous invita à en faire autant.

« On n'est pas trop mal ici, dit Tony, quoiqu'il n'y ait ni chaises, ni bancs, ni table, ni foyer; mais on s'y trouve à l'abri de la grande chaleur; si nous devons y rester, je me charge du mobilier; je ferai de la menuiserie. Mais sans doute il y a dans ce pays d'autres habitations plus logeables, et Maïda s'empressera de nous y conduire; ce n'est qu'un pied-à-terre, comme on dit chez nous. » Puis il en vint à son refrain favori : « J'ai faim ! » qu'il accompagna des gestes d'usage. Restaient quelques poissons et des amandes de coco, que Maïda nous apporta. Pour apaiser sa soif, elle lui présenta l'extrémité inférieure d'un grand et gros bambou. D'abord il ne comprit pas le rapport qu'il pouvait y avoir entre la soif dont il se plaignait et cette *grosse canne* qu'on lui mettait dans la main. Maïda lui montra que ce bambou avait une ouverture fermée avec une petite cheville de bois; la cheville enlevée, il sortit du roseau une liqueur jaunâtre, qui fut recueillie dans la coque d'un coco. Tony porta le vase à ses lèvres après avoir clos l'ouverture qui avait donné passage au liquide. « Tiens, tiens, mais ça n'est pas mauvais. Goûtez donc, monsieur Édouard; on dirait presque du petit cidre nouveau de Normandie. »

Je fus de son avis; la boisson avait une saveur agréable et piquante, et nous eussions bu plus que de raison peut-être, si Maïda ne nous eût versé la liqueur qu'avec mesure et n'eût refusé positivement de remplir le coco que maître Tony lui présentait pour la troisième fois. La soif ardente qui nous possédait excusait jusqu'à un certain point cette indiscrétion.

Le repas terminé, je me couchai définitivement sur la natte où j'étais assis; Tony se plaça à mon côté, et Maïda elle-même ne tarda pas à se retirer dans *sa chambre* en compagnie de son fidèle Kart.

Quelle bonne nuit nous eussions passée, Tony et moi, sans une infinité d'hôtes incommodes qui, dès que les ténèbres arrivèrent, vinrent conspirer contre notre repos! Le vampire ailé qu'on appelle moustique se jeta sur nous, et nous tatoua tout le corps de ses piqûres acérées. Si le sommeil en triompha quelquefois, c'est que nous étions à demi morts, tant cette horrible bête nous mit sur les dents.

Le lendemain nous avions tous les membres gonflés de tumeurs, endoloris, et en proie à de cuisantes démangeaisons. Maïda alla chercher dans quelque coin de la hutte une espèce d'onguent dont elle frotta les piqûres. Il paraît qu'elle n'avait reçu aucune atteinte de ces redoutables insectes, dont quelques-uns gisaient morts au bas de sa couche; sa peau, plus dure sans doute, n'avait pas semblé du goût des moustiques, et c'est sur la nôtre, moins rebelle à leur aiguillon, qu'ils avaient épuisé leur fureur sanguinaire. « Merci de la préférence, » dit Tony en faisant une petite grimace. Cependant, grâce au spécifique de Maïda, que Tony appelait la pommade de la vieille, après deux heures d'application, nos douleurs étaient devenues très-supportables.

La matinée était fraîche; le ciel, d'un azur magnifique, promettait une belle journée; mais à quoi l'employer? C'est la triste réflexion que je faisais. Combien de temps étions-nous condamnés à passer dans cette misérable hutte? C'est un mystère dont l'avenir pouvait seul soulever le voile; et, dans ces poignantes conjonctures, j'en étais à regretter d'avoir survécu au naufrage et à mon malheureux père; j'enviais presque aussi cette placide insouciance de Tony jouant à mes côtés avec le chien de la maison, absolument comme s'il eût été sous le toit paternel. Maïda, assise devant la porte de la hutte, travaillait à percer avec effort, à l'aide d'un clou, une pierre verte, la serpentine, dont elle se faisait un collier : elle avait près d'elle des bracelets commencés, des tresses, des nattes, des coquillages, et travaillait fort paisiblement, lorsqu'un mouvement inusité de Kart attira son attention. Kart n'aboyait jamais; mais il suppléait à cette faculté canine par une manifestation non équivoque de son agitation ou de son inquiétude, lorsqu'il se passait autour de lui, ou à une certaine distance, quelque chose qui lui semblait étrange.

Maïda, préoccupée des avertissements de Kart, se leva précipitamment, et, suivie du chien, monta sur le rocher, d'où elle redescendit au bout de quelques minutes avec un air qui ne présageait rien de sinistre ou d'inquiétant : cependant, par surcroît de précaution, elle nous fit rentrer dans la case. Un quart d'heure ne s'était pas écoulé que Maïda, sur de nouveaux indices de Kart, sortit encore et rentra précipitamment; vite elle s'empressa d'enlever une grosse botte d'herbes sèches qui se trouvait près du lieu où elle couchait; cette herbe cachait un trou de demi-hauteur d'homme, recouvert par une grosse pierre qu'elle repoussa sur le côté; ensuite elle nous fit signe de sortir par cette ouverture, et nous y aida même pour accélérer notre passage. A peine étions-nous entrés, que la grosse pierre roula sur nous en fermant hermétiquement le lieu où nous nous trouvions, lieu parfaitement indescriptible pour le moment, attendu qu'il y régnait une obscurité complète.

Tout d'abord je fus saisi d'un froid assez vif qui me pénétra jusqu'à la moelle des os, et me fit trembler comme si j'avais eu la fièvre. Tony éprouva la même sensation.

« On gèle ici, monsieur Édouard; où sommes-nous? Je n'ose faire un pas, dans la crainte de tomber dans un précipice. Le terrain s'en va en pente: si nous allions être enterrés là tout vifs? Mais chut, chut! j'entends parler, on a l'air de se chamailler dans la maison, il y a quelqu'un de plus que Maïda assurément; une grosse voix..., écoutez! J'ai bien peur. Peut-être veut-on nous manger, et Maïda ne le veut point. Allons-nous rester là?... Je voudrais bien être dehors; je grelotte. Ah! mon Dieu! et puis on ne voit goutte. Nous étions bien mieux hier dans la campagne. Il faisait chaud, très-chaud, c'est vrai; mais vaut encore mieux suer que trembler.

— N'élevez pas autant la voix, Tony, il serait dangereux qu'on nous entendît de la hutte.

— Vilaine cave! pourquoi nous avoir mis là dedans? » Puis il reprit plus bas : « On ne souffle plus mot dans la maison, monsieur Édouard : si on avait tué Maïda! » Cette pensée me fit frémir; qui me disait que Tony n'eût pas deviné juste?... Il s'était trompé, grâce à Dieu.

Le trou fut débouché par la main de Maïda, qui appelait très-distinctement: Édouard! Tony! Nous sortîmes de notre cachette sans nous faire prier, tant nous avions hâte de revoir le soleil. Maïda semblait sinon joyeuse, du moins rassurée : elle voulut nous donner l'explication de ce qui s'était passé dans l'entrevue inespérée qu'elle avait eue indubitablement avec un des naturels; mais j'avoue que je compris bien peu de chose à ce qu'elle voulait me faire entendre. Seulement je vis à terre de longues racines en assez notable quantité : c'étaient des ignames; mais comment, pourquoi étaient-elles là, c'est ce que je ne pus parvenir à savoir. D'ailleurs j'étais peu disposé à entretenir cette difficile conversation; l'air de cette cachette m'avait si vivement impressionné, qu'en revenant à la chaude température de la hutte je sentis le frisson parcourir mes membres. La fièvre avait repris son poste, et, ne pouvant tenir debout, je me jetai sur la natte. J'y demeurai pendant deux jours sans avoir la moindre connaissance de ce qui se passait autour de moi.

« Deux fois, me dit Tony, le soleil s'est levé depuis que vous vous êtes endormi, et je me suis ennuyé d'autant plus que Maïda m'a laissé seul un jour tout entier : j'avais beau vous parler, vous ne me répondiez pas; et puis je n'avais à manger que deux de ces longues carottes blanches qu'elle a fait rôtir : c'est un mauvais régal. Avant de partir elle avait posé ce pot de terre rempli d'eau à côté de vous, en me faisant signe de vous donner à boire chaque fois que vous en demanderiez. Vous avez bu six coups, mais sans vous éveiller. La nuit on a fait du feu dans la hutte pour éloigner les moustiques; il paraît qu'il n'y a que ce moyen-là de s'en débarrasser : la fumée les chasse; mais aussi elle vous aveugle. J'en ai encore les yeux rouges. Vous avez beaucoup rêvé cette nuit-là; vous vous débattiez en criant : « Mon père ! mon père ! » cela faisait mal à entendre, et je pensais aussi au mien. J'en ai encore le cœur gros; et vous poussiez des soupirs ! oh ! rien que d'y penser !... Vous êtes bien heureux, monsieur Édouard, d'avoir eu un bon père, comme le vôtre. Comme il vous disait de belles choses ! comme il vous embrassait lorsque vous êtes descendu dans la chaloupe, et moi après vous ! Mon père à moi n'y a pas mis tant de façon quand il me jeta dans la barque; il me dit seulement : « Mon pauvre Antoine, je
« ne sais ce que nous allons devenir, si la chaloupe nous
« conduira à bon port ou si elle chavirera avant d'arriver à
« terre. Si elle chavire, que je me noie et que tu te sauves,
« tâche de te tirer d'affaire comme tu pourras. Avec bons
« bras, bonnes jambes, et la volonté de travailler, on ne
« meurt jamais de faim : nous voilà dans une mauvaise ba-

« garre. » Puis il essuya sur sa manche une grosse larme qui lui roulait dans les yeux, et tout fut dit.

— Eh bien ! mon pauvre garçon, en d'autres termes mon père ne m'a pas dit autre chose, si ce n'est qu'il a ajouté : « Confie-toi à Dieu, le suprême consolateur des grandes infortunes. »

— Mon père n'était pas dévot.

— Ce n'est pas de la dévotion... (il ne me laissa pas achever).

— Votre père vous a laissé quelque chose, et moi je n'ai rien.

— Il m'a donné cette petite croix en or, qui a appartenu à ma mère et que la Providence a voulu que je conservasse au milieu du péril ; il m'a donné en vous, Tony, un frère ; et je me souviens encore de sa dernière recommandation : « Tony vient avec nous ; aie soin de ton camarade, et, si « nous devons être séparés, ne l'abandonne jamais. » C'est bien ce que je compte faire aussi.

— Et moi donc, monsieur Édouard, n'ayez pas peur, à moins que vous ne me chassiez de votre présence, que je vous quitte un instant ; sans vous que deviendrais-je ?

— Sans moi, mon ami ! mais dans la position que la Providence nous a faite, les chances heureuses sont en votre faveur ; votre part d'avenir est plus belle que la mienne. Vous savez travailler de vos mains, et je ne sais rien faire. Ici, c'est le travail manuel qui peut nous aider à sortir d'embarras. Que servira-t-il que je sache quelques mots de grec et de latin ? Les sauvages n'en ont que faire ; c'est bon tout au plus dans le monde civilisé.

— Eh bien ! je vous apprendrai mon métier, ce que j'en sais du moins. Je vous montrerai à vous servir de la hache, de la scie, de la besaiguë.

— Mais où trouverons-nous la hache, la scie et la besaiguë ?

— Ah ! c'est vrai ; mais peut-être qu'il n'y a pas que des sauvages ici.

— Comment le savoir ? Maïda ne comprend pas plus notre langage que nous ne comprenons le sien ; c'est pour nous comme si elle était muette.

— Vous qui êtes savant, ne pourriez-vous pas lui montrer le français? Elle semble toujours vous écouter avec tant d'attention quand vous lui adressez la parole.

— Aussi mon plus grand désir est d'en arriver là; mais auparavant il faut avoir quelque certitude de rester avec Maïda. Où est-elle donc?

— Elle est sortie encore une fois; mais la voici qui rentre. Elle apporte quelque chose; je suis curieux... »

La curiosité de Tony ne fut pas longtemps sans se satisfaire. Maïda ouvrit une large feuille qui enveloppait les mêmes fruits que déjà, à notre première station, elle m'avait offerts; elle me les présenta avec un air de touchant intérêt qui m'émut vivement. Excellente femme! je n'oublierai jamais le regard qu'elle porta sur moi.

Le long entretien que j'avais eu avec Tony, les tristes souvenirs qu'il venait d'évoquer, m'avaient plongé dans un état de faiblesse extrême; je le priai de me laisser quelques heures de repos, et il se retira avec Maïda en dehors de la hutte. Le lendemain, car la nuit fut bonne, la fièvre me quitta; l'accès avait été violent, mais la durée en fut courte. Je voulus mettre aussitôt mon rétablissement à profit, et j'annonçai ma première leçon de français. J'avais fait au préalable toutes mes dispositions pour conduire à bien cette œuvre difficile, et m'instruire moi-même dans la langue du pays en faisant l'apprentissage de l'enseignement de la mienne. Je pris avec moi Maïda et Tony, et, les conduisant à quelques pas en dehors de la case, je montrai à Maïda un arbre qui était près de nous, et je lui fis signe de me le nommer. Elle fut assez longtemps sans comprendre ma pensée. Enfin elle prononça un mot. Je le retins, et j'invitai Tony à le fixer également dans sa mémoire. Ensuite je prononçai le mot arbre, et par le mouvement de mes lèvres, que Maïda imita aussi bien qu'il lui fut possible, elle dit le mot assez distinctement; je le lui fis répéter à quatre reprises différentes, en redisant moi-même et faisant redire à Tony le mot correspondant dans la langue sauvage. Cette méthode me réussit parfaitement. Je l'appliquai ensuite à la terre, à la pierre, à l'eau, à l'herbe, au feu, à la maison, de telle sorte qu'au bout d'une heure d'essai nous savions, Tony et moi, sept ou huit mots de la langue du pays, et que Maïda en avait appris un nombre égal de la nôtre.

Afin d'éviter la confusion dans les idées de mes deux élèves, je ne jugeai pas à propos de prolonger cette leçon; mais je fus très-satisfait de mes premiers résultats. Cette journée se passa assez agréablement et sans inquiétude. Maïda et Tony répétaient à l'envi tout ce qu'ils avaient retenu; mais Tony, qui voulait aller en avant, me fit de vaines instances pour obtenir de moi une leçon nouvelle; je la renvoyai au lendemain.

Il nous fut permis de sortir un peu aux environs des rochers, mais toujours sous la surveillance de Maïda, qui ne permettait pas le moindre écart au delà des limites qu'elle avait posées à la promenade. Kart était de la partie; il commençait à jouer avec nous très-familièrement, cependant il ne s'approchait pas sans quelque défiance de Tony; je soupçonnai que ce garçon, taquin de sa nature, avait fait à cet animal quelque niche dont il lui gardait rancune.

Après un repas frugal, encore composé des carottes blanches de Tony, c'est-à-dire de l'igname cuite sur les charbons, nous prîmes le frais sur la petite esplanade de rocher près de laquelle la hutte était assise. La soirée était admirable. Maïda s'accroupit et se mit à tresser ses nattes; ses doigts étaient d'une extrême agilité, et il y avait plaisir à la voir travailler. Mais elle nous ménageait aussi une leçon en échange de celle qu'elle avait reçue de moi dans la matinée; elle nous mit dans les mains une poignée de souples brins de jonc dont elle faisait usage, et nous montra de quelle façon nous devions les choisir, les assortir et les tresser. Nous nous y appliquâmes avec une attention soutenue, ce qui sembla réjouir notre institutrice.

C'était déjà une ressource assurée contre l'oisiveté que cette aptitude à tresser des nattes, à faire des paniers avec des écorces d'arbres que Maïda tenait en réserve derrière la hutte.

« Mais, dit Tony, que ferons-nous de tous ces tapis de bois et de ces paniers, où nous n'avons rien à mettre? Ne pensez-vous pas, monsieur Édouard, qu'un bon chapeau, à bords bien larges pour nous garantir du soleil, serait pour nous une excellente chose?

— Je suis de votre avis; mais comment parviendrons-nous à faire un chapeau? Je vous avoue que je n'y entends rien.

— Essayons toujours : moi, je vais arranger, avec ces grandes feuilles sèches et dures qui sont en dehors de la hutte, une façon de parasol ; du parasol, qui nous empêchera d'avoir le cou brûlé, nous arriverons peut-être au chapeau. Nous en composerons la forme avec ces mêmes feuilles, et Maïda nous aidera bien ensuite à faire le chapeau avec ces tresses d'écorces, qui sont minces et légères. Nous coudrons les feuilles.

— Et des aiguilles?

— Nous n'en avons pas; mais nous pourrons nous procurer des épingles, et je n'irai pas bien loin pour vous en rapporter autant qu'il vous plaira. »

Il sortit, et il ne tarda pas à rentrer, les doigts en sang, mais la main pleine d'une centaine de longues épines, presque aussi consistantes et plus acérées que de véritables épingles.

« Où avez-vous pris cela, Tony?

— Tout près d'ici, monsieur Édouard, sur un grand buisson qui sort d'un rocher, et qui en est tout hérissé.

— C'est une heureuse découverte que vous avez faite là, et dès demain matin, après la leçon de langue, nous pourrons la mettre à profit.

— Je voudrais déjà être à demain matin. »

Et le lendemain, au point du jour, nous étions à l'œuvre. D'abord je fis répéter la leçon de la veille. Elle était parfaitement sue et retenue. C'était de bon augure pour celle qui allait la suivre. Ce jour-là vingt mots nouveaux, dans les deux langues, furent notre conquête : le ciel, le soleil, la mer, que nous découvrions d'un sommet de roche très-élevé et dominant tous les rochers d'alentour ; puis chacun des objets qui passaient sous nos yeux. Kaït ne fut pas oublié dans cette nomenclature, et je dois ajouter que Maïda eut autant de peine à prononcer le mot *chien* qu'elle en avait éprouvé à nommer Édouard.

En mère prévoyante, Maïda n'oublia point que l'air frais et matinal excite l'appétit ; aussi se mit-elle en devoir de nous servir le déjeuner, et quel déjeuner ! Je vous laisse à penser quelle exclamation de surprise nous échappa, lorsque, après avoir fait plusieurs tours en dehors de la hutte, ou de la ruche, comme disait Tony, elle nous apporta soigneusement enveloppé dans une écorce d'arbre, devinez quoi. Je vous le donne en mille. Eh bien ! une trentaine d'araignées, rougeâtres, longues comme la moitié du pouce, et montées sur huit pattes.

J'avoue qu'en France je ne me suis jamais senti une sympathie bien vive pour ce genre d'insecte, qui chez nous est d'une taille lilliputienne, comparée à ceux que nous avions alors sous les yeux ; à plus forte raison je ne pus dissimuler ma répugnance à l'aspect de ces bêtes hideuses. Tony fut plus démonstratif encore ; il levait déjà le pied pour les écraser, lorsque avec sa main Maïda détourna le coup, paraissant ne rien comprendre à cette action, et ne cherchant pas à dissimuler l'impression fâcheuse qu'elle lui causait. Mais prévoyant sans doute que notre dégoût cesserait après une certaine préparation, elle alluma le feu qu'elle recouvrit d'une pierre plate ; et quand cette pierre fut suffisamment chauffée, elle y plaça les araignées et nous les présenta grillées. Nous repoussâmes ce mets avec des gestes de répugnance non équivoques. Il fallut bien que Maïda en prît son parti : elle posa dans un coin la pierre contenant les insectes, et les remplaça sur le feu par des racines : mais les maudits insectes avaient tué notre appétit, et les racines furent repoussées comme l'avaient été les araignées. Cette pauvre femme était si intelligente, qu'elle ne tarda pas à comprendre la cause de ce double refus. Avec des signes qui peignaient à la fois ses regrets et ses embarras, elle nous donna à entendre qu'elle n'avait pour le moment pas autre chose à nous offrir.

Tony s'affligea très-sérieusement de l'abstinence forcée à laquelle il se voyait condamné. Il maudit les araignées, et se repentit d'avoir refusé les ignames, puis il ajouta d'un ton de mauvaise humeur : « Est-ce qu'elle ne nous a amenés ici que pour nous faire mourir de faim ?

— Colère d'estomac, mon cher Tony. Croyez-vous, dans cette contrée sauvage, trouver comme chez votre père ou à

bord de l'*Anna* votre repas prêt à l'heure fixe? Jeunes et forts
déjà comme nous le sommes, n'y a-t-il pas quelque honte à
mettre toujours pour notre subsistance et nos besoins jour-
naliers cette femme à contribution? Ne pouvons-nous donc
aviser au moyen d'y pourvoir nous-mêmes, et de gagner à
cela que nous ne soyons à la merci ni sous la dépendance de
personne? Vous me direz, il est vrai, qu'il nous est difficile
en ce moment d'arrêter nos idées sur ce qu'il y a à faire
pour nous procurer des vivres; nous n'avons aucune connaissance des ressources du pays, point d'armes pour y pourvoir par la chasse, point d'instruments d'agriculture pour
forcer la terre, cette bonne nourrice, après Dieu, des êtres
animés, à nous ouvrir son sein; mais bientôt peut-être, avec
l'aide de l'échange de notre langue maternelle contre le langage de Maïda, arriverons-nous au but où doivent tendre tous
nos efforts.

— Nous y arriverons quand nous serons morts de faim.

— Comment! Tony, vous vous défiez à ce point de la Providence, qui nous a sauvés du naufrage, et nous a envoyé
cette excellente Maïda comme un bon ange!... »

En ce moment il se fit un grand bruit au-dessus de la
hutte; nous sortîmes précipitamment, et nous vîmes sur le
toit un oiseau de proie qui venait de fondre sur un oiseau
moins gros, lequel se débattait entre ses serres en poussant
des cris aigus. Tony se saisit d'une pierre : il la lança avec
adresse; car elle frappa l'oiseau de proie, qui roula étourdi à
nos pieds, abandonnant la victime que déchiraient ses serres
et son bec, et qu'il allait dévorer.

Maïda, qui avait suivi la lutte avec la plus vive attention,
battit des mains au coup d'adresse ou de hasard de Tony. On
ramassa l'agresseur. Quant à sa proie manquée, elle prit son
vol vers le rocher, où Maïda et Tony la poursuivirent, et ne
tardèrent pas à s'en saisir, arrêtée qu'elle fut dans son vol
par les blessures qu'elle avait reçues. C'était un merle plus
gros que ceux de France, et d'un plumage un peu différent.
Le pauvre bipède perdait son sang. Pour abréger ses con-
vulsions et ses souffrances, nous ne jugeâmes rien de mieux
à faire que de lui ôter le peu de vie qui lui restait. Ce fut
Maïda qui se chargea de cette triste besogne. L'oiseau de

proie se débattait à terre, essayant d'étendre encore ses
grandes ailes pour remonter dans les airs. Efforts impuis-
sants : après quelques bonds, tout mouvement cessa bientôt, ses pattes se roidirent, et il resta étendu le dos sur
le sol.

« Eh bien ! Tony, ne voilà-t-il pas notre déjeuner qui
nous arrive ? Les merles nous tombent du ciel.

— Mais pas tout rôtis, comme on dit chez nous des
alouettes. »

Je ne pus m'empêcher de sourire à cette saillie de Tony,
saillie échappée à la bonne humeur qu'il ressentait en pensant qu'il ne jeûnerait pas encore ce jour-là. Les oiseaux
furent plumés. Tony inventa une broche au moyen de laquelle on les fit rôtir devant un bon feu. A défaut de sel,
Maïda saupoudra d'herbes aromatiques le corps des deux
volatiles. Le merle était d'un goût délicieux. Mais l'oiseau de
proie était coriace ; il exhalait une odeur nauséabonde et
repoussante. Maïda, dont le palais n'était pas délicat, s'ac-
commoda du vautour, et fit d'une partie de sa chair un excellent régal ; l'autre fut mis en réserve et conservée pour les
besoins du lendemain.

Après le festin, la leçon de langue. Maïda me nomma un
grand nombre d'objets dont je lui traduisais le nom, qu'elle
répétait le mieux possible. Tony, qui n'était pas indulgent,
ne pouvait retenir un éclat de rire lorsque Maïda *écorchait*
un peu le mot qu'elle voulait prononcer. L'ayant réprimandé
plusieurs fois sur ce point, je finis par obtenir qu'il n'inti-
midât plus mon écolière par les explosions d'une gaieté
intempestive. « Vous êtes donc bien savant, Tony, lui dis-je,
que vous vous moquez de celle qui cherche à apprendre ?
Mieux feriez-vous peut-être de prêter à ses propres leçons
une attention aussi soutenue que celle qu'elle apporte aux
leçons qu'elle reçoit elle-même. »

Le lendemain et les jours suivants, notre nourriture fut
assurée par une capture de Kart, qui nous rapporta une espèce de fouine ou de belette, genre de chasse dans lequel
il excellait ; car ce bon chien, vivant de peu, n'était pas à
charge à sa maîtresse. Dès que la faim le talonnait, il savait
y pourvoir. Maïda nous dit qu'il avait passé trois jours et

trois nuits à attendre qu'un de ces animaux sortît d'un ter-
rier au fond duquel il s'était tapi.

CHAPITRE VII

Vocabulaire sauvage. — Les approches de la mauvaise saison. — Maïda
calomniée. — Le chapitre des pourquoi. — Absence de Maïda. —
Désespoir de Tony. — Invocation. — La prière console. — Curiosité
punie. — De l'or. — La grotte merveilleuse. — Tony blessé. — Palais
de cristal et de rubis. — Un prévoyant chasseur. — L'écureuil et le
canard. — Les champignons. — Un beau rêve. — La poule aux œufs
d'or. — Tony jaloux de Kart. — Nouvelle disette. — Fâcheuses extrémités. — Un proverbe à refaire. — La foudre.

Maïda et moi nous commencions à nous comprendre, et
nous échangions déjà quelques phrases. Tony n'avait pas
fait les mêmes progrès. « Au fait, ajouta-t-il pour justifier sa
paresse, pourquoi me donnerais-je tant de peine pour apprendre ces vilains noms sauvages qui vous déchirent le gosier en passant? Puisque Maïda retient si bien le français, je
m'entendrai bien vite avec elle. »

J'ai quelque peine à le dire, mon pauvre camarade n'avait
retenu, lui, du *vocabulaire sauvage* qu'une vingtaine de
mots, tous relatifs aux besoins usuels de la vie, tels, par
exemple, que l'eau, le feu, les ignames, la chair, le bois à
brûler, etc. Là se bornait son savoir. Vainement j'essayai de
lui enseigner à lire et à écrire dans la langue de son pays, en
traçant les lettres de l'alphabet français sur une pierre noire
très-commune autour de nous. Il commençait assez docile-
ment; mais au bout de quelques minutes la distraction se
mettait de la partie, et il me répondait naïvement :

« Monsieur Édouard, ne prenez pas tant de peine : c'est
inutile; les frères des Écoles chrétiennes y ont perdu leur
latin; ils ont fini par me dire que je n'apprendrais jamais

rien. Je suis de leur avis, et je ne veux pas les faire mentir ;
et puis n'êtes-vous pas assez savant pour nous deux? C'était,
ajoutait-il encore, toujours le sujet de mes querelles avec
mon père. Que de taloches il m'a données ! que de pièces de
cinq centimes il m'a promises ! jusqu'à sa belle montre d'argent, si je pouvais lui lire couramment une page de l'Évan-
gile ! Mais rien n'y faisait, vous voyez bien. »

En effet, cette intelligence était rebelle à toute instruc-
tion. Les bâillements le prenaient dès qu'on le mettait sur
ce chapitre. C'était fini : on n'en pouvait rien tirer. Qui croirait que sous ce rapport Maïda avait cent fois plus d'aptitude
que lui?

Lorsque je vis qu'elle savait le nom des choses qui tombent
sous les sens, les arbres, les rochers, les ruisseaux, les poissons, les oiseaux, les plantes, le ciel, le soleil, la lune, les
étoiles, je prononçai le nom du Créateur de toutes ces choses,
le nom de notre Père suprême : DIEU ! Elle ne comprit rien à
ce mot, et, quoiqu'elle le répétât souvent, elle ne pouvait en
deviner le sens. J'en ajournai l'explication à l'époque où son
éducation serait plus avancée.

Depuis quelques jours Maïda semblait inquiète et sou-
cieuse, et cette inquiétude, je ne tardai pas à en découvrir la
cause : les vivres allaient manquer. Elle n'osait se risquer au
loin pour se mettre en quête ; puis, en me montrant le ciel,
qui souvent se couvrait de nuages, elle m'avait donné à entendre que le beau temps ne continuerait pas. Déjà nous
avions entendu dans le lointain gronder le tonnerre, et des
averses bienfaisantes avaient rafraîchi l'atmosphère. Tout
annonçait la fréquence des orages. Le soleil se levait au milieu des vapeurs rouges, et il se couchait derrière des nuages
sombres et de teintes sulfureuses ; le disque de la lune était
entouré d'une auréole semblable à une gaze légère et diaphane,
ce qui fait dire dans notre pays qu'elle est *charmée*, présage
de mauvais temps.

La contrée que nous habitions était aride, hérissée de rochers, et, sauf quelques rares exceptions, d'une infertilité
évidente. Maïda nous dit qu'à une demi-heure de marche, et
les heures se marquaient par la projection du soleil sur une
espèce de pic gigantesque qui se dressait non loin de nous, il

y avait une petite vallée ombreuse et propre à la culture de l'igname, du taro et d'autres racines, mais qu'elle n'osait pas nous y conduire encore, attendu que, depuis le naufrage, des hommes méchants rôdaient aux environs ; que ces hommes nous tueraient et nous mangeraient. Chaque fois qu'elle en parlait, ses yeux se mouillaient de larmes, et elle nous regardait tous deux avec attendrissement.

« Chaque jour n'amène pas son pain, » disait mon camarade ; et, mettant piteusement la main sur son estomac : « Rien là dedans depuis avant-hier, monsieur Édouard, c'est dur tout de même, et nous allons encore faire pénitence aujourd'hui : Maïda n'a rien apporté, si ce n'est un plat de ces maudites araignées, quelques écorces d'arbre et des herbes qu'elle a fait bouillir, et qui sont amères comme une médecine. Encore, chez mon père, quand j'étais en punition, on me donnait du pain sec ; mais c'était du pain, et un bon morceau.

— Cette femme souffre autant que nous, Tony ; apprenons donc à faire maigre chère.

— Mais s'il prenait un jour à Maïda la fantaisie de nous manger nous-mêmes ? Ces sauvages, j'ai ouï dire que c'est capable de tout quand ça a faim.

— Quelles singulières idées vous avez là, mon ami ! mais réfléchissez donc un peu avant de parler. Si Maïda eût voulu nous manger, rien ne l'empêchait de le faire lorsque, blessés, malades, nous soutenant à peine, nous étions à sa discrétion : n'y sommes-nous pas encore en ce moment ?

— Vous avez raison, monsieur Édouard ; mais convenez qu'une femme qui se régale d'araignées pourrait bien un jour s'affriander de nous, qui valons mieux que des araignées. »

Pauvre Maïda, comme elle était soupçonnée, calomniée même, au moment où elle allait nous donner des preuves du plus sublime dévouement ! Elle nous invita à l'accompagner aux environs : proposition très-agréable, toute périlleuse qu'elle pouvait être, car nous étouffions dans notre hutte enfumée. Elle nous entraîna dans un petit fourré de broussailles, et nous montra quelques grappes de fruits noirs, un peu plus gros que nos cassis d'Europe, mais d'un goût différent; elle nous fit signe que nous pouvions en manger, et nous donna l'exemple. Dans sa prévoyance toute maternelle, elle nous indiqua un autre fruit à peu près semblable, mais plus attrayant encore, auquel elle nous recommanda bien de ne pas toucher; et, pour rendre sa démonstration sensible et nous prouver que l'instinct de leur conservation n'abandonne pas même les animaux, elle appela Kart, lui offrit deux grappes du premier fruit, qu'il mangea, puis deux grappes du second; il les flaira, détourna la tête, porta sa queue basse, recula de quelques pas et se garda bien d'y toucher.

« Mais, monsieur Édouard, se prit à dire Tony lorsqu'elle fut partie, pourquoi Maïda a-t-elle choisi ce vilain pays pour y établir sa demeure, quand nous avons traversé de si jolies vallées plantées de cocotiers et où nous aurions été beaucoup mieux qu'ici? Pourquoi aussi ne pas nous avoir laissés au bord de la mer, où il y a des tortues et des œufs de tortue qui valent presque ceux de nos belles poules du pays de Caux? Pourquoi? »

Avec Tony le chapitre des *Pourquoi* ne finissait jamais, et toujours ils avaient pour but de jeter un blâme sur la conduite et les intentions de Maïda; je coupai court à ce dernier *Pourquoi* avec un seul *Parce que*. « C'est que Maïda avait d'excellentes raisons pour en agir ainsi, et que, si elle eût fait autrement, vous devinez ce qui serait avenu.

— Ma foi, non, monsieur Édouard.

— Eh bien, Maïda vous l'apprendra elle-même, puisque votre pénétration ne va pas jusque-là.

— Puisque vous le savez, dites-le-moi, s'il vous plaît. »

Ce dialogue fut interrompu par l'arrivée de Maïda. Elle était chargée d'un assez volumineux paquet recouvert d'une natte, ce qui excitait fortement la curiosité de maître Tony.

« Je pars, nous dit-elle, je reviendrai dans trois soleils. Vous trouverez, en attendant, quelques racines et des herbes; et si je ne revenais pas et que vous eussiez trop faim, vous mangerez Kart. » Et elle se mit à pleurer.

Nous restâmes tous les deux stupéfaits; et quand nous revînmes de notre surprise, Maïda s'était éloignée en repoussant du pied Kart, qui voulait la suivre.

« Il faut courir après elle, dit Tony ; elle ne peut pas nous laisser ainsi : qu'allons-nous devenir?

— Ce qu'il plaira à Dieu, mon cher ami. Si Maïda nous abandonne, et cette pensée est loin de moi, ce sera certainement le plus grand malheur qui pourra nous arriver; mais n'avons-nous pas des bras, des jambes? Nous travaillerons, nous essaierons de ne pas mourir de faim, la chose qui vous préoccupe le plus.

— Mais travailler, pour qui?

— Pour nous : n'avons-nous pas, comme on dit, notre vie à gagner à la sueur de notre front, comme tant de millions d'hommes épars sur la surface du globe? Tous les habitants de ce pays ne sont peut-être pas aussi méchants que nous le pensons. Pourquoi feraient-ils du mal à deux pauvres abandonnés? Nous ne sommes pas venus chez eux volontairement, c'est une épouvantable catastrophe qui nous y a jetés. Prenons donc courage, et répétons, pour apprendre à nous résigner, cette belle prière qu'on bégaie dans l'enfance, et qu'on redit encore avec confiance dans la vieillesse :

« Notre Père qui êtes aux cieux, que votre nom soit sanc-
« tifié, que votre volonté soit faite sur la terre comme au
« ciel ; donnez-nous aujourd'hui notre pain de chaque jour,
« et délivrez-nous du mal. »

« Vous la savez aussi bien que moi, Tony, cette sublime invocation, prosternons-nous sur cette terre qui nous a été hospitalière jusqu'à ce moment, et sous ce ciel que Dieu a fait si pur et si magnifique. »

Tony était ému; pour la première fois de sa vie il ne fit aucune objection : tous deux nous nous agenouillâmes, et, les mains jointes, nous récitâmes avec ferveur cette belle et consolante oraison.

« Eh bien! Tony, lui dis-je quand nous fûmes relevés, je suis sûr que maintenant vous vous sentez plus fort, plus confiant en la volonté céleste.

— Vous avez encore une fois et toujours raison, monsieur Édouard. Ah! si ce que nous avons demandé au bon Dieu pouvait nous ramener Maïda! car c'est notre pain quotidien. »

Les rayons du soleil étaient devenus plus pénétrants, la place n'était plus tenable : nous reprîmes le chemin de la hutte. Kart nous y avait précédés, et il avait fait bonne chasse. Il tenait encore à la gueule une espèce d'écureuil de couleur brune, qu'il avait attrapé je ne sais où ; il allait se mettre à le manger, lorsque nous réclamâmes notre part de prise. Il la lâcha en grognant, la part du lion lui aurait été plus agréable. Malgré sa résistance, il fallut bien qu'il cédât. Il savait où trouver du gibier, et nous eussions été fort en peine d'en faire autant.

Comme il restait des ignames dans la case, il fut décidé que l'écureuil ne serait mangé que le lendemain. Pour le soustraire à l'appétit de Kart, qui ne le perdait pas de vue et que nous savions si habile grimpeur, il nous vint naturellement à l'idée de suspendre le gibier tout en haut de la hutte, à l'intérieur. Tony, pour y atteindre, s'était aidé de la paroi du rocher contre lequel la case était adossée ; en descendant il posa le pied sur la pierre qui fermait l'ouverture de la cave dans laquelle Maïda nous avait cachés. Cette pierre s'étant dérangée, il prit fantaisie à Tony de l'enlever entièrement ; puis, quand la cave fut ouverte : « Monsieur Édouard, me dit-il, si j'entrais là dedans ?

— Mais vous savez bien que Maïda nous a fait entendre par signes que nous ne devions pas y pénétrer ; et, absente comme présente, il serait mal à nous de lui désobéir.

— Nous y sommes entrés déjà, vous savez même que nous y avons eu si froid !

— Raison de plus pour ne pas y entrer de nouveau. »

Et Tony plongeait toujours ses regards dans le trou béant.

« Oh ! comme ça brille là dedans ! s'écria-t-il : si c'était un trésor !

— Eh ! qu'en ferions-nous de ce trésor ? Mangerions-nous de l'or, de l'argent ? Tout cela et des pierres, c'est ici pour nous la même chose.

— On dit pourtant qu'on a tout ce qu'on veut avec de l'or.

— C'est vrai, dans le monde que nous avons quitté, où tout se vend et s'achète ; mais ici, je vous le répète...

— Ici... pourtant !...

— Voyons, Tony, dites toute votre pensée.

— C'est que peut-être nous ne sommes pas condamnés à passer toute notre vie dans ce pays; et si nous pouvions revoir un jour la France, cet or nous servirait.

— Vous supposez toujours que c'est un trésor : et sur quelle preuve? parce que vous avez aperçu quelque chose qui brille; mais « tout ce qui luit n'est pas or », il y a long-temps qu'on l'a dit.

— De l'or, je ne dis pas, mais des diamants, peut-être. Voyons donc, monsieur Édouard. » Et, ce disant, il plongeait de plus en plus sa tête dans l'ouverture, puis il s'en retirait, portant sur moi des regards interrogatifs qui semblaient dire : Permettez-moi de satisfaire ma curiosité. « Tony, lui répondis-je, vous n'avez pas besoin de me consulter : vous êtes ici aussi libre que moi de faire ce que bon vous semble. Je vous ai donné mon avis, cet avis n'est pas un ordre, je n'ai pas d'ordre à vous donner; je vous ai fait observer seulement que Maïda, notre bonne Maïda, a manifesté plus que le désir que nous n'entrassions pas où vous voulez aller; et si quelqu'un a droit ici à notre obéissance, n'est-ce pas cette femme qui prend soin de nous comme elle ferait de ses enfants, qui souffre quand nous souffrons, qui partage nos courtes joies, et pleure quand elle voit les moyens de subsistance près de nous manquer?

— Mais il y en a peut-être ici de cachés, des moyens de subsistance, comme vous dites : qui sait? ces sauvages sont si drôles.

— Tony, je vous en prie, n'employez pas ce vilain mot de sauvage quand vous voulez parler de Maïda; cela me fait mal à entendre. Voyons, sortez un peu la tête de ce trou, et écoutez-moi. Supposez que vous êtes encore dans ce beau pays de France, qu'un navire étranger vient de se briser sur les côtes de Normandie, soit sur les pouliers homicides du Havre, soit sur les falaises d'Étretat; que les passagers se sauvent et échouent sur le rivage. Là, au moment où ils touchent la terre, une bande de brigands les attend pour les dépouiller, pour les égorger peut-être : qui sait, hélas! quels risques nous avons courus! Eh bien! une pauvre femme recueille deux de ces naufragés, encore enfants, pour ainsi dire; elle les transporte la nuit en lieu sûr, les soustrait au péril dont ils étaient menacés, les nourrit, brave pour eux les dangers incessants qui mettaient leur vie à la merci des scélérats, les voyant blessés panse leurs blessures, puis partage tout avec eux jusqu'à leur misère : est-elle sauvage, cette femme-là? répondez, Tony, la main sur le cœur.

« Faut-il dire plus encore? puisque je suis en veine de sermonner, ce que vous me reprochez quelquefois. Eh bien! dans notre France civilisée il y a certes beaucoup de femmes capables de ce dévouement; mais elles sont chrétiennes, et mues autant par un sentiment religieux que par un sentiment d'humanité. Ici c'est l'humanité seule qui a parlé au cœur de Alaïda. Elle n'est donc pas sauvage, je le répète, cette pauvre créature, qui dans notre pays eût mérité et obtenu des récompenses nationales et toutes les sympathies des honnêtes gens. »

Tony baissait la tête et n'osait me regarder; toujours son œil se reportait obliquement vers l'ouverture de la cave.

« Mon père, dit-il, m'a souvent grondé, puni et battu, pour lui avoir désobéi; il me reprochait d'être entêté, et il avait raison, je le suis encore; mais puisque mon père n'est plus là, et que vous dites qu'ici je suis mon maître, je vais entrer dans la cave.

— Entrez, Tony, entrez; mais souvenez-vous... » Il ne m'entendait plus, et déjà il avait franchi l'ouverture.

En voyant cette obstination réfléchie, je pensai que dans certaines circonstances Tony pouvait devenir un garçon fort compromettant.

Bientôt j'entendis crier : « Monsieur Édouard! monsieur Édouard! à mon secours! vite, vite, je suis à moitié noyé! »

Je ne pus résister à cet appel, je passai la moitié de mon corps dans le trou; mais fermant ainsi la seule ouverture par laquelle le jour pénétrait dans la cave, je ne pus rien voir de ce qui s'y passait. Et Tony de crier toujours. « Allumez quelque chose, et venez me tirer de là, monsieur Édouard, je vous en prie; je ne sais où je suis; mes jambes sont prises, je ne sais par qui, mais je suis serré comme dans un étau. »

Nous faisions notre feu avec des branches d'arbres rési-

neux, une espèce de pin; j'en pris un, je frottai les cailloux,
ainsi que Maïda le pratiquait, et j'eus aussitôt une torche
flamboyante. Je me glissai le mieux possible, ma torche à la
main, et à reculons, la tenant toujours à l'ouverture. Dès que
la lumière eut pénétré à l'intérieur, mes yeux furent frappés
et éblouis d'un spectacle merveilleux; cette flamme fit étinceler
des millions de cristaux semblables à des pierres précieuses
et jetant des feux de toutes couleurs. Je me crus subitement
transporté dans un de ces palais féeriques dont la description
avait exercé dans mon enfance tant d'empire sur mon imagination.

« Que cela est beau! dit Tony; mais venez, venez vite, et
prenez garde, car le chemin descend, et je suis dans l'eau
jusqu'aux genoux. »

J'approchai avec précaution, et j'arrivai enfin, à travers
cette eau glacée, jusqu'à Tony, dont la jambe droite était
prise et serrée entre deux pierres, ce qui lui causait une gêne
excessive. Je cherchai un point solide pour y fixer ma torche
sans l'éteindre, et lorsque j'en fus venu à bout, ce qui ne se
fit pas sans difficulté, j'essayai, en entrant dans l'eau, d'arriver à la jambe de Tony et de la dégager des obstacles qui l'y
retenaient. Avec beaucoup d'efforts je fus assez heureux pour
y parvenir; et il fut heureux aussi d'avoir été arrêté par cette
pierre : car il est probable que, l'eau gagnant de profondeur
à mesure qu'il avançait dans cette grotte immense, il eût fini
par y perdre la vie.

Je le ramenai sur la terre ferme, je le fis asseoir, et j'exa-
minai la jambe délivrée de sa captivité, et qui était meurtrie,
gonflée et toute saignante. « Sortons, sortons vite, me dit-
il; je ne veux pas rester ici. » Bientôt pourtant notre flambeau avait jeté un éclat plus vif, la grotte nous apparut dans
toute la splendeur de ses beautés naturelles; si bien que
Tony ne voulut plus sortir, l'admiration qu'il ressentait lui
faisant oublier la douleur de sa blessure. C'était véritablement un palais enchanté, une salle immense dont la faiblesse de notre éclairage et de notre vue ne nous permettait
pas de saisir les dernières limites, perdues dans un lointain obscur; mais devant nous il y avait des merveilles à
suffire pour satisfaire la curiosité la plus vive. Cette salle

était comme voûtée avec des diamants, des émeraudes, des
topazes d'un volume énorme. Mais bientôt la scène vint à
changer; tous ces feux s'éteignirent avec ceux de notre
flambeau, et nous nous trouvâmes dans la nuit la plus profonde, dans une obscurité subite qui nous fit peur. « Rentrons dans la hutte, monsieur Édouard, fit Tony, rentrons,
il fait froid ici, et ma jambe me fait beaucoup souffrir : mais
nous y reviendrons. C'est si brillant, si riche ! Oh ! monsieur
Édouard, que de diamants ! et l'on dit que le diamant est si
cher, tout petit qu'il est !

— Sortons, mon ami, je vais vous aider de toutes mes
forces. Quant à ces beaux diamants qui nous ont éblouis, je
ne crois pas qu'ils aient une grande valeur : nous causerons
de cela; occupons-nous d'abord de nous tirer d'ici. »

Il s'appuya sur mon bras en poussant des ouf! ouf! à
chaque pas qu'il faisait à travers les aspérités du sol. Enfin
nous arrivâmes à l'ouverture, je la soulevai avec précaution, et il put la franchir sinon sans souffrir, du moins sans
beaucoup se plaindre. Une fois dans la hutte, je rebouchai
l'entrée de la grotte, et j'aidai Tony à se coucher sur les
nattes.

Le saisissement qu'il avait éprouvé dans ce bain glacial et
forcé, la frayeur et peut-être aussi la douleur lui causèrent
un accès de fièvre aussi violent que celui que j'avais subi
quelques jours auparavant. Dans ses rêves de délire, il ne
parlait que de trésors, de bijoux : il en remplissait ses poches, il en cachait partout; il m'en distribuait à pleines
mains, à moi, à Maïda : tout cela était entrecoupé de souvenirs donnés à son pays, à son père, à sa grand'mère. Cette
nuit me sembla longue, et d'autant plus pénible, qu'elle fut
marquée par un orage épouvantable, accompagné de coups
de vent d'une telle intensité, que souvent je craignais que
notre pauvre hutte ne fût emportée dans les airs ou fou-
droyée. Elle n'éprouva cependant que de faibles dommages
à sa toiture, quelque peu solide que cette hutte semblât de
prime abord; mais la tempête avait peu de prise sur sa
forme ronde; d'ailleurs, je l'ai dit, elle était adossée au rocher, et y était fixée par de fortes attaches en bois.

Le matin, au lever du soleil, le beau temps était revenu, et

4*

avec le beau temps l'infidèle Kart, qui avait disparu dans la soirée. Sans doute il avait jugé le moment favorable pour entrer en chasse et quêter une proie; il y était parvenu : il rapportait fièrement dans sa gueule un gros canard au plumage noir et bleu clair, au ventre blanc zoné de jaune, plus long que le canard de France. Je me hâtai de débarrasser Kart de son fardeau, qu'il ne me céda pas sans protestation. Je lui promis une part de sa capture, et il alla se cacher dans son trou habituel, non sans venir de temps en temps s'assurer que son gibier était là.

Le canard arriva fort à propos; car, en voulant le suspendre à côté de l'écureuil, je découvris avec quelque peine que ce dernier était littéralement percé à jour par les insectes, et qu'il exhalait une puanteur repoussante. Il fallut bien se résoudre à se priver de cette ressource; je le jetai au loin hors de la hutte; mais Kart, qui suivait de l'œil tous mes mouvements, trouva sans doute que j'avais le goût trop difficile; il se mit sur les traces de l'écureuil, et rentra ensuite la panse rebondie.

Restaient au garde-manger le susdit canard, quelques ignames et des herbes gâtées que j'envoyai rejoindre l'écureuil, mais après lesquelles Kart ne courut pas. Je pensai aux fruits rafraîchissants que nous avions savourés la veille; je sortis de la hutte où Tony dormait paisiblement, et je me dirigeai vers le petit fourré où les fruits se trouvaient. J'en recueillis le plus qu'il me fut possible, après avoir franchi les ravines que l'orage de la nuit avait creusées, et je repris les sentiers qui m'y avaient conduit. Mon malade, que la fièvre avait quitté, était debout sur sa couche, fort étonné, me dit-il, de ne m'avoir pas trouvé près de lui à son réveil. Je vous ai appelé plusieurs fois, et vous ne m'avez pas répondu; j'ai cru que vous aussi vous m'aviez abandonné.

« J'ai grand'soif; j'ai faim aussi.

— J'avais prévu cela, mon ami, je suis allé vous cueillir quelques fruits que voici.

— Ce sont des bons, n'est-ce pas?

— Je n'avais garde de m'y tromper; mangez-en donc avec confiance, et je vais y goûter avant vous. »

Cette défiance de Tony me fit mal.

« J'ai fait un beau rêve cette nuit, monsieur Édouard ; je songeais que nous débarquions au Havre d'un navire à nous, chargé d'or et de diamants ; que tout le monde se promenait sur la jetée pour nous voir arriver, tant le bruit de nos richesses avait devancé notre entrée dans le port. Une fois sur le quai, je distribuais des poignées de main et de diamants à tous ceux qui se trouvaient là ; on criait autour de moi : Vive Antoine Besson ! cela me faisait un plaisir ! Ma grand'mère y était aussi, qui pleurait de joie de me revoir... si riche, car elle était intéressée, la bonne vieille femme. Je sautais, je gambadais, à droite et à gauche, et allez donc... »

Tony, qui voulut joindre le geste à la parole, oublia que sa jambe blessée lui refusait le service, il retomba sur son lit en poussant un cri de douleur.

« La cause de ce rêve, il faut la chercher, Tony, dans ce qui nous est arrivé hier..., ce séjour de la grotte aux diamants, comme vous l'appeliez.

— Ah ! c'est vrai, je m'en souviens ; même que vous m'avez tiré là d'un bien mauvais pas ; sans vous, je serais peut-être mort sur place... Vous m'aviez prié de ne pas y entrer... ; c'est ma faute, et j'en suis puni ; mais à présent je vous obéirai comme à mon père..., plus et mieux qu'à mon père, » ajouta-t-il en me voyant sourire... « car souvent... ; mais il m'a pardonné, et le bon Dieu aussi, et vous aussi, monsieur Édouard, n'est-ce pas ? »

Cela fut dit d'un ton si caressant que j'en fus touché.

« Vous aviez faim, Tony, me disiez-vous ?

— Et grand'faim, je vous assure.

— Nous allons y pouvoir.

— Ah ! oui, je m'en souviens : la petite bête d'hier ?

— Non pas celle d'hier, celle d'aujourd'hui.

— Deux, alors ?

— Non, une seule, levez les yeux. »

Il aperçut le canard.

« Pour l'écureuil, je l'ai jeté : il était gâté.

— Tant pis, je n'en ai jamais mangé ; ça doit être bon, un écureuil, quoique cela ressemble un peu trop à un rat.

— C'est de la même famille : famille des rongeurs.

— Si nous plumions l'oiseau, monsieur Édouard,

— Plumons le canard. »

L'opération, malgré mon inhabileté, se fit, à deux, assez lestement.

« La bête est grasse et appétissante; nous la mettrons à la broche que vous tournerez, car je ne peux quitter mon lit.

— Je tournerai la broche.

— Ah! si cette pauvre Maïda était là!

— J'aime à vous entendre parler de la sorte, mon ami; et votre désir et vos regrets, je les partage sincèrement. Où est-elle à présent, cette bonne mère?

— Comme elle sera chagrine d'apprendre que j'ai été malade et qu'elle n'était pas là!

— Voilà encore de bonnes paroles, Tony; vous êtes en veine aujourd'hui : Dieu vous y maintienne!

— Nous ferons la part de Kart; je ne le battrai plus.

— Cette part lui revient de droit : ne devons-nous pas quelque reconnaissance à cet excellent animal, à ce pourvoyeur assidu? D'ailleurs nous sommes intéressés à ne pas le laisser mourir de faim. Si nous ne faisions pas sa part, il pourrait bien ne plus faire la nôtre, et nous aurions tué ainsi la poule aux œufs d'or.

— Il y donc des poules qui font des œufs d'or?

— Non! mais on a fait là-dessus une très-jolie fable, très-morale surtout, et que je vais vous dire si cela ne vous ennuie pas trop, pendant que je tournerai la broche à la porte de la case. »

Voyant qu'il me prêtait quelque attention, je lui récitai la fable de la Fontaine.

« Cela est bien joli, monsieur Édouard; je veux la savoir aussi.

— Il ne tient qu'à vous de l'apprendre; je vais en répéter lentement tous les vers; vous les redirez après moi, et je vous assure qu'avant que le canard soit cuit, la fable sera tout entière gravée dans votre mémoire.

— Tardera-t-il beaucoup à être rôti, le canard?

— Une heure, peut-être; c'est plus de temps qu'il n'en faut pour savoir la fable.

— C'est que, voyez-vous, je ne crois pas qu'on ait de la mémoire quand on n'a rien mangé. »

Tony fit si bien, qu'il esquiva la fable, et le canard se trouva cuit avant qu'il eût retenu le premier vers de la *Poule aux œufs d'or*.

Dès que maître Kart vit que le canard allait être découpé, il vint à moi, me regarda d'un air très-significatif et auquel il n'y avait pas moyen de se méprendre; puis il se mit à me lécher la main en attendant mieux; il rôdait autour de moi, s'éloignant de Tony le plus qu'il pouvait; il avait une humble posture, l'oreille basse, la queue entre les jambes, clignant de l'œil en vrai mendiant qui attend quelque chose. Ce quelque chose, il n'eut pas l'ennui de l'attendre long-temps; je lui jetai la tête, le cou, les pattes du canard, le tout comme à-compte, lui réservant les os de la bête en guise de dessert.

Tony trouvait que je faisais trop belle la part de Kart; il poussa un gros soupir lorsqu'il me vit lui envoyer la tête et le cou.

« Pensez-vous, monsieur Édouard, que j'aurais déjeuné avec cela, que Maïda ne revient point; et que je ne puis quitter la hutte tant que je ne serai pas guéri?

— Dieu y pourvoira, » lui répondis-je.

Trois jours se passèrent sans surcroît de provisions; le peu que nous en avions était épuisé, et Maïda ne revenait point. Le temps était si affreux, la pluie si continuelle, qu'il ne me restait pas même la ressource d'aller cueillir de petits fruits noirs dans le fourré; Kart, soit instinct, soit paresse, s'obstinait à rester à la hutte, dont rien ne pouvait le faire bouger. Tony était triste et morose; il parlait peu, parce qu'il ne mangeait pas; je n'étais pas moi-même sans inquiétude sur notre avenir, et cet avenir commençait. Ce n'était pas le cas de sermonner mon pauvre camarade : « ventre affamé n'a pas d'oreilles, » sa mine piteuse et dolente annonçait suffisamment que des paroles creuses eussent été mal accueillies : le jour se passait à tresser des nattes, à confectionner des paniers.

Le lendemain arriva et nous trouva comme la veille, sans la moindre provision : la pluie et les orages ne discontinuaient pas. Kart jeûnait comme nous, mais il semblait accoutumé aux privations; il happait quelques insectes, allait se désaltérer à la source voisine; puis il se couchait, et tout était dit. Enfin cette position n'était plus tenable : l'énergie morale qui m'avait soutenu jusqu'alors était près de m'abandonner, mes forces physiques étaient épuisées. Tony souffrait plus que moi encore; dans ses appétits désordonnés, il arrachait avec son couteau des écorces d'arbre et des feuilles, et les mâchait avec une avidité qui me faisait peine à voir.

« Tony, lui dis-je enfin, mon parti est pris. Mourir de faim, d'accident, ou de la main d'un sauvage, telle est l'alternative qui nous reste; le choix ne saurait être douteux. Avec le sauvage, la mort est prompte; avec la faim, elle est lente et terrible.

— Mais si le sauvage nous mange après nous avoir tués?

— Eh! qu'importe, quand nous serons morts? Mangés par les vers, les corbeaux, les bêtes féroces ou les poissons, ou bien par un homme, c'est toujours être mangés. Si demain Maïda n'est pas arrivée, nous nous dirigerons vers la mer. J'ai imaginé un moyen qui pourra mettre Maïda sur nos traces si elle revient, ou faire qu'elle nous attende; j'écrirai sur cette grande pierre noire que vous connaissez, et sur laquelle elle sait lire déjà, quelques mots dont sa sagacité naturelle lui fera aisément deviner le sens, par exemple, *mer, tortues, huîtres, poissons*. Ces quatre mots, elle les comprend parfaitement dans notre langue; je les écrirai aussi dans la sienne, et je dessinerai au bas de ces noms la mer, la tortue, le poisson et l'huître.

— C'est une bonne idée que vous avez là, monsieur Édouard : mais à présent j'aimerais mieux voir Maïda revenir; car je suis si faible, et vous aussi, que nous ne pourrons jamais arriver jusqu'à la mer. Si encore nous avions quelque chose d'un peu solide dans l'estomac ! » Ce disant, il regardait Kart avec des yeux ardents, et je crois qu'il avait la main sur son couteau. Je repoussai le chien loin de nous...; j'avais compris la pensée de mon camarade, et je ne lui en fis pas de reproche; la faim est si mauvaise conseillère !

Nous nous couchâmes sans souper, bien entendu, en répétant : « Notre Père qui êtes aux cieux, donnez-nous aujourd'hui notre pain quotidien. »

« Il nous a un peu oubliés, le bon Dieu, dit Tony.

— Et qu'en savez-vous ?

— Je le sens aux tiraillements de mon estomac. Il y a chez nous un proverbe qui dit : « Qui dort dîne. » Je n'ai pas dîné, le bon Dieu le sait bien, et je ne peux dormir.

— C'est encore un proverbe à refaire. »

La nuit, l'orage vint de nouveau nous surprendre, mais plus violent qu'il ne l'avait été jusque-là. Les éclairs, les éclats de la foudre se succédaient avec une rapidité effrayante. Notre hutte, mal close, semblait enflammée, et les coups de tonnerre, répercutés par les échos des rochers voisins, produisaient un roulement continu, un bruit que l'oreille avait peine à supporter.

Tout à coup la porte s'ouvre avec une grande précipitation, quelque chose tombe lourdement et vient rouler devant notre lit.

« Nous sommes perdus, monsieur Édouard ! »

La frayeur me fit pousser aussi un cri involontaire, et, après quelques secondes d'un silence de mort, un éclair me montra Maïda étendue près de nous sans mouvement.

CHAPITRE VIII

Retour de Maïda. — Provision inespérée. — Encore une nuit orageuse. — Il faut partir! — La réserve. — Un nouvel hôte. — Exhumation. — Sinistres présages. — Retour à la hutte. — Aouab. — J'ai faim. — Maïda en observation. — Nouvelle entrée dans la grotte. — Nouvelle terreur de Tony. — Surprise. — Précieuse trouvaille. — Une perruque. — Tony architecte. — Une nuit sans repos. — Étrange friperie. — La bibliothèque. — Débris de naufrage. — Nous sommes dans une île. — Palahad. — Un logement pour notre nouvel hôte. — Une idée de Tony. — Excursions mystérieuses. — Absences de l'architecte. — Une aiguille. — Le manteau d'arlequin. — Tailleurs et cordonniers.

« Maïda ! m'écriai-je; c'est Maïda, Tony; vite, vite, levons-nous : Maïda, tuée peut-être par la foudre ! pauvre femme ! ô mon Dieu ! »

Nous voilà debout, allumant une branche de pin. Je m'approchai de Maïda, évanouie ou morte; ses mains, ses bras, ses jambes étaient ensanglantés et déchirés; ses cheveux, baignés par la pluie, étaient collés sur son visage; elle avait moins que jamais figure humaine. J'essayai d'entr'ouvrir ses lèvres pour y introduire quelques gouttes d'eau; mais ses dents étaient serrées : cependant la fraîcheur de cette eau lui fit quelque bien, ses yeux clos s'agitèrent convulsivement, et sans doute elle put me voir, car j'entendis sortir faiblement de sa bouche le mot *Édouard!* qui me pénétra d'une vive joie.

En ce moment toutes nos misères furent oubliées. Maïda nous donna par signes mille témoignages d'affection : à peine encore pouvait-elle parler. Elle nous montra à l'entrée de la hutte un objet que nous n'avions pas aperçu dans l'état de trouble où nous étions : c'était un paquet assez volumineux, entouré d'une natte toute trempée d'eau. Elle nous indiqua du doigt qu'il fallait l'ouvrir; ce qui fut fait à l'instant même. Nous y trouvâmes des provisions de toute espèce.

Je rends cette justice à Tony, c'est que dans cette circonstance sa bonne nature prit le dessus, et qu'il jeta à peine un regard sur ces objets : son attention était fixée tout entière sur Maïda.

Nous passâmes près d'elle le reste de cette nuit. Accablée de fatigue, Maïda s'endormit, et lorsqu'elle s'éveilla le soleil avait, comme on dit, fait déjà beaucoup de chemin. Elle se leva aussitôt ; mais à sa démarche lente il était aisé de voir combien elle avait souffert, quoiqu'elle ne se plaignît pas. Elle fit griller du poisson, et pendant cette opération elle nous donna à entendre qu'elle avait été bien loin, bien loin, mais qu'elle était contente de son voyage.

Le déjeuner ranima nos forces presque éteintes, et le contentement, sinon la joie, revint un moment dans la hutte.

Quoique pouvant à peine marcher, dès que le poisson fut mangé Maïda sortit de la case, et regarda avec beaucoup d'attention de quel point de l'horizon s'élevaient les nuages. Lorsqu'elle sembla satisfaite de ses observations, elle rentra en nous disant : « Il faut partir sans plus tarder.

— Partir ! » s'écria Tony en montrant sa jambe encore tuméfiée.

Elle lui fit voir les siennes tatouées de déchirures, et répéta : « Partir ! » d'un ton qui ne permettait pas de réplique.

« Obéissons, Tony ; Maïda a ses desseins, il ne faut pas y mettre obstacle : qui sait ce qu'il pourrait nous en coûter ? Il faut qu'il y ait urgence. Maïda est plus malade que vous : seriez-vous moins courageux qu'une femme ?

— Partons, monsieur Édouard. Peut-être resterai-je en route ; mais c'est égal. »

Maïda se munit de nattes, de cordes de jonc et de deux grands paniers d'écorce d'arbre qu'elle répartit entre nous, et sans perdre un instant nous quittâmes la hutte. Maïda, suivie du fidèle Kart, nous précédait, marchant avec autant de prestesse que si ses jambes eussent été dans le meilleur état. Nous ne prîmes pas le petit sentier qui conduisait au fourré, nous descendîmes du côté opposé, et nous pénétrâmes dans une vallée étroite, mais si longue qu'il était impossible d'en apercevoir le terme. Un torrent courait au milieu, rapide et roulant des eaux bourbeuses, des herbes et des branches d'arbres.

Arrivés sur ses bords, nous reconnûmes que quelques roches çà et là saillantes et formant des hauts-fonds permettaient de le franchir avec un peu d'adresse, c'est-à-dire en sautant de l'une à l'autre. Cette manœuvre, nécessaire, indispensable même, ne sembla pas d'abord du goût de Tony; mais il fallut bien se résoudre à l'exécuter; il s'y résigna quand il vit Maïda et Kart prendre les devants. Je lui offris mon bras, qu'il refusa.

Vers le milieu du jour, nous arrivâmes à une espèce de taillis très-épais. Après y avoir pénétré avec des peines infinies, Maïda écarta les broussailles, et s'avança de plus en plus jusqu'à ce qu'elle fût parvenue à un creux recouvert d'herbes et de branchages. Nous la vîmes écarter les obstacles qui s'opposaient à ses recherches, puis elle poussa un cri de joie: aussitôt nous entendîmes un grognement qui sortait de la cavité sur le bord de laquelle Kart s'était posé, les yeux fixés sur l'objet que nous ne pouvions encore apercevoir.

« Avez-vous entendu, monsieur Édouard? fit Tony; il y a certainement quelqu'un de caché là dedans. »

Un second grognement, plus plaintif que le premier, accrut encore sa frayeur.

« Ne vous semble-t-il pas que ce soit le râlement d'une personne à l'agonie? Ce sera quelque créature humaine qui aura été égorgée là, et dont Maïda veut nous faire régal. Vous allez voir: tenez, entendez-vous? Il y a là-dessous quelque chose d'abominable; Maïda ne sort pas du trou: c'est qu'elle l'achève. »

Un troisième grognement plus fort et plus distinct que les autres ne me permit pas de me méprendre sur la nature de l'auteur de ces cris.

« Aidez-moi, dit Maïda, il ne veut pas sortir.

— N'approchez pas, monsieur Édouard.

— Et pourquoi?

— C'est que...

— Eh bien! c'est qu'il y a un animal, et non un homme; un animal de notre pays, avec lequel vous ne serez pas fâché de faire connaissance.

— Moi ! jamais. »

Maïda et moi nous sortions de sa souille un porc de taille moyenne.

« Connaissez-vous cette espèce de bête ?

— Parbleu, c'est un...

— Vous l'avez dit, »

L'animal, qui sans doute se trouvait bien où il était, faisait le récalcitrant pour sortir du trou. Il poussait des cris aigus, qui pouvaient être entendus au loin et nous compromettre. Il fallut le réduire au mutisme le plus complet ; Maïda y pourvut avec sa prévoyance habituelle : elle tira de sa ceinture une espèce de muselière, qu'elle lui passa autour du groin en la serrant assez pour l'empêcher de crier, mais de façon pourtant qu'il ne courût pas le risque d'étouffer. Quand il fut mis ainsi hors d'état de nuire, Maïda le confia à notre garde ; puis elle alla extraire d'une autre cachette deux tortues terrestres de belle apparence, qu'elle enveloppa dans des nattes fortement nouées, et passant un long bâton dans les cordes qui liaient les nattes, elle les déposa à terre et nous fit signe de nous asseoir pour nous délasser un peu, invitation acceptée avec le plus grand empressement.

Une source était près de là ; nous y puisâmes amplement et à plusieurs reprises.

La durée de cette halte fut d'une heure environ : j'aurais bien désiré qu'elle se prolongeât encore ; mais au signal donné par Maïda il fallut quitter ce doux repos et se mettre en marche. Kart suivait la bête, lui mordillant de temps en temps les pattes pour la faire avancer lorsqu'elle s'avisait de faire la paresseuse ou la têtue, comme disait Tony. Maïda, regardant toujours l'état du ciel à l'occident, nous invitait à presser le pas : ce que nous faisions autant que possible, arrêtés que nous étions sans cesse par la résistance du quadrupède confié à sa direction, et qui déviait toujours de la ligne droite.

Au loin déjà grondait le tonnerre ; tout se taisait, tout était silencieux autour de nous ; on n'entendait plus ni le chant des oiseaux ni le bourdonnement des insectes. Les plantes et les fleurs courbaient languissamment leurs tiges vers la terre, et ce silence et cette humilité de la nature ani-

mée et végétante avaient quelque chose d'effrayant, de sinistre et de solennel. Maïda seule semblait ne pas ressentir
ces pénibles effets, précurseurs de l'orage; elle était accli-
matée à ce pays, et si elle y pensait, si elle s'en préoccupait,
ce n'était pas pour elle, c'était pour nous, vers qui elle portait de temps en temps un regard de tendre commisération.

Le mauvais vouloir et les divagations continuelles du pour-
ceau mal appris firent, la fatigue aidant, que nous employâmes
près de deux heures de plus au retour qu'à l'aller.

A peine touchions-nous le seuil de la hutte que l'orage
éclatait : il était temps. Mais courte fut sa durée, quoique son
intensité eût été considérable, et que nous eussions ressenti à
chaque redoublement des éclats de la foudre cette frayeur ner-
veuse dont il est impossible de se défendre au milieu de ces
grandes perturbations atmosphériques.

Le soleil ne tarda pas à reparaître à travers un nuage de
pourpre qui ressemblait à un linceul ensanglanté; puis il
s'éclipsa derrière les rochers, dont il éclairait encore le sommet de ses teintes enflammées.

Lorsque la pluie eut cessé, nous fîmes quelques pas hors
de la hutte pour respirer la brise qui venait de s'élever.
Maïda se mit à accommoder une des tortues, dont notre
appétit eût bien voulu hâter la cuisson. L'animal immonde
fut relégué dans un petit enclos derrière la hutte : c'était une
truie de petite espèce et près de mettre bas, ce qui ne tarde-
rait pas à augmenter nos ressources culinaires.

La tortue fut mangée, le vrai mot serait dévorée, en quelques minutes.

« C'est un des meilleurs repas que j'aie encore faits, » dit
Tony.

Cette fois je me gardai bien de le contredire.

La nuit ne fut pas moins bonne que ne l'avait été le festin. Un beau soleil éclairait la hutte quand nous nous réveillâmes; cependant Maïda était déjà debout, et s'occupait à faire
griller des racines sur un brasier ardent. Elle avait lu ce que
j'avais écrit et dessiné sur la grande pierre noire : elle avait
fait mieux, elle l'avait parfaitement compris. Elle me dit
ensuite qu'elle était allée loin, bien loin, se procurer ce
qu'elle nous avait rapporté; qu'elle avait amassé encore

d'autres provisions qu'on irait chercher plus tard. « Car, ajouta-t-elle, la belle saison est passée ; nous sommes dans les mauvais temps ; cela dure quelquefois bien des soleils (des jours), et il faut amasser pour ces moments-là.

— Mais où avez-vous pris tout cela, ma bonne Maïda ? lui dis-je.

— Oh ! bien loin, bien loin, répéta-t-elle encore ; un peu d'un côté, un peu de l'autre. » Elle me cita le nom de beaucoup de tribus, et ces noms, ma mémoire ne put les retenir.

« Ces tribus sont donc généreuses ?

— Oh ! non ; mais j'ai donné, et on m'a donné.

— Mais qu'avez-vous pu donner ?

— J'ai donné... »

Ici l'expression lui manqua, et je n'en pus apprendre davantage.

Tony, qui traitait le langage de Maïla de vilain baragouin, se dépitait de ne rien comprendre à notre conversation. Le seul mot qu'il eût retenu de la *langue sauvage* était *aouab !* j'ai faim ! c'était son mot de prédilection, il le prononçait admirablement.

Après le déjeuner, car nos approvisionnements nous permettaient presque des repas à heure fixe, Tony regardait piteusement sa chaussure, dont il avait laissé une grande partie à travers les chemins ; ses pieds étaient rouges, gonflés, endoloris, sa veste en lambeaux. Hélas ! ma garde-robe n'était pas en meilleur état que la sienne, et je voyais arriver le moment où les sauvages n'auraient rien à envier à notre costume, pas même leurs deux à trois pouces de vêtement. Maïla, à qui nous montrions notre misère, se prenait à rire comme pour nous faire comprendre que dans son pays on n'était pas scrupuleux sur ce chapitre-là ; ensuite elle monta sur le rocher qui dominait la hutte.

« Voilà Maïda qui va se mettre en observation, dit Tony : est-ce qu'il y aurait encore anguille sous roche ? Mon Dieu ! nous ne serons donc jamais tranquilles ! » Et en disant cela il suivait de l'œil tous ses mouvements.

« Monsieur Édouard, je l'ai vue soulever une grosse pierre : qu'est-ce donc qu'il peut y avoir dessous?

— Vous êtes curieux, Tony, attendez que Maïda vous le dise : si elle le juge à propos toutefois, car elle n'y est pas obligée. Mais tenez, la voici. »

Maïda entra dans la hutte, enleva le quartier de roche qui fermait l'ouverture de la grotte, y pénétra la première, et nous appela ensuite en me nommant d'abord. Plein de confiance dans cette excellente femme, je m'approchai pour la suivre.

« Pour moi, s'écria Tony, qui n'avait pas perdu le souvenir de sa dernière mésaventure, je n'y entrerai pas. » Puis il ajouta : « Prenez garde, monsieur Édouard; Maïda a fait là-haut quelques préparatifs qui n'annoncent rien de bon, et quand elle aurait eu l'idée de se défaire de nous, je n'en serais pas surpris.

— Eh bien, Tony, puisque vous avez cette crainte-là, je n'insisterai pas; restez où vous êtes. Moi, j'entre, et sans appréhension aucune, je vous en donne l'assurance. » Et j'entrai.

Tony eut honte d'avoir montré de la poltronnerie; il franchit l'ouverture et arriva près de nous. En ce moment le jour venait d'en haut abondamment, et un peu obliquement, par l'ouverture que Maïda avait pratiquée en déplaçant le quartier de roche qui la recouvrait. Ce fut alors qu'on put prendre une idée juste de cette voûte, sans pareille dans le palais même des monarques les plus puissants du monde. Nous avions sous les yeux un ensemble de stalactites ravissant, éblouissant et le plus féerique que puisse créer l'imagination humaine. De cette voûte descendaient des colonnettes diamantées d'une délicatesse à défier le ciseau du plus habile sculpteur; les bases de ces petites colonnes étaient formées par d'autres stalactites qui sortaient du sol. Çà et là des figures, des profils d'hommes, d'animaux, plus ou moins réguliers, plus ou moins fantastiques, mais toujours d'un merveilleux effet. Cette salle me sembla grande au moins comme l'intérieur de Notre-Dame de Paris; une infinité d'autres galeries impénétrables, au dire de Maïda, étaient contiguës à ce palais naturel.

« Qui donc a pu faire de si belles choses, monsieur Édouard? me dit Tony dans son extase contemplative.

— La main de Dieu, mon ami. N'a-t-il pas fait bien d'autres œuvres, mille fois plus dignes encore de notre admiration et de notre reconnaissance? Pour cette belle œuvre, il a fallu à Dieu un peu d'eau et de chaux; le temps a été l'ouvrier.

— Je ne vous comprends pas, monsieur Édouard.

— Je vais tâcher de vous rendre ma pensée aussi clairement que je pourrai. Ce qui brille au-dessus de nos têtes et autour de nous s'appelle des stalactites; ce qui brille sous nos pieds porte le nom de stalagmites. Ces diamants, comme je vous le disais, ne sont qu'un peu de chaux cristallisée. L'eau qui tombe sur la voûte traverse, avant d'arriver où nous sommes, des couches composées de chaux; cette eau en dissout et en entraîne, avant de tomber, quelques parties avec elle; puis, par l'effet de circonstances qu'il serait trop long de vous expliquer ici, cette eau, chargée de ces matières, en dépose successivement des parties dont les unes restent attachées à la voûte, tandis que les autres, continuant à descendre, s'agglomèrent à celles qui sont fixes. Tenez, vous comprendrez mieux par un exemple : lorsque la gelée est très-forte dans notre pays, et que les toits des maisons sont couverts de neige, s'il survient quelques rayons de soleil, un peu de cette neige se fond; mais quand le soleil a disparu, la gelée reprend, et cette eau qui s'écoule à terre se glace et reste suspendue aux toits, d'où elle pend en aiguilles, en fuseaux, en baguettes et en filets d'une grande pureté et d'une parfaite transparence. Cela vous explique aussi bien qu'il est possible de le faire la formation des stalactites dont cette salle est composée. Les stalagmites sont les cristaux qui se trouvent sur le sol, et qui sont de même matière que les stalactites. »

Maïda, qui avait joui de notre surprise, s'était bien gardée d'intervenir; elle s'était assise dans un coin de la grotte, et elle attendait patiemment.

On se lasse de tout, même d'admirer. Lorsqu'elle jugea notre curiosité satisfaite, au lieu de nous laisser près du réservoir d'eau qui se trouvait devant, elle nous promena sur une ligne de pourtour, qui nous permit de jouir encore de ces merveilles sous des aspects nouveaux. Parvenus à l'extrémité opposée à l'entrée, elle nous fit asseoir sur un bloc cristallisé

formant un banc naturel; puis, au bout de quelques instants, ayant déplacé, non sans beaucoup de peine, quelques
petites colonnes, nous nous trouvâmes en face d'une autre
espèce de grotte, de hauteur d'homme seulement, et figurant une niche dont l'obscurité empêchait de sonder la profondeur.

Maïda s'y introduisit avec une assurance qui prouvait
qu'elle avait parfaite connaissance du lieu; elle en retira
différents objets, qu'elle plaça en dehors : c'étaient des paquets entourés de nattes attachées avec de petites cordes.
Elle donna à chacun de nous un des paquets, et en conserva
un pour elle-même, le plus gros et le plus pesant. Nous
contournâmes les parois de la grotte principale, à l'ouverture
de laquelle nous nous trouvâmes bientôt. Une fois dehors,
elle reboucha le trou, nous fit déposer les paquets dans la
hutte; puis elle grimpa sur le rocher, sans doute pour repla-
cer la grande pierre sur l'ouverture qui donnait jour à la salle
principale.

Au retour de Maïda, un de ces paquets fut ouvert; il contenait des objets d'habillement, des morceaux de toile, de
drap, d'étoffes diverses. Ce ne fut pas pour nous un médiocre
sujet de joie; mais nous devions aller ce jour-là de surprise
en surprise. Le second paquet s'ouvrit ensuite; il était d'un
plus petit volume, mais beaucoup plus pesant que le premier.
Il renfermait des haches, des ciseaux, des marteaux, de grands
clous et divers autres ustensiles et outils.

« Ah ! s'écria Tony en poussant une vigoureuse exclamation, des haches ! des ciseaux ! je connais cela, et cela me
connaît aussi; je me crois en Normandie à présent. »

Le troisième paquet se composait de beaucoup d'objets d'un
travail grossier.

Tandis que Maïda entassait tout cela dans un coin de la
hutte, Tony ramassa à terre, où elle venait de tomber, une
espèce de perruque faite de cheveux noirs frisés, et se la posa
sur la tête en faisant mille plaisanteries sur sa trouvaille.
Maïda se montra presque irritée en voyant ces cheveux sur
la tête de mon joyeux compagnon; avec un geste de colère
et d'indignation elle lui arracha la perruque, la posa sur
son cœur, la baisa et l'attacha soigneusement à sa ceinture.

Les traits de son visage exprimaient aussi la douleur, et je crus voir des larmes tomber sur ses joues.

Ce fut pour nous un grand sujet d'étonnement, d'affliction même; car, très-involontairement sans doute, nous avions causé du chagrin à notre bonne mère. Mais, quelques instants après être rentrée en possession de cet objet, son visage reprit son calme habituel; elle sembla n'y plus penser.

Il y avait là un mystère dont le temps pouvait seul amener la révélation.

Tony, comme on doit le penser, s'était emparé d'une des haches, avec laquelle il s'escrimait d'estoc et de taille sur tous les morceaux de bois qui lui tombaient sous la main. Voyant qu'il maniait l'outil avec une certaine habileté, Maïda lui traça sur un des côtés extérieurs de la hutte un cercle assez étroit, et lui fit comprendre, par mon intermédiaire toutefois, qu'il pourrait là donner carrière à son adresse. Il s'agissait de construire un abri pour l'animal grognard, exposé à la pluie, et d'agrandir l'enceinte qui lui servait de promenoir. Les matériaux ne devaient pas nous manquer, nous en avions en abondance autour de nous : des pierres, du bois, tout ce qui était nécessaire enfin pour la toiture, la clôture, la fermeture.

« Vite à l'œuvre, monsieur Édouard, » me dit Tony. Et je partageais sa vive impatience; mais elle n'eut pas satisfaction ce jour-là : nous avions compté sans ces décevants orages qui revenaient périodiquement, et presque à heure fixe, dès que le soleil inclinait vers l'ouest.

Il fallut donc rester confinés jusqu'au lendemain dans la hutte enfumée. Une distraction pourtant nous y attendait : l'inventaire des objets que Maïda y avait accumulés.

« Voyons ces guenilles, dit Tony. D'abord des vestes et des pantalons de matelot un peu goudronnés; des chemises. Oh! monsieur Édouard, des chemises! l'excellente chose! il y a si longtemps que la vôtre et la mienne nous ont fait leurs adieux! Des pavillons de laine blancs, verts, rouges : quelle belle robe cela ferait à Maïda! et puis du linge encore, des serviettes! des serviettes à nous qui mangeons sur une pierre avec la fourchette du père Adam! »

Tony ne tarissait pas en lazzi; Maïda riait de le voir rire

5

seulement, car elle ne comprenait rien aux bons gros mots du camarade.

« Monsieur Édouard, voici des livres; cela vous regarde. Ils sont un peu mouillés, le bibliothécaire n'en a pas eu soin; il faut destituer le bibliothécaire. » Je jetai un regard sur ces livres. Hélas! ils étaient, comme nous disions au collège, éternels, c'est-à-dire qu'ils n'avaient ni commencement ni fin, l'humidité y avait mis bon ordre : elle avait détruit les premières et les dernières pages. Je m'emparai de ces livres, que je tins pour un grand bienfait de la Providence, quel qu'en pût être le sujet : je m'en réservai l'inspection au grand jour.

« Voici encore des haches, des limes, des vrilles; mais dans quel état! fit Tony; toutes couvertes de rouille! C'est égal : avec un peu d'huile d'olive et du saindoux...

— Mais où prendrez-vous de l'huile et du saindoux ?

— C'est vrai, on n'en trouve pas ici; mais je saurai bien m'arranger *tout de même*. » Tout de même était une des locutions favorites de mon cher camarade. « Nous sommes servis à notre convenance, ajouta-t-il : vous êtes savant, il vous vient des livres; je suis ouvrier, il me tombe des outils. »

Le reste du jour, Tony fut si préoccupé de son heureuse trouvaille, que lorsque vint la nuit il oublia son refrain ordinaire : Aouab! aouab! La joie l'avait empêché de penser à la faim.

Je demandai à Maïda comment elle s'était procuré tous ces objets. Elle me répondit avec un ton de tristesse qu'ils avaient été ramassés sur la plage, mais sans me dire que ce fût elle qui les eût recueillis. « Il y en avait bien d'autres, ajouta-t-elle; mais il en a été échangé beaucoup pour des vivres quand les mauvaises saisons sont ven   et dans les moments de disette, où la terre, brûlée par le oleil, ne produit rien dans certaines parties rocheuses de l'île.

— Nous sommes donc ici dans une île?

— Oui, et une très-grande île encore; il y en a beaucoup de plus petites alentour et au loin.

— Et comment s'appelle l'île où nous sommes?

— Palahad, répondit Maïda sans hésiter.

— Mais je n'ai jamais vu sur la carte d'île qui portât ce nom.

— Palahad ! » répéta-t-elle ; et j'en fus pour mon ignorance, car je ne pus obtenir de Maïda aucun autre éclaircis-
sement sur ce point.

« Gniah, gniah, » répétait-elle sans cesse ; et ce mot dans
son langage ne signifiait autre chose qu'une île. Je n'en étais
donc guère plus avancé.

Le lendemain on profita de la matinée, qui fut assez belle,
pour commencer la construction ; nous nous mîmes en quête
de matériaux. Le fourré nous donna tout le bois dont nous
avions besoin, et il fallait voir avec quelle ardeur Tony jouait
de sa hache, dont il avait enlevé la rouille à l'aide de cailloux tranchants.

Le troisième jour, la truie fut très-convenablement logée,
ce dont elle ne semblait pas se soucier beaucoup ; mais il y
avait pour nous convenance à éloigner sa demeure de la
nôtre ; car le sale quadrupède répandait dans notre voisinage
de très-fâcheuses odeurs. Tony contempla son œuvre avec
satisfaction ; je ne dirai pas notre œuvre, car il ne me laissa
mettre la main qu'au transport des matériaux. « Quel dommage, disait-il, qu'il n'y ait que cela à faire ! cependant... »

Ce mot était gros de quelque chose, ainsi que la suite du
récit nous l'apprendra.

Il y avait eu quarante-huit heures d'intermittence dans les
orages. Maïda nous fit savoir, au lever du soleil, que le temps
était favorable pour une nouvelle excursion.

« Je suis bien fâché, dit Tony, de n'avoir pas su cela plus
tôt, j'aurais fait une civière qui eût été très-commode pour
rapporter ce que nous avons sans doute à prendre là-bas ;
mais patience, à mon retour, je m'occuperai de cela et d'autre
chose encore. »

L'autre chose était la conséquence de l'idée attachée au
cependant. Tony cherchait à entrer plus avant dans cette
demi-confidence. « Quand nous reviendrons, dit-il (nous
étions en marche), je vous ferai part d'un projet.

— Pourquoi attendre ? dites-le-moi tout de suite.

— C'est que j'ai peur que vous ne vous moquiez de moi.

— Je ne suis pas moqueur de ma nature, vous le savez,
Tony.

— Mais je le suis, moi, et l'on juge toujours le monde à

son aune, comme disait feu ma grand'mère. Je suis moqueur,
c'est un reproche que vous m'avez fait; mais je m'en corri-
gerai : vous verrez. » Et tout aussitôt il poussa un grand éclat
de rire.

« Mais regardez donc, monsieur Édouard : Maïda a peur
qu'on ne lui prenne sa perruque de nègro; elle l'emporte avec
elle pendue encore à sa ceinture.

— Vous êtes décidément incorrigible, Tony, » lui répliquai-je.

Il baissa la tête, garda le silence, et nous continuâmes à
cheminer sans qu'il me parlât davantage de son projet.

Le temps s'était un peu rafraîchi ; il soufflait une légère brise
qui facilitait notre marche. Maïda avait eu raison : les pluies
ayant cessé, le torrent était sec. A l'endroit désigné, Maïda recommença ses fouilles à travers les crevasses des rochers; elle
en tira trois tortues, une douzaine de cocos et deux ou trois
longues bottes d'ignames. Pauvre femme! elle avait apporté
successivement tout cela de bien loin dans doute : comme elle
avait dû souffrir dans le trajet avec de pareils fardeaux !

Chacun s'empara de sa charge, et l'on reprit assez lestement
le chemin de la hutte, où nous rentrâmes sans accident, un
peu avant le coucher du soleil.

Les cocos furent déposés dans la grotte, les tortues parquées
dans des trous de rocher avec ample provision d'herbes et de
feuilles tendres, dont elles sont très-friandes.

Le lendemain, même excursion avec un assez bon temps.
Mais de longs jours orageux devaient succéder à ces quelques
beaux jours; il fallut bien se résoudre à les passer dans la
hutte. Lorsque le ciel s'éclaircissait un peu, Tony prenait
mystérieusement cette hache objet de ses prédilections, s'es-
quivait de la hutte, souvent malgré les représentations de la
prudente Maïda, et s'en allait je ne sais où. Longtemps après
il revenait, fatigué, affamé, mais joyeux. Que faisait-il? J'aurais pu le savoir en suivant ses traces; j'aimai mieux lui laisser son secret.

« Vous avez bien chaud, Tony, lui disais-je quelquefois en
lui voyant le visage en feu.

— C'est vrai, monsieur Édouard; mais j'ai couru... » Et là
se bornait sa confidence.

Pendant les jours de pluie, nous nous occupions à trier, parmi les loques que Maïda nous avait apportées, ce qui avait échappé à la pourriture, pour réparer autant que possible nos misérables vêtements. A l'aide de quelques morceaux de drap encore en état de servir il eût été facile de nous en composer d'autres, quoique l'étoffe fût bien épaisse et trop chaude pour le climat que nous habitions; mais il nous manquait pour le faire deux choses d'une absolue nécessité : une aiguille, des ciseaux. Nous avions suffisamment de gros outils de fer et d'acier; mais une aiguille, comment arriver à cet infiniment petit ustensile? C'était au-dessus de notre savoir-faire. Cependant, à force de nous creuser la tête, nous parvînmes au bout de trois jours à ce quelque chose qui ressemblait à une aiguille. Tony fit chauffer au rouge, amincit et arrondit un morceau d'acier qu'il aiguisa ensuite, ce qui forma un poinçon. Un morceau de fil de laiton aplati à l'une de ses extrémités, aiguisé également de l'autre, fut percé sur le plat à l'aide du poinçon, et nous eûmes une façon d'aiguille à voilier. Le couteau que Tony avait eu la chance de conserver fit, vaille que vaille, l'office de ciseaux.

C'était beaucoup déjà qu'une aiguille; mais ce n'était pas tout, il fallait encore arriver à la manière de s'en servir. Sur ce point, avec son adresse féminine et native, Maïda nous vint en aide lorsqu'elle eut compris l'usage que nous voulions en faire, et après avoir examiné de quelle façon nos vêtements étaient ajustés et confectionnés.

Il fut décidé d'abord que nous ne ferions pas des vêtements étroits comme les nôtres, mais bien de larges vestes et d'amples pantalons qui permettraient à l'air de circuler librement autour de nos membres.

Nous débutâmes par une espèce de manteau d'étamine légère, jaune et rouge, un pavillon espagnol. Tony poussa un éclat de rire homérique lorsque j'essayai ce manteau d'arlequin.

« On nous croirait au Havre en plein carnaval! s'écria-t-il. J'en veux un pareil. Quel dommage! personne ne nous verra, excepté Maïda. »

Mais cette fois encore il avait compté sans sa prévoyance ordinaire; en me voyant ainsi vêtu, elle me fit cette obser-

vation judicieuse, que si je sortais de la hutte ainsi couvert,
je pourrais attirer l'attention de quelques naturels à la vue
perçante, et que l'étrangeté de ce costume ne manquerait pas
d'attirer près de nous, « le plus grand malheur qui pût nous
arriver, » ajouta-t-elle.

« Mais comment parer à cet inconvénient? » répliquai-je.

Maïda se posa un doigt sur le front, comme pour en faire
jaillir une idée, puis elle jeta le manteau dans un coin de la
hutte, sans plus rien nous dire, ce qui devait signifier qu'elle
aviserait.

Restait la chaussure, et ce n'était pas le côté le moins
embarrassant. Jusqu'alors je n'avais compris des bottes et
des souliers qu'avec le cuir et la peau de certains animaux
préparés pour cet office. La matière première nous faisait ici
complétement défaut; comment y suppléer? Habile conseillère, toujours prête à nous tirer d'affaire, Maïda nous fit
avec des écorces d'arbres finement tressées deux paires de
semelles très-résistantes; comme supplément on y ajouta, en
guise d'empeignes, de forte toile goudronnée; et nous eûmes,
Tony et moi, une paire de brodequins qui ne ressemblaient
en rien à ce qu'on nomme ainsi en France, et qui toutefois
ne laissaient pas d'avoir leur utilité, en mettant nos pieds
à l'abri des déchirements des ronces et des cailloux tranchants.

Le lendemain, le temps s'annonça sous des auspices assez
favorables. « Il faut en profiter, me dit Maïda, nous avons
une longue course à faire aujourd'hui. »

Les dispositions furent promptement prises; mais quand
il fallut se mettre en route, Tony se montra de fort mauvaise
humeur. Et pourtant il avait bien déjeuné; c'était une con-
tradiction que je ne m'expliquai pas; il laissa même échapper ces mots : « Quel dommage de sortir aujourd'hui! demain
c'était fini.

— Et que finissez-vous donc, Tony?

— Mon idée, monsieur Édouard.

— Votre idée, et laquelle?

— Je n'en ai pas tant, Monsieur (et je trouvai le mot spi-
rituellement malicieux), pour que vous n'ayez pas deviné
celle-là, vous qui êtes savant...

— Tony, ne répétez jamais ce dernier mot, il n'y a pas ici de savant... Ce que l'homme sait le mieux, dit un vieux livre que j'ai lu au collège, c'est qu'il ne sait rien... Je suis un peu plus âgé que vous, j'ai plus d'expérience de certaines choses, c'est en quoi consiste tout mon savoir. »

Tony se mordit les lèvres et ne trouva rien à répliquer. Maï la nous pressait de partir; nous la suivîmes, toujours en compagnie de maître Karl, qui en avait demandé et obtenu la permission. Lorsque ce chien si dévoué, si intelligent, voyait sa maîtresse sur le point de quitter sa hutte, il se posait en dehors devant elle, debout sur ses pattes de derrière. Si Maï la lui montrait du doigt sa case, il y rentrait immédiatement; si c'était la campagne que son doigt désignait, il faisait un saut joyeux et il ouvrait la marche, devinant presque toujours la route que nous allions prendre.

CHAPITRE IX

Nouvelle orientation. — Redoublement de précautions. — La terre comestible. — Nouveaux périls. — Femmes courageuses. — Vieillards impitoyables. — Les idées sauvages et les autres. — Un compagnon de solitude. — Cocote. — Heureux retour. — Tony rêve perruches. — La stéatite. — Les ciseaux. — Terreur, puis résignation de Maïda. — Un petit mensonge de camarade. — Une maison... en perspective. — Travail inutile. — Brutalité. — Destruction justifiée.

Cette fois la direction de notre promenade fut différente encore des précédentes : au lieu de gravir sur la côte, nous prîmes un chemin opposé; on se trouva, après une demi-heure de marche, à l'entrée d'une vallée bouleversée par les eaux d'un torrent. Maïda nous fit longer le flanc droit de la colline, parce que le sentier était plus consistant et abrité par d'épaisses broussailles. Je compris aux précautions de Maïda que nous avions un grand intérêt de sécurité à n'être point aperçus. Lorsque le chemin se découvrait, elle nous faisait doubler le pas et semblait inquiète; puis elle remontait la côte, et sa vue se portait sur tous les points. Kart s'arrêtait en même temps qu'elle, et le nez au vent, l'oreille dressée, il épiait le moindre bruit. Cette manœuvre, qui décelait de sérieuses appréhensions, se renouvela jusqu'à ce que nous fussions arrivés en face d'un monticule assez considérable.

« Restez là, cachez-vous le mieux que vous pourrez dans ces buissons, ne parlez pas, et attendez-moi, fit Maïda : je reviendrai bientôt. »

Elle laissa près de nous deux sacs faits avec des nattes cousues, et en emporta un troisième. Elle fut assez longtemps éloignée, et reparut avec son sac plein d'une espèce de terre très-douce au toucher, friable et de couleur vert tendre; elle reprit un sac vide, et revint encore lorsqu'il fut rempli; ainsi du troisième. L'opération dura bien deux heures. Lorsqu'elle fut terminée, Maïda, sans prendre un instant de repos, chargea sur sa tête le plus gros des sacs et donna à chacun de nous les deux autres; nous les plaçâmes sur nos épaules. On reprit le même chemin avec les mêmes précautions.

Au bout d'une demi-heure de marche, au moment où nous allions traverser une clairière de broussailles, Kart fit un mouvement rétrograde, baissa la queue, flaira et s'arrêta. Évidemment il y avait du nouveau; cela signifiait : Garde à vous !

Maïda, qui, mieux que nous encore, connaissait le flair et les allures du petit chien, nous fit rester en place. Ayant passé la tête dans une des clairières des broussailles et prêté l'oreille, elle jeta son sac à terre, nous invita de la main à nous coucher à plat ventre le long de quelques groupes d'arbustes touffus, s'y coucha elle-même, et nous restâmes assez longtemps dans cette position, très-inquiets de ce qui allait se passer. On entendit alors un bruit de voix confuses qui s'approchaient de nous. Ayant tourné un peu la tête, je vis à deux pas, mais beaucoup plus bas que l'endroit où nous nous trouvions, cinq ou six sauvages, hommes et femmes; les hommes, vieux et courbés, portant sous le bras des nattes vides et roulées. L'une de ces femmes paraissait très-fatiguée et voulut s'asseoir; mais ses compagnes de voyage ne le lui permirent pas. Un des vieillards la releva brutalement et la força de marcher. Si ce fut un mal pour cette pauvre femme, ce fut un bien pour nous; car il n'est pas douteux que nous aurions été découverts s'ils avaient fait là une halte de quelque durée.

Quand ils se furent éloignés, assez lentement, Maïda se leva, en nous disant que nous pouvions continuer, parce que, descendant la côte, il était impossible qu'ils pussent nous apercevoir.

« A quoi bon nous faire aller si loin, disait Tony, et nous exposer ainsi pour chercher de la terre, puisqu'il y en a autour de notre hutte d'aussi belle et d'aussi bonne, sans doute que celle que nous portons?

— Maïda a ses desseins, » lui répondis-je.

En ce moment nous passions sous un massif de gros arbres : la conversation fut interrompue par un chamaillement qui avait lieu au-dessus de nos têtes. Deux oiseaux au joli plumage voltigeaient près d'une grosse branche, et semblaient vivement se quereller. Maïda s'arrêta, et, ayant découvert les causes de ce remue-ménage, elle montra à Tony un nid assis sur la bifurcation de deux autres branches, mais à une assez grande élévation.

« Je vais aller voir ça, » dit mon camarade; et il grimpa lestement à l'arbre.

Arrivé au but, il écarta le feuillage, avança la main et la posa sur le nid, sans doute au grand effroi de l'oiseau qui y faisait sa résidence.

A sa grande joie et à la nôtre, lorsqu'il fut descendu avec les plus minutieuses précautions, il nous laissa voir la plus jolie petite perruche. Il y en avait eu plusieurs dans le nid; celle-ci était sans doute la dernière éclose; les autres s'étaient envolées, et, plus timide parce qu'elle était plus jeune, elle n'avait osé, la pauvrette, en faire autant, malgré les invitations réitérées et pressantes de ses grands parents; c'était la cause de tout ce bruit qui avait attiré notre attention.

L'oiseau mignon, le gentil oiseau fut couvert de baisers.

5*

« Voyez donc comme il ouvre son petit bec crochu, monsieur Édouard. »

C'était un compagnon de plus dans notre solitude, un sujet de distraction, un élève à former, à instruire, à faire babiller, du plaisir pour bien des heures. Tony ne voulut confier à aucun de nous ce qu'il appelait *sa perruche :* elle lui appartenait, en effet, par droit de conquête ; elle était sienne, car il pouvait risquer sa vie en allant la soustraire à l'arbre qui recélait son berceau.

Maïda, chemin faisant, me fit comprendre qu'il n'y avait pas longtemps que les oiseaux de cette espèce habitaient le pays, et qu'on ne savait pas qui les y avait apportés.

Enfin nous touchâmes le seuil de notre résidence, nous pûmes nous reposer ; les fatigues furent oubliées, et avec elles les périls que nous avions pu courir. Tony s'occupa du logement de la petite bête, qui dans son langage nous disait : J'ai faim ! On ouvrit une noix de coco dont l'amande était tendre et n'avait guère que la consistance d'une crème épaisse ; ce mets parut fort de son goût : car son petit bec, qui s'ouvrait sans cesse, semblait dire : Encore, encore ! « Petite gourmande ! » s'écria Tony ; et l'apostrophe dans sa bouche était au moins singulière. Avec quelques lianes souples et des roseaux on lui bâtit en moins de deux heures une volière, hélas ! une prison assez confortable.

La nuit, Tony rêva perruches, et comme il se souvenait d'en avoir vu au Havre beaucoup, beaucoup trop même, il avait retenu le vocabulaire de ces oiseaux, et il le répétait comme si notre petit pensionnaire eût pu le comprendre, ou mieux le retenir et le répéter : « Baisez Cocotte, baisez petite maîtresse. As-tu déjeuné, Cocotte ?

— Oui-oui-oui ! »

Le lendemain il était debout avant moi, avant Maïda même. Son premier soin fut de donner à manger à Cocotte, nom qui lui resta.

Maïda, ayant voulu essayer de le prononcer, fit une grimace qui lui en valut une autre de la part de Tony.

Les sacs avaient été déposés dans un coin de la hutte ; la curiosité de Tony était partagée entre Cocotte et le contenu de ces sacs. Sur ce dernier point elle eut bientôt satisfaction.

Maïda en ouvrit un, prit dans sa main quelques pincées de la terre qu'il renfermait, les porta à sa bouche et les avala sans difficulté ni répugnance.

Tony ouvrait de grands yeux et ne revenait pas de sa surprise. « Mais voyez donc, monsieur Édouard, Maïda qui mange de la terre : quel régal ! »

Notre étonnement redoubla lorsque Maïda se leva, prit une poignée de terre et vint nous l'offrir. Je la portai à ma bouche, malgré les signes de Tony, qui n'osa en faire autant ; j'essayai de l'avaler ; mais bientôt je rejetai cette substance, non qu'elle eût mauvais goût, mais parce qu'elle restait adhérente à mon gosier et ne pouvait aller plus loin.

Après avoir examiné plus attentivement cette terre, je reconnus, sur quelques souvenirs minéralogiques de collège, que c'était la stéatite, que les Allemands, chez lesquels on en trouve, nomment *pierre de lard*, parce qu'elle est onctueuse et grasse au toucher ; je me souvins d'avoir lu également que cette substance, qu'on appelle craie aux environs de Briançon, où l'on en trouve également, sert pour adoucir le frottement des machines, et qu'on en vend de blanche chez les bottiers, qui en font usage pour faciliter l'introduction du pied dans les chaussures.

Maïda me dit qu'on mangeait beaucoup de cette espèce de terre dans les temps de disette. J'ai su depuis que la stéatite ne possède aucune qualité nutritive ; mais chez les sauvages, accoutumés aux privations, elle amortit le sentiment de la faim en remplissant l'estomac, et elle empêche les intestins de s'obstruer faute d'aliments.

Le temps un peu amélioré, Tony reprit ses excursions. Je restai à la hutte, et m'occupai à passer l'examen des livres découverts dans la grotte et que je fis sécher au soleil. Maïda était sortie. Me voyant seul, je m'amusai à fouiller un tas de vieille ferraille qu'elle avait tirée de la grotte dans la matinée. J'y découvris avec une grande satisfaction le seul outil qui nous manquât, cette paire de ciseaux jusqu'alors si vainement cherchée. Ces ciseaux étaient, comme tout le reste, recouverts d'une couche épaisse de rouille ; je me mis tout de suite à l'œuvre, je les dégageai de l'oxyde, les frottai avec du sable, etc. Enfin, après une heure de travail, ils eurent véritablement forme de ciseaux, et je me réservai le plaisir d'en faire la surprise à Tony et à Maïda à leur retour.

Dans l'après-midi, tous deux revinrent à la hutte. Maïda prépara le repas du jour. Après le dîner, notre ménagère étant accroupie en dehors de la case, je tirai les ciseaux de ma poche et les lui montrai. Elle les prit avec une espèce de défiance qui m'étonna, en me disant qu'elle n'avait jamais vu de ces choses-là, et qu'elle n'en connaissait pas l'usage. Alors je les ouvris, et, m'approchant de sa tête, je voulus couper une mèche de ses cheveux. Cette pauvre femme poussa un cri déchirant, prit une attitude suppliante, et pourtant me laissa faire, mais non sans éprouver un frémissement nerveux, et en disant : « Édouard? » Il y avait dans ses yeux tant d'imploration, que j'en fus vivement ému, sans en deviner la cause. Les cheveux coupés, je les lui montrai, et remis mes ciseaux dans ma poche : elle sembla tout à fait rassurée.

Je lui demandai pourquoi elle avait manifesté tant de frayeur et tant de résignation à la fois.

« C'est, me répondit-elle, que chez nous les hommes peuvent tuer les femmes quand ils le veulent, et j'ai cru que tu voulais me couper la tête. »

Je la rassurai en lui disant que dans mon pays ce n'était pas l'usage. Elle se contenta de cette explication laconique, que je ne voulus pas étendre, l'éducation morale de Maïda étant bien faible encore.

Tony s'était beaucoup *amusé* intérieurement de la scène des ciseaux; mais il n'avait osé en railler Maïda ouvertement: il craignait une réprimande, qui de ma part ne lui aurait pas fait défaut.

« Je vais, me dit-il, me promener un peu (c'était un petit mensonge).

— Il me semble que vous vous promenez beaucoup et souvent, Tony, vous me laissez presque toujours seul : me direz-vous enfin ce que vous allez faire là-haut?

— Dans deux heures, monsieur Édouard, vous le saurez peut-être. » Et il sortit.

Je feuilletai mes livres; tous étaient écrits dans la langue anglaise, et destinés probablement à la colonie britannique vers laquelle nous nous dirigions au moment du naufrage. C'étaient des fragments de traités de mathématiques; la moitié d'une Bible (j'aurais désiré qu'il fût intact, ce livre-là), un traité du change des monnaies étrangères, amère épigramme dans la position où j'étais; des comptes faits; un Abrégé de l'histoire d'Angleterre, un traité de l'armement et de la mâture des vaisseaux : triste et fastidieux bagage!

L'investigation fut interrompue par Tony, qui jeta bruyamment devant la hutte, avec un air de joyeuseté triomphante, quelques pièces de bois équarries à la hache et taillées pour être assemblées. Quand il eut déposé son fardeau, il se frotta les mains, essuya la sueur qui découlait de son front, puis il sortit de nouveau et revint après une demi-heure avec une charge pareille en disant : « Ce n'est pas tout! »

« Cette fois c'est tout, dit-il au troisième voyage; mais j'ai grand'soif, et je vais me rafraîchir. »

Maïda regardait attentivement ces pièces de bois, et semblait réfléchir sur l'usage auquel Tony les destinait.

« Est-ce une embarcation que vous avez voulu faire là, mon ami?

— Non, c'est une maison; le canot et la pirogue viendront plus tard.

— Une maison?

— Un commencement de maison, si mieux vous aimez. Croyez-vous qu'il soit bien agréable d'habiter tous dans cette hutte où la fumée vous aveugle? Ces sauvages ne connaissent pas seulement les cheminées. C'est une maison faite de pièces de bois que j'ai coupées, taillées, arrangées, et que je n'ai plus qu'à ajuster; et vous verrez qu'en remplissant les jours des clôtures avec de la terre glaise ou autre chose, et en couvrant le tout avec de larges feuilles, nous serons chez nous : nous aurons notre appartement. »

Maïda était sortie; nous profitâmes de son absence pour choisir sur le plateau où la hutte était bâtie un emplacement convenable à l'édification de notre maison. On creusa des trous en terre pour y planter les poteaux formant les montants de la construction, qui fut placée sur la même ligne que la case, avec laquelle nous avions l'intention de la faire communiquer.

En vérité, quoique Tony manquât des bons outils de sa profession, il avait tiré un excellent parti de ceux que le hasard avait mis dans ses mains. Les pièces se raccordaient bien, l'ensemble était satisfaisant, et des chevilles en bois dur liaient parfaitement toutes les parties de cette charpente. L'ouvrier jouissait donc de son œuvre et de mes éloges, auxquels il savait encore ajouter quelque chose : la modestie n'était pas une de ses qualités dominantes, dès qu'il parlait de son habileté. Il était plus réservé dans les louanges qu'il se donnait à lui-même, lorsqu'il avouait naïvement qu'il avait la tête trop dure pour apprendre à lire et à écrire.

La maison n'avait qu'un rez-de-chaussée très-peu élevé.

La façade avec une porte et une fenêtre ayant été montée, il ne restait plus de bois travaillé. Damel s'écria Tony, tout n'est pas fini; mais ça se fera. »

La nuit était presque close lorsque notre ménagère rentra à la hutte. « Quel dommage! disait Tony, elle ne verra plus rien ce soir. » Il ne se découragea pas cependant, et lui prenant la main il la conduisit devant cette façade, en lui expliquant vaille que vaille son idée.

« Qui a fait cela? » dit Maïda.

Je m'empressai de nommer l'auteur, qui prit un petit air glorieux et se haussa sur ses talons : c'était le paon qui fait la roue et à qui l'on dit qu'il est beau. Maïda se prit à réfléchir, et une averse qui tomba au même instant nous obligea à rentrer dans la hutte.

C'était l'heure du repas; Tony était en veine de causeries; il faisait des projets de bâtisses à perte de vue, des châteaux en Espagne à l'infini; il entrait à pleines voiles dans les constructions navales, passait de la pirogue au vaisseau de ligne.

Après le souper, le maître d'école et le charpentier reprirent l'aiguille (la seule que nous eussions) et les ciseaux du tailleur.

La langue de Tony allait encore plus vite que ses doigts : il jetait bas la hutte (en paroles toujours), la remplaçait par

une jolie maisonnette, plantait devant un beau jardin avec
des pommiers pour faire du cidre.

« Mais où prendrez-vous ces pommiers, Tony?

— Ah! c'est vrai, je n'y avais pas pensé; il y a de bien
beaux arbres ici, mais ils ne donnent pas de pommes; nous
nous en passerons, » fit-il avec un soupir; et la veillée se
termina en projets pour l'avenir, car nous avions des veillées
éclairées avec des morceaux de résine que Maïda allait recueillir sur l'écorce des pins.

La nuit fut bonne : il est si doux de s'endormir avec de
riantes illusions!

Le lendemain, Tony était levé avant le soleil; je quittais
ma couche pour aller le rejoindre à son travail, lorsque j'entendis un grand bruit au dehors de la hutte, on se querellait;
une voix était surtout dominante, c'était la voix de Tony.
Élevé d'une façon fort négligée, il possédait tout le vocabulaire des enfants de son âge et de sa classe qu'il avait fré-
quentés; c'étaient des mots grossiers, des jurons. Maïda, son
interlocutrice, lui répondait assez vivement dans son langage,
et la dispute était très-animée de part et d'autre lorsque j'ap-
parus sur le champ de paroles.

« Ah! vous arrivez bien, monsieur Édouard.

— Qu'est-ce donc, Tony?

— Voyez, voyez ce bel ouvrage de Maïda! Savez-vous à
quoi je l'ai trouvée occupée, cette vilaine femme? Eh bien!
mais regardez donc par ici; plus rien, elle a renversé notre
maison : voyez, les bois sont à terre. Aussi, quand je l'ai vue
faire ça, je lui ai pas mal donné de bons coups de pieds dans
les jambes.

— Vous avez maltraité Maïda, Tony? Cela n'est pas possible.

— Si, c'est vrai; mais aussi de quoi se mêle-t-elle? »

Je jetai les yeux sur Maïda; elle était émue, mais moins
sans doute par suite de l'acte de brutalité que Tony lui avait
fait subir, que du dépit qu'elle éprouvait de ne pouvoir
s'expliquer à l'instant même.

« Vous voyez bien, continua le petit rageur, qu'elle ne
trouve rien à dire pour se justifier! Faut-il qu'une femme
soit méchante et sournoise! Qui aurait pensé cela? »

Et sa colère redoublait avec ses forces; il fallut mon intervention énergique pour empêcher Tony de se livrer à de nouveaux emportements contre cette pauvre femme; j'arrêtai même au passage quelques coups de pied retardataires qui lui étaient destinés.

« Mais, au nom du Ciel! revenez à la raison, Tony. »

Il s'arrachait les cheveux, trépignait de dépit et pleurait de rage. Je le pris par le bras, et ce ne fut pas sans peine que je parvins à le faire rentrer dans la hutte, où j'usai longtemps en vain de tous les moyens possibles pour calmer son désespoir.

Lorsqu'il eut repris un peu de calme, j'appelai Maïda pour lui demander quelques explications, car j'étais étonné moi-même de l'action qu'elle venait de commettre.

D'abord elle ne sut comment s'expliquer, elle était embarrassée, et cette pauvre femme tremblait devant un enfant irrité.

Après plusieurs questions qui restèrent sans réponse satisfaisante, je finis par obtenir celle-ci, à l'incorrection de laquelle je ne change rien :

« Édouard, Tony a battu moi; moi avoir fâché Tony; l'y avoir fait maison, pas maison bonne ici, maison de là-bas. Si hommes d'ici avoir vu maison de là-bas, hommes d'ici l'y avoir brûlé maison, battu moi et manger vous. Moi pas vouloir homme d'ici manger vous. »

La pensée de Maïda était comprise, et son action pleinement justifiée. Ainsi l'idée qui ne nous était pas venue, son dévouement, son affection pour nous la lui avaient inspirée. Si nous bâtissons une maison à la mode de notre pays, elle pourra attirer l'attention des naturels, qui ne manqueront pas de venir voir ce que cela signifie, tandis que, ne voyant que la hutte du pays et la sachant habitée par une malheureuse femme, ils passeront devant sa case en ne jetant sur elle qu'un regard d'indifférence.

J'avais bien envie de lui sauter au cou pour lui témoigner ma profonde reconnaissance, au moment où entra Tony, qui était sorti à l'arrivée de Maïda.

« Ah! ah! monsieur Édouard, vous l'avez bien grondée, n'est-ce pas?

— Tony, j'ai voulu l'entendre d'abord, et elle s'est si
complétement justifiée, que vous et moi nous lui devons de
sincères remerciments!

— Pour avoir détruit et renversé mon... notre ouvrage?
Ah! bien, par exemple, des remerciments!

— C'est qu'en la renversant elle nous a peut-être encore
une fois sauvé la vie.

— Sauvé la vie, et comment? »

Alors j'expliquai à Tony les puissantes considérations qui
avaient spontanément porté Maïda à jeter bas l'édifice commencé. Il m'écouta d'abord assez attentivement; mais quand
je vins à dire que les sauvages nous auraient mangés, au lieu
de se montrer repentant et plein de gratitude pour Maïda, il
s'écria : « Les sauvages, les sauvages! qu'ils y viennent donc!
C'était bon avant d'avoir des haches; mais on sait manier
une hache, et nous verrons. »

Cette rodomontade me fit sourire; mais telle était encore la
rancune de Tony, que je ne pus obtenir de lui qu'il allât
prendre et serrer la main de Maïda, en signe de repentir et
de réconciliation.

Plus généreuse, elle ne fit aucune attention à sa bouderie;
elle sortit de la hutte, ramassa les membres épars de la maisonnette impossible, et les jeta derrière la hutte en les couvrant d'herbes sèches, afin qu'ils n'attirassent pas l'attention
de ceux qui auraient pu les apercevoir.

Elle se remit ensuite à son travail; mais auparavant elle retira d'un pot de terre nos deux manteaux, qui avaient changé
leur éclatante couleur rouge et jaune contre celle d'un brun
foncé qui de loin ne pouvait attirer les regards. Ce fut pour nous
une très-agréable surprise, et presque un vêtement de luxe.

« Puisque je ne peux construire une maison, je voudrais
faire un jardin?...

— Encore faudra-t-il consulter Maïda, pour s'épargner une
déception.

— Je me ferai une pioche avec une de mes vieilles haches;
je planterai dans mon jardin!...

— Mon jardin, Tony! pourquoi pas notre jardin?

— Il ferait beau voir un monsieur comme vous travailler
à la terre!

— Et pourquoi le bon Dieu m'a-t-il donné des bras, si ce n'est pas pour m'en servir?

— Je planterai dans le jardin, reprit-il, les bonnes racines que Maïda nous apporte, et qu'elle va chercher si loin.

— Des ignames?

— Oui, des ignames; j'avais oublié le nom : cela pousse vite. J'y mettrai toutes les plus belles fleurs que je pourrai trouver.

CHAPITRE X

Surcroît de provisions. — Les nouveau-nés. — Bons pour des sauvages. — Récit inquiétant. — Eclaircissements. — Mortelles appréhensions. — Dieu! un sermon. — Instruments horticoles. — Martyre moral. — Bonne et religieuse inspiration. — Le paradis. — Le père et les enfants. — Le signe de la rédemption. — Sentiments d'injustice. — Ni oui ni non. — Kart égoïste. — Contribution personnelle. — Propriétaires et cultivateurs. — Défrichement. — Une pie. — La terre appartient à tout le monde. — Rien à prendre, pas de queue. — Triste souvenir. — Revue des provisions. — Fâcheux présages. — Les gros et les petits tonnerres. — Nouvelles pérégrinations.

Le lendemain, Maïda nous conduisit tous deux à la loge de la truie. Là nous attendait une surprise agréable : la pauvre bête avait mis bas la veille un petit; c'est ce que Maïda avait voulu me faire comprendre; et dans la nuit elle en avait fait un autre. C'était un surcroît de provisions; aussi la joie fut générale; on augmenta la dose de nourriture qu'on donnait habituellement à la mère, en y ajoutant une espèce de glands verts dont elle était très-friande, et que Maïda avait ramassés dans le bois en assez grande quantité. Il faut dire que, si ces glands étaient un régal pour la truie qui venait d'augmenter notre basse-cour, Maïda ne les dédaignait pas non plus à l'occasion. Un jour je l'avais trouvée faisant griller sur les charbons cette sorte de fruit : elle en mangea, en offrit à Tony, qui dans son langage brutal avait dit, après en avoir porté à sa bouche : « C'est bon pour des gosiers de sauvages, mais cela n'a pas été fait pour des chrétiens. »

Le soir de cette journée fut assez beau pour qu'il fût possible de le passer devant la hutte ; on devisa sur toute espèce de sujets ; la maison démolie revint sur le tapis ; et cette fois ce fut Maïda qui en parla de nouveau.

« Oui, dit-elle, cette maison nous aurait amené des hommes méchants qui vous auraient mangés, comme ils ont mangé mon mari et mes enfants ! »

A ces mots, jetés brusquement et sans préparation aucune dans une conversation familière, je sentis le frisson parcourir tous mes membres ; Tony se rapprocha de moi.

Maïda ajouta : « Comme ils ont mangé les blancs vos amis, qu'ils ont tués sur le bord de la mer, et comme ils vous auraient alors dévorés vous-mêmes, si je n'avais pris soin de vous cacher dans le sable et de vous emporter l'un après l'autre, la nuit, dans le trou du rocher, pour qu'ils ne vous vissent pas ; encore ils ont bien failli vous voir. »

A ce récit, que je traduis, car Maïda ne laissait échapper que des mots dont il fallait coudre les lambeaux pour en former des phrases et leur donner un sens, mes cheveux se dressèrent d'horreur. Je lui demandai si elle n'avait pas vu d'autres blancs dans une autre embarcation, jetés également sur le rivage, et je pensai en frémissant à mon père. Elle me répondit : « Non, il n'est venu au bord de la mer qu'une seule pirogue, qui s'est brisée, ouverte en deux sur le tranchant des rochers de corail à fleur d'eau. Les hommes qui étaient d'un côté de la pirogue ayant voulu se sauver, on les a tués, et c'étaient eux que mangeaient les hommes du pays qui sont venus s'asseoir près de vous sur le rocher. Je n'ai pas voulu en manger avec eux, parce que je pensais à mon mari et à mes enfants, grands, plus grands que vous, et que Maïda aimait bien, comme Maïda vous aime aussi.

— Mais comment ce malheur est-il arrivé ? Les gens du pays mangent donc aussi les gens du pays ?

— Oui, quand les tribus sont en guerre ; ceux qui sont pris sont mangés.

« Deux tribus étaient en guerre : mon mari et mes deux enfants furent commandés pour se battre par le chef de notre tribu; ils furent pris tous trois et mangés. Je les avais suivis à distance. Lorsqu'ils furent pris, on les emmena bien loin encore, et je les suivis toujours; puis on les enferma dans une grande hutte; je passai la nuit près de l'endroit où on les avait mis. Le lendemain, j'entendis un grand bruit et des cris dans la hutte; on tuait mon mari et mes enfants; je m'approchai, on me repoussa; au bout d'une heure, je n'entendis plus rien. Je demandai encore mes enfants; un homme ouvrit la porte de la hutte et me jeta ceci, en disant : « Voilà ce qui est de vos enfants. » Maïda montrait la chevelure attachée à sa ceinture. « Je voulais aussi avoir la chevelure de mon autre enfant et celle de mon mari; quand je les ai demandées, l'homme est sorti encore et m'a battue. » Puis Maïla se mit à pleurer amèrement. « Je vous ai sauvés, dit-elle, parce que, lorsque je vous ai vus sur le sable, j'ai cru que c'était le grand génie qui me renvoyait mes enfants changés en blancs. Mais vous n'êtes pas mes enfants... Maïda vous aime comme elle aimait ses enfants noirs, et ne veut pas que vous soyez mangés. »

Cette touchante relation fit sur moi l'impression la plus profonde.

« Oui, Maïda, m'écriai-je, nous sommes tous deux vos enfants; car nous vous devons la vie, et plus d'une fois encore! Et pourtant j'avais une mère bonne comme vous l'êtes, et que j'aimais bien; hélas! Dieu me l'a prise.

— Dieu! fit Maïda; Dieu c'est un homme méchant, n'est-ce pas, qui mange aussi les femmes; les gens ici ne mangent pas les femmes. Dieu, plus méchant que les hommes d'ici.

— Dieu, Maïda, est l'être bon par excellence; ce n'est pas un homme, quoiqu'il ait fait l'homme à son image; c'est mieux que l'homme, plus et mieux que tous les hommes ensemble; c'est le créateur et le roi du monde, de tous les mondes, de la terre, du soleil, de la lune et des étoiles qui brillent au-dessus de nos têtes.

— Tu le connais, Édouard? Il est dans le pays des blancs?

— Il est partout, Maïda, il est dans tous les pays.

— Il est ici?

— Il est ici.

— Je voudrais bien le voir.

— Il est invisible. »

La pauvre femme ne savait plus où elle en était; elle croyait que je me moquais d'elle, parce qu'elle ne comprenait rien à mon langage.

« Je vous expliquerai cela, Maïda, lorsque vous connaîtrez mieux notre langue; car la vôtre est si pauvre, si insuffisante, qu'elle n'a aucun mot qui signifie *Dieu*, et que beaucoup de choses que je viens de vous dire ne sauraient être aujourd'hui à la portée de votre intelligence. Peut-être me remercierez-vous un jour de vous avoir donné connaissance de Dieu, qui a fait toutes choses.

— L'île de Palahad aussi?

— Aussi l'île de Palahad. Dieu défend de manger les hommes.

— Et les femmes?

— Et les femmes. Il a horreur de ces repas. Il défend encore de tuer les hommes, les femmes et les enfants : il veut que tous les hommes s'aiment, parce qu'ils sont frères et qu'il est le père de tous; mais je ne veux pas fatiguer davantage votre attention. Laissons là ce sujet; nous y reviendrons : faites seulement en sorte, Maïda, de vous souvenir de ce que je vous ai dit.

— C'est dommage, monsieur Édouard, que vous n'en disiez pas plus long pendant que vous y êtes; car vous parlez aussi bien que l'abbé Herval, lorsqu'il nous faisait le catéchisme dans une chapelle de Notre-Dame. Tenez, je sais encore quelque chose de mon catéchisme : voulez-vous que je vous le dise, monsieur Édouard, si je m'en souviens?

— Dites, Tony; cela ne saurait jamais être mal de s'entretenir de ce Dieu qui nous a si miraculeusement sauvé la vie en inspirant à cette pauvre femme, née dans l'état sauvage, la pensée chrétienne de nous soustraire à la mort, qui nous menaçait de tous côtés et nous menace encore peut-être. Soyons donc pour cette bonne Maïda pleins de déférence, de gratitude; respectons et aimons-la comme nos mères que nous avons perdues.

— Ah! oui, je l'aimerai, s'écria-t-il dans un moment de naïve et cordiale expansion; je l'aimerai. » Et il l'embrassa : ce qui la surprit beaucoup; puis il récita ce qu'il avait retenu de son catéchisme. Hélas ! je jugeai par quelques questions que ce qu'il savait de mémoire ou par cœur, comme il le disait, il ne le comprenait guère mieux que Naïda.

Tony, qui avait toujours beaucoup d'activité physique à dépenser, s'occupa dès le lendemain des dispositions à faire pour commencer le jardin projeté; il fabriqua avec une de ses haches une espèce de pioche ou de houe propre à défricher la terre. Je l'aidai de bon cœur dans ce travail de charronnage, quoique je n'y fusse pas à beaucoup près aussi adroit que lui. Il m'arrivait assez souvent de donner un coup de marteau à côté de l'endroit où il devait frapper, et même sur mes doigts, ce qui provoquait toujours chez Tony des demi-sourires dont mon amour-propre ne s'offensait aucunement; en toutes choses il faut payer son apprentissage.

Tony continua sa besogne, et je rentrai dans la hutte, assailli par de tristes réflexions, découragé, jetant avec amertume un regard sur l'avenir; puis, me reportant en arrière, je pensai à mon père, à mon pays, aux lieux où mon enfance s'était si doucement écoulée, et je sentis les larmes me venir aux yeux. A dix-huit ans à peine, étais-je donc condamné à ne jamais revoir les chers objets de mes affections premières, à passer ce qui pouvait me rester de vie dans de continuelles appréhensions, enfermé dans un cercle que je ne pourrais jamais franchir qu'au risque d'être exposé sans défense au genre de mort le plus horrible !... et combien de temps devait durer ce martyre moral ! Je demeurai dans cette pénible situation de l'âme, la tête appuyée sur mes mains, et baignant le sol de mes larmes.

J'enviais presque le caractère insouciant de Tony, qui ne regrettait guère de son pays que les jouissances de la vie matérielle. Cependant il m'eût coûté beaucoup de changer de condition avec lui : je sentais trop bien le prix de l'éducation que mon père m'avait donnée, des sentiments religieux gravés dans mon cœur, pour ne pas être reconnaissant envers le Créateur de ce qui avait été fait pour moi. Je portai à mes lèvres la petite croix d'or suspendue à mon cou, et, m'agenouillant devant le signe révéré de notre rédemption, j'adressai à Dieu une fervente prière; je lui demandai le courage de la résignation.

Maïda entra sans que je l'attendisse sitôt ; me voyant dans cette posture humble et suppliante, et tenant encore la petite croix d'or que ma mère avait portée, elle posa son panier à terre, s'approcha de moi, se mit à me regarder avec intérêt ; puis elle arrêta ses yeux sur la petite croix, qu'elle voulut toucher.

« A quoi cela sert-il, Édouard ? » me dit-elle.

Je lui expliquai le plus clairement possible que le Fils de ce Dieu dont je lui avais parlé déjà, ce Fils étant Dieu aussi, était mort sur une croix semblable pour racheter les péchés des hommes, c'est-à-dire leurs mauvaises pensées, leurs mauvaises actions.

« Il était bien petit le Fils de Dieu, s'il est mort là-dessus, » dit naïvement Maïda, tenant toujours la croix.

Cette observation me déconcerta d'abord, et m'obligea ensuite à une longue explication.

« Le Fils de Dieu, ajoutai-je, était Notre-Seigneur Jésus-Christ. De là, tous ceux qui suivent sa loi, qui obéissent à ses divins commandements, portent le nom de chrétiens. Je suis chrétien, presque toutes les *tribus* de mon pays sont chrétiennes et se font gloire de ce signe, que beaucoup de femmes portent à leur cou, ainsi que je le fais moi-même. »

Maïda se mit à réfléchir, et me dit : « Moi aussi, je veux être chrétienne.

— C'est une bonne inspiration qui vous est venue, Maïda ; mais pour devenir chrétienne il vous faut être instruite de la religion, puis recevoir le baptême ; et, si vous pratiquez fidèlement les préceptes de notre religion sainte, Dieu vous recevra, après votre mort, dans son paradis.

— Le paradis ! dis-moi, Édouard, qu'est-ce, le paradis ?

— C'est un lieu de délices où l'on jouit continuellement de la contemplation et de la présence de Dieu, et de félicités éternelles dont toutes les joies, tous les plaisirs de la terre ne sauraient donner une idée. Ceux qu'on a aimés dans ce monde, on les retrouve là, quand ils sont morts dans le sein de Dieu.

— Je reverrais là mon mari, mes enfants Apou et Zéa ? mais ils n'étaient pas chrétiens !

— Dieu a pitié de ceux qui, ayant vécu sans connaître sa

loi, sont morts après avoir obéi à ce que nous appelons la loi naturelle, fondée en partie sur ce précepte : « Ne fais pas aux autres ce que tu ne veux pas qui te soit fait à toi-même, et fais-leur ce que tu voudrais qui te fût fait. »

Il fut donc convenu entre Maïda et moi que je l'instruirais des vérités du christianisme; dès le lendemain je le fis avec bonheur.

La soirée venue, il fut donné connaissance à Maïda de nos projets de jardin. Elle ne témoigna ni assentiment ni improbation.

« Maïda est comme les Bas-Normands, fit Tony, elle ne dit ni oui ni non.

— Attendons; les promptes résolutions ne sont pas toujours les meilleures. »

Le lendemain, le soleil se leva tout resplendissant de lumière; ce devait être, suivant nos observations météorologiques, l'aurore d'un beau jour. Maïda en était toute joyeuse. Elle me dit que nous partirions de bonne heure, après le déjeuner, et que nous n'irions pas bien loin. Quand tout fut prêt, elle fit signe à Tony de se munir de ses outils de jardinier : nous partageâmes le fardeau, et nous prîmes assez gaiement la direction qu'il plut à Maïda de choisir. Parvenus au sommet de la roche, Maïda nous fit descendre par un petit sentier frayé à peine au milieu des broussailles qui le recouvraient en berceau et y maintenaient une agréable fraîcheur. Une fois entrés sous cette voûte de verdure, il était impossible, des hauteurs voisines, de découvrir ceux qui suivaient le sentier. Après un quart d'heure de marche on déboucha dans un petit vallon en forme d'entonnoir, au pourtour duquel serpentait un ruisseau promenant sur des cailloux dorés ses eaux claires, peu profondes et limpides. De beaux grands arbres ombrageaient cette charmante solitude, qu'on n'apercevait qu'après y avoir pénétré.

« Là, nous dit Maïda, vous pourrez faire un jardin, et même vous y construire une case de repos, mais seulement avec des branches d'arbres travaillées comme celles qui soutiennent la nôtre, et non comme celles que Tony a faites. Je vous montrerai comment cultivent et plantent les gens du pays, afin que vous cultiviez et plantiez comme eux.

— A la bonne heure ! s'écria Tony : nous aurons là un superbe jardin ; il n'y a plus qu'à se mettre à défricher et à labourer la terre ; ce n'est pas l'affaire d'un jour : tant mieux, nous aurons de l'occupation pour longtemps ; qu'en pensez-vous, monsieur Édouard ?

— Je suis tout à fait de votre avis. »

Le terrain sur lequel nous nous trouvions me sembla très-convenable à nos desseins. Le petit ruisseau qui l'entourait n'était pas le produit d'un torrent ; il découlait d'une source jaillissant des rochers, ce qui nous promettait des eaux abondantes, même dans la plus chaude saison de l'année. Il faut avouer cependant que Tony et moi nous étions aussi étrangers l'un que l'autre à la culture et à l'art du jardinier : comment savoir l'époque favorable pour telle ou telle plantation, celle de la maturité des racines, de l'igname, par exemple ? Là-dessus, par bonheur, Malla en savait beaucoup plus que nous. Avant la guerre qui lui enleva son mari et ses enfants, elle l'aidait aux travaux agricoles ; nous apprîmes d'elle que la saison des pluies, dans laquelle nous nous trouvions encore, était la seule qui fût propice pour mettre en terre ces mêmes racines et d'autres plantes à tubercules qu'elle s'engagea à nous procurer. « Il reste encore dans la grotte, nous dit-elle, quelques objets que je pourrais aller échanger au loin avec des tribus amies. »

Nous nous disposions à partir, lorsqu'un oiseau vint se percher tout près de nous sur un gros arbre, et se mit non pas à chanter, mais à bavarder.

« Ah ! fit Tony, voilà une pie, je la reconnais, nous en avons eu à la maison une qui jasait joliment. Je voudrais bien voir celle-ci de près. »

Et tout doucement il s'approcha. Lorsqu'il put la voir comme il le désirait, il m'appela et me dit : « C'est bien une pie, quoiqu'elle ne ressemble pas tout à fait à celles de notre pays, qui sont noires et blanches : voyez si ce n'est pas une vraie margot ? »

C'était un très-gentil oiseau, point farouche, et qui excitait la convoitise de Tony, dont il aurait augmenté la ménagerie parlante. Il croyait déjà le tenir en cage ; mais il avait compté sans son nouvel hôte, qui s'envola dès qu'il vit Tony grimper

6

à l'arbre avec des intentions que la pie avait sans doute devinées. « C'est égal, dit-il un peu dépité, je la rattraperai si jamais elle revient. »

Chemin faisant, on devisa sur le plan qu'on adopterait pour mettre le jardin en valeur, et, à force d'entendre répéter *notre* jardin, *notre* jardin, il me vint des scrupules sur la légitimité de cette prise de possession. Voulant mettre sur ce point ma conscience en repos, j'interrogeai à ce sujet Maïda : mais je jugeai à ses réponses qu'elle n'avait pas les idées bien nettes sur le droit de propriété.

Il faisait presque nuit quand nous rentrâmes à la hutte, où notre premier soin fut de porter de la nourriture à nos animaux. Revue passée de nos provisions, il nous restait deux tortues, une assez grande quantité de racines, la truie et ses deux petits.

« Combien de temps doivent encore durer les pluies? demandai-je à Maïda.

— Une lune ou deux peut-être, » répondit-elle. C'étaient deux mois environ, et nous n'avions pas à manger pour plus de quinze jours, en diminuant progressivement les rations. « Il est heureux pour nous qu'il pleuve encore, ajouta Maïda, parce que dans cette mauvaise saison les hommes sortent rarement de chez eux, excepté quand ils ont grand'faim et qu'ils n'ont plus de terre douce à manger. Dans ce temps aussi les orages et les tempêtes rendent la mer impraticable, les barques ne vont pas à la pêche. Les femmes restent à la case à tresser des nattes, des paniers, des filets, et les hommes font leurs armes et cultivent autour d'eux la terre pour y planter des racines. Je vous montrerai celles qu'il faut choisir; nous irons les chercher dans des endroits où il y en a, car il ne faut pas attendre qu'il fasse trop chaud pour les enfouir. J'irai aussi, loin, bien loin, pour avoir des provisions. Il y en a qui n'ont pas voulu m'en donner, ni en changer contre des clous, parce qu'ils ont dit que je revenais trop souvent; et ils m'auraient retenue si je n'avais pas été vieille. Il y en a d'autres qui ont eu pitié de moi, parce qu'ils savent que j'ai perdu mon mari et mes enfants. Un vieillard qui n'a qu'un œil, parce qu'il a perdu l'autre dans la guerre, voulait me garder chez lui pour prendre soin d'un petit enfant qui n'a plus sa mère; je n'ai pas voulu à cause de vous. Il m'a montré de belles plantations d'ignames, des choux caraïbes, des patates, et tout ce qu'il faut pour manger longtemps; j'ai refusé, et je n'y retournerai plus, car la première fois il m'avait attaché les pieds avec des cordes pour m'empêcher de m'en aller; mais j'ai détaché les cordes, et je suis revenue vers vous.

— Maïla, lui dis-je, jamais je n'oublierai ce que vous avez fait et souffert pour nous; mais répondez-moi : pensez-vous que nous soyons condamnés à passer ici toute notre vie? Vous m'avez parlé de barques, de pirogues; est-ce qu'il est impossible d'approcher du bord de la mer sans être aperçu, et, la nuit, de prendre une de ces pirogues et de s'abandonner à la grâce de Dieu? Peut-être pourrions-nous, Tony et moi, et vous, Maïla, car nous ne voulons point vous quitter, rencontrer en mer un gros navire qui nous conduirait dans un pays où l'on ne mange pas les hommes?

— Oh! non, répondit Maïda, il n'y a pas moyen : si les gens du pays voyaient un blanc aller aux pirogues, ils le tueraient tout de suite. S'ils en voyaient beaucoup, ils n'oseraient pas leur faire du mal, surtout s'ils avaient de gros ou de petits tonnerres avec eux. »

Je ne fus pas longtemps à chercher ce que Maïda entendait par de gros ou de petits tonnerres : je devinai bientôt que ce devait être des armes à feu.

« Avez-vous vu de ces tonnerres, Maïda?

— Non; mais on dit qu'il y a dans l'île un grand chef qui en a, et que cela fait peur et mal.

— Et de grandes pirogues, en est-il venu de loin?

— Je n'en ai pas vu; mon père m'a dit qu'il en avait vu, et aussi beaucoup de blancs; mais il y a bien des lunes.

— Et leur a-t-on fait du mal, aux blancs?

— Non, il y en avait trop; ils étaient venus dans de grandes maisons qui avaient beaucoup d'ailes (de voiles) pour voler sur la mer, avec de gros tonnerres qui faisaient feu et bruit, et tuaient les gens du pays.

— Savez-vous si ces blancs sont restés longtemps à terre?

— Oh! non; une ou deux lunes. Un blanc est demeuré ici : il dormait pour ne plus s'éveiller (il était mort). On l'a mis dans la terre avec de grosses pierres dessus. J'ai vu la place où il était, et quand les grandes maisons de bois sont parties...

— Eh bien ?

— On a retiré les pierres et la terre, et on a mangé l'homme qui dormait. Mais il était mauvais, et ceux qui en ont mangé sont tous morts. »

C'est ainsi que de question en question, à mesure que Maïda me comprenait mieux, je tirais de ses faibles connaissances tout ce que je pouvais pour acquérir des notions sur le pays où le sort nous avait jetés. Ce que j'avais recueilli jusqu'alors n'était pas très-rassurant pour l'avenir, et j'en étais contristé.

Cependant le défrichement du jardin, auquel nous ne manquions pas de travailler lorsque la pluie, venant par intervalles à cesser, nous en laissait la faculté; ce défrichement, dis-je, était pour nous une distraction agréable. La terre, sur un assez grand espace, attendait les semences que nous devions lui confier, et Maïda se mit en route pour nous en procurer. Elle rapporta des ignames et quelques plants de cannes à sucre, dont l'île était assez abondamment pourvue. Outre le plant, de la hauteur d'un décimètre environ, elle était également chargée d'un jet d'une élevation assez considérable. C'était un grand roseau d'un beau feuillage, long, et que j'avais vu de près dans les îles que nous avions parcourues dans le cours de notre malheureuse navigation.

CHAPITRE XI

Un sacrifice. — Les délices du jardin. — Le sable d'or. — La Bible. — Retour des inquiétudes avec la belle saison. — Que n'êtes-vous noir comme nous! — Margot et ses trois enfants. — Toujours l'intelligente pourvoyeuse. — Abi-Abou. — L'aurore d'une bonne nouvelle. — Le démon de la propriété. — La jolie fleur de l'igname. — Une autre vie. — La prière de tous les jours. — Envieux ou jaloux. — Maïda chez ses amis. — Celui que l'on n'attendait pas. — Colère de sauvage. — Le ressuscité. — Une bonne mère. — Zéa.

La culture du jardin développait notre appétit dans une proportion effrayante, vu le misérable état de nos provisions : il fallut bien, sous peine de bientôt mourir de faim, se résoudre à immoler la truie aux exigences de notre estomac.

Il fut tenu conseil à ce sujet, et décidé à l'unanimité que dans trois jours elle aurait cessé de vivre : ce délai était nécessaire pour se procurer la quantité de sel exigée pour la conservation de sa chair. Ce fut encore Maïda qui eut charge d'aller en quête de cet objet; il lui fallut toute une grande journée pour en rapporter suffisamment, toujours au moyen d'échange de ces vieilles ferrailles cent fois plus précieuses pour nous que les lingots d'or de la Californie.

La truie fut donc abattue; ses principaux quartiers furent salés dans des calebasses, jusqu'à ce qu'ils pussent être convenablement exposés à la fumée pour assurer ainsi leur parfaite conservation.

Les occupations presque journalières du jardin étaient pour nous de véritables parties de plaisir, et contribuaient à développer nos forces physiques. Tony avait construit avec des branches d'arbre, suivant en cela les prescriptions de Maïda, une vaste tonnelle ombragée où nous trouvions un délicieux abri lorsque le soleil plombait trop impitoyablement sur nos têtes; cette fraîche retraite était entourée de fleurs très-belles, très-odorantes, mais qui avaient à mes yeux le tort de ne ressembler à aucune de celles de nos jardins de France; il y en avait surtout de couleurs éclatantes et d'un parfum qu'il était quelquefois incommode de respirer longtemps.

Le ruisseau n'avait pas tari. Je remarquai un jour avec surprise qu'il roulait, parmi les petits cailloux dont son lit était semé, des paillettes brillantes que je pris d'abord pour des parcelles de mica; mais, en ayant réuni dans ma main un certain nombre, je jugeai à leur pesanteur que ce devait être de l'or. Maïda me dit que dans ses excursions elle avait vu dans beaucoup de ruisseaux, tombant de hautes montagnes, des paillettes semblables.

Nos heures de repos n'étaient pas toujours consacrées au sommeil; nous lisions souvent la Bible. Nous parlions de Dieu, de ses œuvres, de ses merveilles, et des espérances de la vie future; et à chaque lecture des livres saints Maïda s'écriait : « Je veux être chrétienne. »

Ainsi notre vie s'écoulait, non sans cesser de penser à notre pays.

La belle saison s'approchait; les orages étaient moins fréquents, les tempêtes moins furieuses; la végétation, activée par les pluies, prenait autour de nous une vigueur extraordinaire; des milliers d'oiseaux traversaient les airs, le bec chargé de brins d'herbe destinés à leurs nids, et cependant Maïda était triste, pensive, quand toute la nature semblait sourire et prendre un air de fête. Maïda était triste, parce que le beau temps avait ramené avec lui ses inquiétudes. Les naturels allaient se mettre en marche de tous côtés, et nous serions, me disait-elle, souvent obligés de ne pas sortir de la hutte, et même de nous cacher.

Je demandai de nouveau à Maïda s'il n'y avait pas quelque moyen de se rapprocher de la mer, afin d'être à même d'observer les bâtiments qui pourraient se montrer à la côte et que sans doute la mauvaise saison en avait tenus éloignés; mais elle y prévoyait toujours mille obstacles. « La côte est nue, me répondit-elle; dès que les hommes du pays vous découvriront des hauteurs, ils ne manqueront pas de se jeter sur vous, et Maïda ne pourra les en empêcher. Il y aura bientôt sur le rivage beaucoup d'hommes, d'enfants, de femmes et de barques, les uns occupés à pêcher du poisson, les autres à ramasser des coquillages.

— Mais s'il venait de grosses pirogues, de grandes maisons de bois avec des tonnerres, nous ne les verrions pas, étant éloignés de la mer.

— J'irai, moi, et je viendrai vous le dire, parce que, s'il arrivait des blancs beaucoup, vous pourriez aller à eux, les gens du pays n'oseraient pas vous faire de mal; j'y avais déjà pensé. Ah ! si vous étiez comme nous (de la même couleur), vous pourriez aller où vous voudriez. »

Il faut convenir que rien n'était moins rassurant que cet entretien et que la perspective nouvelle qui s'ouvrait devant nous; ainsi tout le fil de notre vie semblait attaché à l'existence d'une pauvre femme et tenu dans ses mains.

« Monsieur Édouard ! monsieur Édouard ! » s'écria bruyamment Tony, qui revenait du jardin, où il avait été seul.

« Qu'est-ce donc, Tony ?

— Voyez, voyez; j'étais sûr que je l'aurais !

— Eh ! quoi donc?

— Mais la pie Margot et ses trois enfants.

— Comment avez-vous pu faire pour vous emparer de ces pauvres oiseaux?

— Voilà bien longtemps que je la guettais, la pie, que je l'appelais; elle avait fini par ne pas avoir trop peur de moi; elle me laissait assez approcher d'elle ; mais, au moment que j'allais mettre la main dessus, pst! elle s'envolait et me faisait damner. Le lendemain, où quand elle ne me voyait plus, elle revenait, parce qu'elle aimait beaucoup cet arbre-là; mais c'était toujours même jeu. Enfin je m'avisai que ce qui l'attirait à l'arbre, c'est qu'elle pouvait bien y avoir fait son nid; j'avais deviné juste. Oh ! alors je me crus sûr de mon coup; pendant sa couvée, elle était devenue si tranquille, que j'aurais pu la prendre sur ses œufs; mais je tenais aux petits autant qu'à la mère, et j'attendis si bien, qu'aujourd'hui, voyez, j'ai la mère et les enfants. Il était temps, voyez-vous, les petits gaillards ont déjà des plumes, et si j'avais attendu deux jours, peut-être toute la couvée s'envolait. »

Et la pauvre mère, tout épouvantée de se voir captive, car Tony avait eu la précaution, qu'il avait tenue secrète, de lui construire une cage à l'avance; la pauvre mère, ainsi encagée avec sa famille, ne semblait préoccupée que des moyens de recouvrer sa liberté perdue.

« Que voulez-vous faire, Tony, de ces pauvres petites bêtes?

— Mais les garder; elles nous amuseront.

— N'avons-nous pas déjà la perruche? Cocote sera jalouse; elle n'aura plus que la moitié de nos affections. Pourquoi ne pas leur rendre cette liberté si chère, dont je sens le prix mieux que jamais aujourd'hui?

— C'est vrai, monsieur Édouard; mais...

— Ah ! vous avez une objection? voyons, Tony, parlez.

— Je voudrais toujours les élever, et lorsqu'ils seront un peu plus grands, nous leur donnerons la volée; car il faudrait les nourrir, et de quoi ? C'est bien assez de Cocote; encore vit-elle quinze jours avec le quart d'une amande de coco. A propos, monsieur Édouard, est-ce qu'on n'appelle pas les perruches Cocotes parce qu'elles mangent des cocos ?

— Je ne le pense pas ; mais puisque vous le désirez, gardons quelque temps ces oiseaux. »

Maïda faisait journellement quelques excursions, et rarement elle en revenait le panier vide. Un soir que j'étais seul, elle rentra presque joyeuse.

« Édouard, me dit-elle, je suis allée bien loin aujourd'hui.

— Vous êtes fatiguée, Maïda ; cependant vous pourriez vous donner moins de peine, nos provisions ne manquent pas.

— Ce n'est pas pour des vivres que j'étais partie : je voulais voir un homme du pays que mon mari avait connu autrefois, qui était bon, de notre tribu, et que je cherchais depuis bien longtemps. Enfin je l'ai trouvé bien loin, bien loin, derrière la grande montagne. Il était avec sa femme et ses enfants ; ils m'ont fait bon accueil. Je leur ai demandé s'ils avaient conservé de l'amitié pour moi. Ils m'ont dit : « Oui, parce que tu es une pauvre femme qui a perdu son mari et ses enfants. » Je leur ai dit que j'avais deux autres enfants blancs chez moi, que je les aimais beaucoup, et que je ne voulais pas que mal leur avînt ; que je désirais les changer de pays, les rapprocher de la mer, afin que, s'il venait un jour une grande maison de bois avec des tonnerres, et de bien loin, ils pussent y aller et retourner dans leur pays, où je voulais aller avec eux.

« Abi-Abou, c'est le nom de mon ami, m'a répondu : « C'est difficile pour des blancs de venir où je suis, parce « qu'il y a toujours des gens d'ici qui rôdent et qui mangent « les hommes ; mais je connais des amis à moi qui ne mangent « pas les hommes, je verrai à leur parler ; tu reviendras ici, « Maïda, vers la fin de la lune, et je te dirai ce que mes amis « auront décidé de faire pour tes enfants blancs. » Et je suis revenue bien vite ; j'ai pensé que tu serais content de savoir qu'Abi-Abou est aussi ton ami.

— Merci, ma bonne Maïda, merci ; c'est peut-être le commencement d'une bonne nouvelle que vous m'apportez là ; mais n'en parlons pas à Tony, il nous ferait mille ques-

tions. Si la nouvelle devient tout à fait bonne, il sera temps
de la lui annoncer. Nori encore. »

Et pourtant, quelque heureux que je fusse de quitter ce
pays habité par tant d'hommes d'une nature si féroce, je
l'avouerai ici, je sentais que j'aurais un vif regret de quitter
notre jardin; non que je fusse (comme l'a dit un grand
poëte, dont la statue orne le musée du Havre, sa ville na-
tale) possédé du démon de la propriété; mais j'affection-
nais singulièrement ce petit coin de terre planté et cultivé
de mes mains; c'était pour moi cette campagne de la Ma-
deleine, pleurée en vers si touchants par Casimir Dela-
vigne.

Ce jardin était alors dans toute sa beauté, et la récolte donnait les plus belles espérances. C'était l'époque de la floraison
de nos racines et de nos plantes bulbeuses.

A quelques pas seulement de la tonnelle s'épanouissait la
jolie fleur de l'igname, avec ses grappes jaunes traversées par
sept nervures d'un rouge carminé, avec un beau feuillage
ayant la forme d'un cœur. Un peu plus loin la patate, qu'il
ne faut pas confondre avec la pomme de terre : la patate,
charmant liseron aux fleurs en gobelet, blanches, bleues et
brunes, grimpant aux arbres à une grande hauteur, et formant de délicieux bouquets. Mais, hélas ! ces fleurs étaient
éphémères : écloses sous l'influence solaire ou pendant la
nuit, au bout de six heures elles étaient flétries ou jon-
chaient la terre, puis il en revenait. Je la comparais au
gracieux convolvulus. Ses tubercules donnent une fécule excellente comme les racines de l'igname, qui pèsent quelquefois jusqu'à six kilogrammes. Ses feuilles, qui pour nous
étaient un régal, avaient le goût de l'asperge et de l'arti-
chaut.

Lorsque le soleil était trop ardent, nous nous retirions,
ainsi que je l'ai dit, sous notre odorant berceau. Là, en présence de cette nature si belle, si riche, si féconde, j'ins-
truisais Maïda de quelques-unes des grandes vérités du
christianisme. « Il y a, lui disais-je, une autre vie plus du-
rable que celle-ci, car elle sera éternelle, pendant laquelle
ceux qui auront souffert, et prié et invoqué Dieu avec foi
et confiance, seront récompensés. Là il n'y a plus de fatigue

de corps ni d'esprit à subir, plus d'hommes méchants à redouter. »

Maï la écoutait ces courtes et incomplètes instructions avec
une attention et une ferveur qu'on n'eût trouvées que chez
des chrétiens sincères; car lorsqu'elle priait, c'était plus de
cœur que de bouche. Je sentais moi-même en lui parlant se
retremper mon courage et s'accroître ma résignation. Nous
rentrions à la hutte plus forts, plus aguerris contre l'adversité, plus soumis aux volontés de Dieu.

Depuis quelque temps nous répétions tous trois avant de
nous livrer au sommeil : « Notre Père, qui êtes aux cieux, »
que Maï la prononçait en français presque aussi correctement
que moi-même.

Un soir que Tony était de très-bonne humeur, il voulut
chanter à haute voix quelques chansons de notre pays :
Maïda avait coupé court à cette velléité en lui disant que
cela pouvait s'entendre au dehors, et nous exposer au danger
d'être découverts. Cet empêchement le contraria beaucoup;
il essaya de siffler, même interdiction : pour la même cause :
« Les oiseaux chantent et sifflent; pourquoi ne sifflerais-je
pas ? »

J'avais hâte que le terme fixé pour la nouvelle entrevue de
Maïla avec ses amis fût arrivé. Là-dessus je bâtissais force
conjectures : c'était le sujet constant, le jour, de mes réflexions, la nuit, de mes songes. Mon imagination, devan-
çant toutes les réalités possibles, allait si loin, que déjà je
me voyais embarqué sur un beau navire faisant voile pour
la France.

Maïda ne semblait pas attendre avec une moins vive impatience le moment de se mettre en route; elle avait souvent
compté sur ses doigts les jours qui devaient s'écouler encore
avant l'entrevue décisive, et Tony, qui l'avait surprise un
matin dans ses supputations, était fort en peine d'en connaître la signification réelle.

« Je vois bien, me dit-il, que Maï-la et vous me cachez
quelque chose; savez-vous ce que j'en pense ?

— Voyons, dites, Tony.

— Eh ! monsieur Édouard, ce que je vais dire est mal
peut-être; mais j'ai cru entendre quelque chose qui me ferait

croire que vous et Maïda vous voulez vous en aller et me laisser seul ici.

— Comment une pareille pensée a-t-elle pu vous venir, Tony? Vous avez raison, c'est mal.

— C'est mal peut-être, mais...

— Continuez, soyez franc : la franchise est une qualité qui fait excuser bien des torts.

— C'est que je pense encore que Maïda vous aime mieux que moi ; quand elle a quelque chose à dire, c'est toujours à vous qu'elle s'adresse, et souvent, lorsque je lui parle, elle ne me répond pas.

— Seriez-vous envieux ou jaloux ?

— Jaloux ! ça se pourrait bien, on *aime* bien aussi à être *aimé* comme les autres.

— Je crois, Tony, que Maïda vous aime autant que moi ; ne dit-elle pas toujours que nous sommes ses deux enfants?

— Oui, ma mère aussi avait deux enfants ; mais elle aimait mieux mon petit frère que moi, et cela me faisait enrager. Quand il y avait une belle pomme, c'était pour lui ; une taloche à donner, c'était pour moi.

— C'est que peut-être votre frère était plus docile, plus obéissant que vous.

— Lui, plus obéissant, il ne faisait que ce qu'il voulait ; et ma mère lui passait tout, en disant : « Vous voyez que cet « enfant-là est toujours malade, et qu'il ne faut pas le con- « trarier. »

— Était-il malade réellement?

— Eh ! oui !

— Alors votre mère est parfaitement justifiée à mes yeux.

— Mais étais-je la cause qu'il fût malade?

— Tony, croyez-moi, restons-en là de cette conversation. Ce que je puis vous affirmer, c'est qu'il n'est aucunement question de vous abandonner, et que, si un danger doit menacer ou frapper quelqu'un, je désire que ce soit moi seul, entendez-vous? »

Tony ne sut que répondre ; mais j'augurai de son silence même qu'il n'était pas satisfait de n'en pas savoir davantage sur mes conversations secrètes avec Maïda. Tony avait le dé-

faut d'être boudeur ; je fis ce qu'on doit faire avec les bou-
deurs : je le laissai bouder.

Le lendemain, Maïda partit avant le lever du soleil. Pour
se rendre favorable la famille qu'elle allait visiter, elle eut
soin de se munir de quelques clous, de ferrailles et de morceaux d'étoffe rouge, qui devaient faire, disait-elle, le plus
grand plaisir à la famille de ses hôtes et amis.

Je la vis partir avec regret, cette pauvre femme. Le soleil
était si ardent, qu'en dehors de la hutte on eût pu se croire
dans une fournaise.

Deux jours s'écoulèrent, et Maïda n'était pas revenue.
Dans la matinée du troisième, je me hasardai à monter sur
un des rochers qui dominaient la case. Je restai plus d'une
heure tapi dans une position incommode, et, promenant mes
regards sur l'horizon, je cherchais, mais vainement, celle que
j'appelais de tous mes vœux.

J'allais, en prenant les mêmes précautions, redescendre
vers la hutte, assez mécontent du résultat négatif de mes
observations, lorsque je crus apercevoir, dans la direction de
l'ouest, un mouvement à travers le feuillage de quelques arbres
qui ombrageaient un sentier de nous bien connu.

Un examen plus sérieux me donna bientôt la conviction
que ce mouvement était occasionné par la marche et l'approche d'une personne : je pensai d'abord que ce pouvait être
Maïda, et mon cœur s'en réjouit ; mais le marcheur suivait
une direction tout à fait opposée à celle qu'elle avait dû
prendre ; ce qui changea ma joie en une vive et douloureuse
appréhension. A moins, me dis-je, que des circonstances
fortuites ne l'aient déterminée à choisir une autre route. Je
me livrai sur ce sujet à mille conjectures, et je me décidai
à rester encore à mon observatoire, et à suivre de l'œil, autant que je le pourrais, l'objet vague sur lequel était fixée
mon attention. Mais peu à peu mes appréhensions se dissi-
pèrent ; le mouvement avait cessé, aucun bruit n'arrivait
à mon oreille, si ce n'est le frémissement de la brise qui
s'élevait et agitait légèrement autour de moi les sommités
des broussailles. Je me suis trompé, me dis-je, c'est le
vent qui jouait là-bas à travers les arbres ; et je rentrai
presque complètement rassuré sur mes trompeuses visions.

« Eh bien, monsieur Édouard, me dit Tony, m'apportez-vous des nouvelles de Maïda?

— Aucune, mon ami. Pauvre femme, il faisait une telle chaleur quand elle a voulu se mettre en route ! Elle est malade peut-être et sans secours, sans que nous puissions même aller à son aide. Ah ! quelle affreuse situation que la nôtre ! »

Nous allions prendre notre modeste repas, que Tony avait eu la précaution de préparer, lorsque j'entendis quelque bruit autour de nous ; je crus même apercevoir une ombre mauvante. « C'est Maïda, m'écriai-je ; et j'allais sortir de la hutte pour voler à sa rencontre, lorsque je me trouvai face à face avec un homme noir. D'abord il me regarda avec étonnement, colère et mépris ; puis, me repoussant rudement du bras, il pénétra de force dans la hutte. A son aspect, Tony poussa un cri de terreur et alla se blottir dans un coin de la case ; je rentrai aussitôt. Ce sauvage jeta les yeux partout ; il semblait chercher quelque chose ou quelque personne. Ne trouvant rien, il se mit dans une grande fureur, prononçant avec une grande volubilité des mots dont je ne pouvais saisir le sens, parce qu'il ne les achevait pas.

Enfin il déplaça lestement la pierre qui bouchait l'ouverture de la grotte, qu'il semblait bien connaître ; puis il appela : « Maïda ! Maïda ! » Le son de sa voix retentit sous la voûte, et l'écho le répéta sourdement ; quelque temps il resta indécis de pénétrer dans le souterrain ou de prendre un autre parti ; ayant appelé de nouveau, et voyant qu'aucune voix ne répondait à la sienne, il se jeta sur moi avec la fureur d'un tigre et me terrassa, sans que, dans mon effroi, je pusse lui opposer la moindre résistance, ni me soustraire à ses étreintes. Loin de venir à mon aide, Tony poussait des hurlements affreux qui ajoutaient encore à l'horreur de cette scène. Le sauvage me serrait la gorge avec sa main gauche, et de la droite il levait sur moi un énorme casse-tête dont il était armé ; je crus ma dernière heure venue, et j'attendais le coup mortel, lorsque j'entendis ces mots, prononcés par un autre personnage qui entrait dans la hutte : « Zéa ! Zéa ! »

CHAPITRE XII

Le Grand-Esprit. — Le regard d'une mère. — Portrait. — Antipathie
de couleur. — Agrandissement de la case. — Nouvelle déception pour
Tony. — Repas de famille. — Arsenal de sauvage. — Un peu de
coquetterie indigène.

C'était la voix de Maïda, mon oreille ne pouvait s'y tromper.

« Zéa ! arrête ! ne tue pas Édouard. » Et le sauvage s'arrêta et resta quelques instants immobile comme une statue ;
sa massue lui tomba des mains, il cessa de m'étreindre : j'essayai de me relever, et pendant ce temps le sauvage avait
sauté au cou de Maïda, qu'il embrassait.

« C'est toi, lui disait-elle, le Grand-Esprit t'a renvoyé près
de ta mère. Je ne vois pas ton frère : va-t-il venir aussi ? et
ton père ?

— Mère, mon père ne viendra pas ; mon frère ne viendra
pas non plus. »

Puis il se fit un silence général, dont Tony profita pour
sortir de sa cachette.

Maïda nous prit l'un et l'autre par la main, et, nous
posant devant son fils, elle dit avec la plus touchante simplicité :

« Zéa, je croyais n'avoir plus de fils ; j'ai pris ces deux enfants blancs, que j'ai sauvés de la mer ; ce sont tes frères
blancs, donne-leur le signe d'amitié. »

Zéa hésita un moment ; sa fierté semblait se révolter à la
pensée d'un tel contact. Maïda se mit à pleurer, et recommença son imploration ; même hésitation de la part de
Zéa, qui nous regardait l'un et l'autre d'un air dédaigneux.

Maïda ajouta : « Je t'ai dit que ce sont mes deux enfants :
si tu n'en veux pas pour tes frères..., va-t-en, je les garderai. »

Zéa, vaincu par ces paroles énergiquement prononcées, n'hésita plus; il s'approcha, me prit le nez avec ses deux doigts, et en fit autant à Tony, qui reculait effrayé : c'était le salut d'usage; puis il prononça quelques mots; après quoi chacun alla s'étendre sur une natte, préoccupé de sensations diverses que cet incident inattendu avait fait naître parmi nous.

Je vis alors qu'il n'y a rien de plus capable de modérer, même les fureurs d'un sauvage, que le doux regard d'une mère.

« J'ai faim, » s'écria Zéa au bout d'un instant.

Maïda s'empressa de le servir. Il dévora avec une avidité extraordinaire tout ce qu'on lui offrit.

Pendant son repas, je me mis à examiner ce frère noir, que le hasard venait de jeter si inopinément au milieu de nous. C'était un jeune homme un peu plus âgé que nous, d'une taille moyenne, muscu...ux, robuste; il était couvert de tatouages aux jambes, aux bras et sur la poitrine. La couleur de sa peau était nègre pâle, sa chevelure crépue, son nez épaté, ses lèvres moins épaisses que celles des noirs que j'avais vus en France : il montrait les plus belles dents du monde, tranchant en deux lignes blanches et fixes sur la peau noire du visage. Son œil était vif, son regard scrutateur et pénétrant; mais des veines rouges qui sillonnaient la cornée des yeux leur donnaient quelquefois une expression étrange et sauvage; les lobes de ses oreilles retombaient un peu sur ses joues.

Tel qu'il était, Maïda m'avait dit souvent qu'il n'y avait pas dans le pays de plus beau garçon que son fils Zéa; il devait être d'une agilité remarquable, à en juger par la souplesse de ses mouvements, qui n'étaient pas dépourvus d'une certaine grâce.

J'étais aussi de la part du sauvage l'objet d'une attention suivie; mais je crois bien que le résultat de l'examen n'était pas à mon avantage, à en juger par les dédaigneux regards qu'il laissait tomber sur moi. Il est vrai que mon singulier accoutrement, ces vêtements faits d'étoffes de toutes couleurs me donnaient un aspect passablement grotesque et ridicule. Près de moi, assez frêle créature, Zéa était un hercule, j'étais

le pygmée. Tony fut passé en revue à son tour. La carrure de
mon camarade, sa figure grosse et rebondie, ses mains larges
et ses pieds fort longs, lui attiraient visiblement une considé-
ration qui m'était refusée.

Je semblai cependant moins antipathique à Zéa, lorsque
dans sa langue maternelle je lui adressai quelques paroles af-
fectueuses. Maïda lui dit que nous étions bons, Tony et moi ;
qu'il nous aimerait aussi et nous protégerait, comme elle
nous aimait et nous protégeait, parce que nous étions malheureux. En quelques mots elle lui raconta comment elle
nous avait sauvés et recueillis.

Zéa l'interrompit en disant : « Qu'est-ce que ces blancs
viennent faire chez nous, nous qui n'allons pas chez eux ?

— Ils ne venaient pas chez nous, reprit Maïda ; ils allaient dans un autre pays, lorsque la tempête a brisé près
de notre île leur grande maison de bois et les a jetés sur
le rivage.

— Mère, es-tu bien sûre qu'ils ne venaient pas chez
nous ?

— Ils me l'ont dit, Zéa ; et d'autres hommes du pays me
l'ont dit aussi.

— Mère, ces hommes d'ici t'ont-ils dit aussi qu'il y a dans
notre île, mais loin, de l'autre côté de nous, des blancs qui
sont venus dans de grandes maisons de bois avec de gros tonnerres ; qu'ils y ont bâti des cases et qu'ils ont pris nos
champs, nos prés et nos ruisseaux ?

— Je ne le savais pas, mon fils ; mais cela est-il bien vrai ?

— Vrai comme il fait jour, mère ; et voilà pourquoi Zéa
n'aime pas les blancs. »

Je prêtai une vive attention à ces paroles, qui me firent
battre le cœur ; mais je me gardai bien de faire aucune question : je les réservai pour un autre moment, lorsqu'un peu
de familiarité se serait établie entre nous et Zéa, dont je commençai dès lors à regarder la venue comme un bienfait de la
Providence.

Maïda m'ayant adressé quelques paroles en français, Zéa
entra presque en fureur. Elle le calma cette fois encore avec
un mot de tendresse ; puis elle lui dit : « Zéa, cette langue,
tu l'apprendras.

— Jamais, s'écria-t-il en frappant du pied la terre; c'est la langue de nos ennemis, qui viennent pour nous chasser de notre île et pour nous tuer avec leurs tonnerres.

— Lorsque tu auras passé quelques jours avec nous, cette pensée sera loin de toi. Je ne connais pas ces blancs dont tu parles; s'ils sont méchants comme tu le dis, ceux-ci ne le sont pas; ils m'ont assuré que les blancs ne mangent pas les hommes, et tu sais que nos hommes du pays ont mangé ton père et ton frère; tiens, vois cette chevelure. Je croyais qu'ils t'avaient mangé aussi, et j'ai bien pleuré, va. Tu me diras pourquoi tu n'as pas été mangé comme eux, car je n'espérais plus te revoir. »

Le langage simple et touchant de Maïda fit une vive impression sur Zéa : il y eut dès lors plus de bienveillance dans ses traits, et je commençai à comprendre que ce jeune *naturel*, quand il ne cédait pas aux mouvements impétueux de son caractère, pouvait être amené à de bons sentiments. J'augurai bien de ces deux actes de déférence envers sa mère, et je me promis de ne rien épargner pour dissiper ses préventions et gagner son amitié.

Mais voici que notre hutte, déjà trop peu vaste pour trois personnes, devenait réellement incommode et trop exiguë pour quatre. On en parla; Zéa dit qu'il fallait l'agrandir. Maïda, qui trouvait en son fils, pour elle un soutien, et pour nous une sauvegarde, ne s'y opposa pas. Il fut décidé que le jour même on se mettrait à l'œuvre. Le ciel, d'une admirable pureté, promettait une série de beaux jours, et il ne devait sembler à personne trop pénible de coucher à la belle étoile jusqu'à ce que le travail fût achevé.

Il y eut conseil pour arrêter le plan d'agrandissement; je fus appelé à donner mon avis, et je me rangeai avec beaucoup de docilité et d'empressement à l'opinion de Zéa, non que je la partageasse entièrement; mais je ne voulais pas débuter avec lui par une opposition qui, en contrariant ses projets, m'aurait donné à ses yeux une prétention de supériorité qu'il eût été très-maladroit de laisser même soupçonner en ce moment. C'est déjà bien assez, me disais-je, d'avoir pris à Zéa la moitié de sa hutte et du cœur de sa mère.

Il fut convenu qu'on ne changerait rien à l'aspect de la
case du côté de l'entrée, mais qu'on l'agrandirait sur un
autre point. J'eusse mieux aimé qu'on en construisît une
nouvelle pour Tony et pour moi; nous eussions laissé la
grande à Zéa et à sa mère, et nous aurions eu ainsi les uns
et les autres beaucoup plus d'air, d'espace et de liberté. J'obtins cependant qu'une espèce de cloison à hauteur d'appui
séparerait la hutte en deux parties; mais cette disposition ne
me mettrait pas à l'abri d'une certaine odeur que Zéa répandait autour de lui, ainsi que Maï là quelquefois. Je l'avoue,
quoique j'eusse perdu l'habitude et le goût des délicatesses de
l'état de civilisation, j'étais désagréablement affecté de ces
exhalaisons corporelles. Quant à Tony, son odorat était à
l'épreuve de ces senteurs, et il n'y faisait pas la moindre
attention.

Ce soir-là, on se coucha où et comme il fut possible de le
faire. Avant de m'étendre sur mes nattes, j'avais eu grande
envie de prendre Maïda à part et de la questionner sur le résultat de sa longue et fatigante excursion; je lus dans ses
yeux qu'elle avait aussi le désir de me faire cette confidence;
mais je craignais, par une conversation secrète, de donner
quelque jalousie à mon frère noir, et je m'abstins.

Maïda s'était levée de bon matin pour préparer le repas de
ses enfants; elle avait fait griller sur des charbons la partie
la plus délicate de la truie, salée, fumée et en bon état de
conservation. Nous n'y touchions qu'avec beaucoup de discrétion et de réserve. Zéa trouva le mets de son goût : il en
déchiqueta la chair avec ses doigts, et bientôt à lui seul il eut
englouti dans son vaste estomac les trois quarts de notre déjeuner. Tony était distancé; nous mangeâmes courtoisement
quelques racines.

Après la séance gastronomique, on se mit au travail : des
branches d'arbre, de souples lianes, des roseaux tordus, des
herbes sèches, furent ramassés aux environs. Lorsqu'il y eut
une quantité suffisante de ces matériaux, Tony se munit de
sa hache pour équarrir le bois; mais Zéa la lui prit des mains,
et en un clin d'œil il fit la besogne avec une prestesse et une
dextérité surprenantes. Les plus grosses branches devenaient
flexibles, grâce à l'adresse de Zéa, et au grand étonnement de

Tony, qui en restait tout ébahi. Son amour-propre venait de
recevoir une rude atteinte, mais il s'en consola philosophique-
ment; il suivit les procédés que Zéa avait employés, et le frère
noir se montra très-flatté de trouver un docile élève dans le
frère blanc.

En deux jours l'agrandissement de la hutte fut terminé.
Zéa réserva dans l'emplacement qui lui était destiné un coin
pour déposer ses armes, auxquelles il paraissait attacher un
très-grand prix. Quant à sa garde-robe, elle ne devait lui
causer aucune gêne, la nature en avait fait tous les frais.

Ce petit arsenal de sauvage était ainsi composé : une massue ou casse-tête d'un bois très-dur sculpté et poli; une zagaie
de plus de trois mètres de longueur sur six centimètres de
circonférence vers le milieu.

Zéa nous montra une méthode ingénieuse inventée par
ces peuplades pour accélérer la vitesse des javelots lorsqu'ils
les lancent. Ils se servent à cet effet d'un bout de corde
très-élastique fabriqué avec de la bourre de coco et du poil
de roussette. Ils en fixent une des extrémités au bout de l'in-
dex, tandis que l'autre, qui est terminée par une sorte de
bouton globuleux, entoure la zagaie, sur laquelle elle est
disposée de manière qu'on l'abandonne aussitôt qu'on la
lance.

L'arc, cette arme primitive, dont l'idée est venue à
presque tous les peuples sauvages, leur est inconnu. Seulement Zéa portait à sa ceinture un petit sac rempli de pierres
taillées en ovale, qu'ils projettent avec une fronde de leur
invention.

Zéa avait la tête entourée d'un petit filet à larges mailles,
et, probablement pour se produire devant sa mère avec tous
ses avantages, il avait mis un peu de coquetterie dans sa toilette. A son cou était un collier fait de tresses, auquel était
suspendu à une corde un petit fragment d'os assez grossièrement sculpté; sur une partie de sa poitrine étaient tra-
cées de larges bandes d'une couleur plus foncée que sa peau,
obtenues au moyen de profondes incisions. Il appelait *poun*
cette espèce de zébrage. Ses bras étaient ornés de bracelets
taillés les uns dans des coquillages, les autres dans des pierres
très-dures et d'un assez beau poli.

Maïda, qui avait remarqué toute cette parure, ne parla que dans la soirée à son fils de la surprise qu'elle lui avait causée.

« Où donc as-tu pris cela? lui dit-elle.

— Mère, je l'ai pris à ceux qui ont mangé mon père et mon frère, et qui m'auraient aussi mangé si je ne leur avais échappé au moment où ils allaient me tuer moi-même.

— Raconte-nous, Zéa, comment tu as pu te sauver et vivre, quand depuis tant de lunes j'ai pleuré aussi ta mort.

— Mère, il est tard, je suis fatigué : demain je vous dirai tout cela. J'ai bien vengé mon père et mon frère. » Puis Zéa se retira sur ses nattes et s'endormit.

CHAPITRE XIII

Les tribus en guerre. — Désolation. — Meurtre. — Cannibalisme. — Évasion. — Origine de la perruque. — La terrible massue d'Onéban. — Une famille vengée. — Joie maternelle. — Les cuisinières anthropophages. — Un peu d'espoir de délivrance. — Haine aux blancs. — Préjugés de caste et de couleur. — Exercice à la lance, au casse-tête, à la fronde. — Apprentissage. — Moquerie. — Le *nbouet*. — Son usage. — Tony effrayé. — Un bon fils.

Le lendemain, avant de se mettre au travail, et après un très-modeste déjeuner, Maïda rappela à son fils la promesse qu'il lui avait faite.

« Mère, vous pouvez dire aux frères blancs si notre tribu s'est battue avec courage et résolution contre les Téa-Pouma, qui nous avaient déclaré la guerre pour s'emparer de nos récoltes; vous savez qu'ils avaient commencé par brûler les huttes, couper les cocotiers, ravager les champs d'ignames et de choux-palmistes, et qu'il ne nous restait plus qu'à mourir de faim.

— Tu dis vrai, Zéa.

— Enfin mieux valait périr la zagaie à la main que de se

laisser assommer dans ses huttes. La querelle était injuste, notre tribu tout entière se leva contre les agresseurs; on s'arma de notre côté, puis on se rencontra dans la grande vallée; une mêlée s'engagea : vingt de nos ennemis furent abattus avec nos casse-tête. L'affaire allait bien, et nous cherchions Onéban, leur chef, pour le punir du mal qu'il avait fait et de celui qu'il voulait encore nous faire. Mon père nous avait donné l'exemple, et, tout jeunes que nous étions, il était content de nous: nous nous battions bien, et nous nous sentions encouragés rien qu'en le voyant agir. »

Une larme coula des yeux de Maïda.

« Continue, Zéa.

— Mais toujours nous cherchions Onéban sans pouvoir le découvrir. Enfin ses principaux guerriers se mirent à fuir. Lorsqu'on les vit lâcher pied, on les poursuivit de toute la force de nos jambes : tous nos hommes coururent après eux jusqu'au détour d'un ravin et à l'entrée d'un grand bois *tabou*, où personne ne pouvait pénétrer sans être mis à mort par le Grand-Génie. Tout aussitôt nous vîmes apparaître Onéban. Il avait de hautes plumes et des fleurs sur la tête et le feu dans les yeux; il ne se montra qu'un instant, et fit semblant de fuir au moment où ma fronde allait l'abattre et le coucher sur la terre. C'était un piège : en nous avançant au contour du bois, nous trouvâmes, rangée en ordre de bataille, toute la tribu Mouēlēbē, qu'Onéban avait su gagner à sa cause, et qui lui venait en aide. En un instant nous fûmes entourés. Je vis tomber à côté de moi mon frère, devant moi mon père, sous les coups terribles de la massue d'Onéban. Ils ne se relevèrent pas. Un coup semblable allait m'atteindre; je l'évitai; mais je fus entouré par dix hommes qui m'arrachèrent mes armes. Alors j'aurais voulu mourir auprès des miens. Ils me lièrent les mains avec des cordes, en serrant si fort que le sang en jaillissait. — Tiens, mère, dit Zéa en montrant ses poignets, vois comme ces cordes ont creusé mes chairs. — Le combat fut bientôt fini, et, tu l'as su, presque toute notre tribu fut détruite, à l'exception de quelques-uns qui étaient en arrière et qui se sauvaient. Le chef fit couper les membres de tous ceux qui étaient restés morts, les membres les meilleurs.

— Je le sais encore, fit Maïda. Le lendemain, les méchants oiseaux (les oiseaux de proie) se disputaient les restes; parmi tant de têtes dépouillées, je trouvai seulement celle de ton frère; je la reconnus à une marque certaine : quand il était tout petit, tout petit, une pierre aiguë était tombée d'un rocher sur sa tête, et les cheveux n'avaient pas poussé où la pierre avait frappé. Je demandai aussi ta chevelure, Zéa.

— Ma chevelure ? la voici, mère, je vous la rapporte. » En disant cela, Zéa prit un air joyeux et montra fièrement sa tête. C'était la première fois que je le voyais sourire, et sa physionomie y gagnait infiniment.

« Et puis? » dit Maïda, qui suivait avec un intérêt croissant cette palpitante narration.

« Et puis, continua Zéa, on me traîna loin avec des souffrances inouïes, avec la faim, avec la soif qui me dévorait et me faisait boire mon sang, quand je pouvais, par un mouvement brusque, rapprocher ma bouche desséchée des blessures de mes mains saignantes. Vers le soir, on nous jeta, moi et d'autres, dans une grande hutte, aux poteaux de laquelle on nous attacha solidement, et l'on nous donna à manger..., ou mieux, à ronger les os de nos amis de la tribu qui avaient succombé... La chair était pour les chefs... J'avais faim, j'avais soif... Le lendemain, après une nuit marquée par d'atroces douleurs, même repas. J'entendis un de nos bourreaux qui disait : « Les premiers tués ne sont plus bons que pour « les corbeaux; le soleil a gâté nos provisions, il nous en « faudra de fraîches. »

« Nous étions au moins cinquante prisonniers distribués dans diverses huttes : il y en avait huit dans la mienne, et nous savions tous à quoi nous étions destinés; mais les tortures que nous subissions étaient si grandes, que nous désirions plutôt la mort que la vie telle qu'elle était.

« Il y avait derrière nos huttes un grand emplacement avec un gros arbre au milieu : c'est là qu'on attachait ceux de nous que le chef avait désignés pour être mangés ce jour-là; à côté, dans un creux, on allumait un grand feu, et les femmes venaient ensuite découper les membres et les faire rôtir sur des charbons. Ma hutte fut la dernière à laquelle on toucha. Il ne restait plus que deux de mes camarades, lorsque je vis que le sang et l'humeur qui coulaient de mes bras avaient pourri le lien qui me retenait, et que mes mains étaient libres. Je fis cette découverte la nuit. Mes mains étant dégagées, il me fut aisé de rendre la liberté à mes jambes. Les deux hommes qui étaient avec moi se trouvaient à demi morts, et ne faisaient aucun mouvement. Mes jambes, engourdies par une longue inactivité, ne pouvaient guère me servir encore ; cependant j'essayai de marcher. Je tombai deux fois à terre ; mais enfin je pus me soutenir et faire quelques pas dans la hutte. Au bout d'une heure environ, je marchais facilement, et je pensai à ma liberté. La porte de la hutte était mal close ; je l'ouvris sans peine ; et, dans l'obscurité, je me heurtai contre un amas d'armes : c'étaient celles des prisonniers. Je pris un casse-tête qui se trouvait sous ma main, car j'agissais à tâtons ; et, comme personne ne veillait là, je pus m'esquiver. Une fois dehors, je ne sus où aller, parce que je ne connaissais pas le pays. J'eus d'abord envie de revenir ici ; mais je pensai qu'Onéban m'y ferait chercher. J'allai donc au hasard. Quand le jour eut paru, je me cachai dans un bois jusqu'à la nuit suivante, et je continuai à marcher longtemps, toujours sans savoir où j'allais. Au quatrième soleil, je me trouvai dans une tribu amie, en guerre avec Onéban. Les guerriers voulaient m'emmener avec eux contre lui ; mais je leur montrai mes bras pour qu'ils ne m'accusassent point de lâcheté, et le chef me dit : « Tu ne peux pas encore te battre ; mais tu peux utilement « nous servir, mieux que si tu te battais : va trouver de ma « part les chefs des tribus de Baiaoup et de Mamate ; dis-leur « que je t'envoie à eux pour qu'ils viennent à nous ; fais-leur « voir comment tu as été traité par Onéban. Ils viendront à « nous si tu parles bien. » Je fus assez heureux pour réussir dans cette mission ; je parcourus beaucoup de pays, je fus bien accueilli, et j'emmenai avec moi plus de cinq cents hommes. Mes blessures étant cicatrisées, ils me dirent de me mettre avec eux pour leur donner un coup de main ; je ne pouvais refuser, et puis c'était contre Onéban qu'il fallait se battre ! Je commandais les hommes qui étaient venus avec moi ; ils étaient braves et bons. Beaucoup d'hommes des tribus voisines qui haïssaient Onéban se joignirent à nous che-

min faisant; ces renforts me donnaient beaucoup de confiance. Après trois jours de marche, nous aperçûmes les
guerriers de Mouëlébé; je vis bientôt paraître Onéban lui-
même. C'était le plus grand de tous, et toujours il portait sur
sa tête des plumes et des fleurs; il était loin encore; je fis arrêter mes hommes; je saisis ma fronde, j'ajustai bien cette
fois, et je vis tomber et les plumes et les fleurs d'Onéban,
frappé au front d'un si rude coup qu'il ne s'en releva pas.
Aussitôt ses hommes prirent la fuite et le laissèrent là, pour-
suivis qu'ils étaient par les miens, qui en tuèrent beaucoup.
Le soir, Orsouba, un des chefs de nos tribus amies, m'apporta
la tête et les armes d'Onéban. « C'est à toi, me dit-il, tu les as
« bien gagnées. » Je pris les armes et les ornements d'Onéban, et je poussai du pied sa tête, qui alla rouler dans un
ravin. — Mère, voilà la massue, la zigaie et les bracelets
d'Onéban, qui a tué mon père et mon frère.

— Bien, Zéa, tu les as vengés, s'écria Maïla la joie dans
les yeux, comme elle était dans son cœur. Tu es un grand et
bon fils.

— Et je suis revenu ici, continua Zéa, en portant haut la
tête. Mère, il n'y a plus de guerre à présent: nous pouvons aller partout, et choisir un autre pays quand tu le
voudras.

— Et les frères blancs?

— Les frères blancs, dit Zéa après un moment d'hésitation,
ils viendront avec nous.

— Mais ils les tueront.

— Ils ne les tueront pas, tant que Zéa sera avec eux.

— Tant mieux, Zéa; ce que tu dis là me fait plaisir, car je
ne veux pas les quitter. Déjà j'ai parlé à un voisin que tu connais, Bouëlatte; c'est de chez lui que je venais quand tu es
arrivé.

— Et qu'a dit Bouëlatte?

— Qu'il les conduirait vers la mer, s'ils venaient vers lui;
mais c'est si difficile pour les blancs d'aller jusqu'à lui!

— Oui, je connais Bouëlatte; nous irons le trouver, car je
connais aussi tout le pays où il est, et par delà encore, excepté
celui où sont les blancs; je n'ai pas voulu y aller, parce que
les blancs sont méchants et jettent des maléfices à nous; ils

nous donnent des maladies, rendent les eaux mauvaises, et font périr en terre nos ignames et nos patates.

— Cela serait-il vrai ?

— Mère, ils me l'ont dit, les hommes d'où je viens. »

Ce récit fit sur moi une vive et double impression : la première, c'est que je trouvai dans Zéa un jeune homme plein de courage et d'énergie ; la seconde, c'est qu'il y avait à combattre en lui cette haine contre les blancs qui lui venait des récits mensongers auxquels il avait prêté une oreille trop complaisante. Je le laissai donc cette fois dans l'opinion défavorable qu'il avait de notre espèce. Le temps seul pouvait m'aider à dissiper ces fausses idées.

Zéa nous montrait toujours un peu de cette aversion que la franchise de son naturel ne lui permettait pas de dissimuler ; il croyait naïvement aux maléfices ; il semblait même non-seulement se défier de nos témoignages d'amitié, ce qui me rendit très-réservé à son égard, mais, autant que possible, il évitait de se mettre en contact avec nous. Un objet que nous avions touché, il le repoussait brusquement ; ou, s'il était obligé de s'en servir, il ne le faisait qu'avec la plus visible répugnance. D'abord il nous avait formellement interdit de toucher à ses armes. Cependant, grâce aux douces remontrances de Maïda, chaque jour effaçait, quoique faiblement, quelques traces de cette antipathie, basée sur les préjugés de sa caste.

Notre inactivité semblait pourtant lui causer du déplaisir ; si bien qu'un soir il voulut nous enseigner à nous servir d'une massue, mais non de la sienne ; il avait montré à Tony de quelle façon il devait s'y prendre pour en fabriquer une, et Tony n'avait pas mal réussi pour son coup d'essai. Zéa était content de lui ; il commanda l'exercice avec sa propre massue, sa massue d'honneur, celle du chef qu'il avait tué, et nous exécutions ses commandements avec la nôtre. La fronde vint ensuite ; il cherchait à nous démontrer l'art difficile de lancer une pierre vers un but déterminé, fixe ou mobile. Je n'étais pas fâché qu'il voulût bien nous donner de ces sortes de leçons : le maître s'attache toujours quelque peu à l'élève. Il nous montra sa longue zagaie, et nous dit qu'il savait, par l'expérience qu'il en avait faite, que cet exercice était diffi-

7

cile, mais que nous étions assez jeunes encore pour en tirer avantage. À sa première démonstration il exigea que notre vêtement ne fût pas plus confortable que le sien, parce que, disait-il, toutes ces guenilles n'étaient bonnes qu'à gêner les mouvements du corps. Je consentis sans peine à lui sacrifier ma veste ; quant au surplus, je tins bon. Il se fâcha, je crois même qu'il m'eût maltraité de gestes, si Maïda ne s'était officieusement interposée entre lui et moi. J'obtins de conserver mon pantalon. La même faveur fut accordée à Tony.

D'abord il se moqua beaucoup de notre gaucherie à manier la fronde, qui exige une grande souplesse des articulations et une dextérité qu'on ne saurait acquérir en un jour. Il riait presque d'aussi bon cœur qu'un Européen ; puis, sur un faux mouvement, il s'emportait encore. Zéa était d'une force merveilleuse à ce jeu. A une grande distance, il nous montrait un arbre, sur cet arbre la branche qu'il voulait frapper, la feuille même qu'il allait atteindre, et qui tombait aussitôt : jamais il ne manquait son coup.

Il nous fit voir un instrument qu'il avait apporté avec lui, et qu'il appelait *nbouet ;* c'est aussi le nom que les sauvages donnent à leurs tombeaux. Il était formé d'un beau morceau de serpentine aplati, tranchant sur les bords, taillé à peu près en ovale, parfaitement poli, et de la longueur de cinq centimètres environ. Il était percé de deux trous, dans chacun desquels passaient deux baguettes très-flexibles qui le fixaient sur un manche de bois, auquel elles étaient liées avec des tresses de poil de chauve-souris. Cet instrument était porté sur un pied fabriqué avec un noyau de coco, attaché aussi par des tresses de même nature. Je ne pouvais en deviner l'usage. Zéa nous apprit, ce qui fit faire à Tony une assez laide grimace, que le nbouet servait à couper les membres des ennemis, qu'on se partage après le combat. Il voulut en faire une démonstration saisissante ; sans prévenir Tony, toujours peu rassuré, il le coucha prestement sur le dos. Le pauvre Tony tremblait que de la fiction Zéa n'en vînt à la réalité. Ensuite l'expérimentateur simula un combat dans lequel il nous indiqua l'ennemi tombant sous les coups redoublés de son casse-tête, qu'il agita violemment. L'ennemi terrassé, mort, Zéa exécuta une danse de triomphe autour de son cadavre, dont il se rapprocha, ayant toujours en main l'instrument du carnage. Il fit le simulacre d'ouvrir le ventre avec le nbouet, et de diviser ensuite les membres de la victime avec un autre instrument attaché au premier et formé de deux os humains taillés.

« Ces membres, nous dit-il, sont ensuite coupés et distribués à chacun des combattants, qui les porte à sa famille. »

Il est difficile de peindre la féroce avidité avec laquelle Zéa nous exprima que les chairs du vaincu étaient dévorées par les ayants droit à cet horrible butin. Il nous apprit en même temps que la chair des bras et des jambes se coupait par tranches, et que les parties les plus musculeuses étaient pour eux le mets le plus agréable. En disant cela, il tâtait les bras et les jambes de Tony en manifestant un violent désir. Il faisait entendre alors un léger sifflement en serrant les dents et en y appliquant l'extrémité de la langue ; puis, ouvrant la bouche, il produisait de suite plusieurs clappements.

« En avez-vous donc mangé ! lui demandai-je,

— Hélas ! non, me répondit-il, je n'ai rongé que des os chez Onéban. »

Cet « hélas » me causa un frissonnement involontaire.

« Et pourquoi n'en avez-vous pas mangé ?

— C'est que je n'ai pas pu en manger ici. Maïda n'a pas voulu.

— Et maintenant en mangeriez-vous si vous en aviez ?

— Hélas ! non.

— Et pourquoi ?

— Parce que j'ai vu manger mon frère, et mon père aussi.

— Votre frère et votre père étaient noirs : si l'on vous offrait de la chair des blancs, en mangeriez-vous ?

— Non, parce que les blancs ne sont pas aussi bons que les noirs. »

Cela n'était pas très-rassurant.

Mais *notre* famille avait augmenté ; l'appétit de Zéa était très-alarmant pour nos provisions, qui diminuaient à vue d'œil, et cette vue était contristante.

CHAPITRE XIV

Départ de Zéa pour la pêche. — Tristesse de Maïda. — Rendez-vous. —
Un doux repos. — Provisions maritimes. — Maïda mourante. — Admirable instinct. — Maïda chrétienne. — Retour et fureur de Zéa. —
La croix d'or et le baptême. — Guérison. — De ce jour tu es mon
frère. — Nouveaux exercices. — Des armes! — Départ de Zéa. —
Dévouement et courage. — Nouvelles inquiétudes. — Tony et sa
fronde. — Le corbeau. — Famine. — Hallucinations.

Un soir Zéa dit résolûment à sa mère : « Nous n'avons pas
de vivres pour deux jours si l'on ne tue pas les deux petits
cochons ; encore ne dureront-ils pas longtemps. Je vais aller
à la mer ; c'est la saison de la pêche : je rapporterai de gros
poissons. Le soleil est chaud, nous les ferons sécher ; et puis
après j'irai aux cocos, et avec ma fronde où il me plaira. Je
déposerai ma dépêche à tel endroit (qu'il lui désigna), et tu
viendras la chercher tous les jours : cela ne sera pas loin d'ici.

— C'est bien pensé, Zéa ; j'irai tous les jours où tu m'as
dit. Pendant ce temps Édouard et Tony cultiveront le jardin
et prendront soin des animaux. Karl ne rapporte plus rien ;
il est vieux, Karl, et le gibier se moque de lui. »

Le lendemain, de grand matin, Zéa se mit en route, après
s'être muni préalablement de sa fronde, de sa massue et de
sa zagaie, absolument comme s'il allait en guerre ; il ne laissa
dans sa hutte que ses bracelets, et le menu, très-menu, de sa
toilette.

Nous grimpâmes sur le rocher pour le suivre des yeux
aussi longtemps que possible ; mais, agile comme un cerf, il
eut bientôt disparu, et nous rentrâmes à la case.

Maïda fut triste toute la journée ; mais le soir elle devint
moins sérieuse ; elle avait l'espoir de revoir Zéa le surlen-
demain, car en partant il lui avait dit : « Mère, si tu viens
lorsque le soleil sera caché derrière la grande montagne, je
serai où je t'ai dit ; mais si tu viens avant ou longtemps
après, je n'y serai pas encore, ou je n'y serai plus. Si je ne

suis plus là, le poisson y sera, si la pêche est bonne : s'il n'y a pas de poisson, il y aura toujours des coquillages. »

Le lendemain, nous allâmes tous au jardin, et je puis dire que j'y passai une journée fort agréable. Jamais je n'avais joui à pareil degré du bonheur de me sentir vivre. Quel intérêt puissant et tout nouveau je prenais au moindre brin d'herbe, à chaque fleur, au plus chétif insecte ! Quel dommage qu'au bout de ce plaisir si pur il y eût toujours cette désolante perspective d'être loin de son pays, et dans l'appréhension continuelle d'une attaque à l'improviste de la part d'une douzaine de cannibales affamés !

« C'est contrariant, disait Tony, qu'on ait toujours ici la peur d'être mangé ou de ne pas manger. Le pays est beau, et je m'y plairais assez ; et puis, qu'est-ce que j'irais faire en France ? On s'accoutume à tout : j'y redeviendrai apprenti charpentier, et c'est dur, l'apprentissage !

— Mais si vous étiez sûr d'y retrouver votre père ? Combien j'aurais de joie de revoir le mien, si Dieu a conservé ses jours !

— Mon père ! mon père ! Sans doute ; mais votre père est riche, et vous...

— N'achevez pas, Tony, ce que vous dites là est mal : je cherche et demande mon père pour l'embrasser, pour prendre soin de lui sur ses vieux jours, enfin pour nous ôter à l'un et à l'autre un chagrin : à mon père, celui d'être privé de son fils ; à moi, celui d'être privé de mon père.

— On voit bien que votre père ne vous a jamais battu.

— S'il se fût porté contre moi à cet excès, c'est que sans doute je l'aurais mérité, et, loin de lui en conserver rancune, je lui en saurais gré. Auriez-vous, malheureux enfant, gardé au fond de votre cœur quelque haine pour une correction infligée dans un moment d'impatience ?

— Je ne dis pas cela.

— Mais vous le pensez.

— C'est aussi qu'il n'est pas agréable d'être battu.

— Est-il bien agréable pour un père d'avoir un enfant indocile ? Mais, tenez, ne parlons plus de cela, je retomberais dans les sermons, comme vous dites, et je sais que vous ne les aimez pas : le jour baisse, rentrons à la hutte. »

Maïda revint chargée de provisions fournies par la mer :
elle avait vu son fils, elle était heureuse.

« J'ai fait bien du chemin, dit-elle ; j'ai eu grand'soif, et
j'ai soif encore. Donne-moi vite à boire ; car ma bouche est si
desséchée, que je ne puis parler. Je vais dormir : mangez,
Maïda ne mangera pas ce soir.

— Avez-vous pris quelque nourriture dans la journée ?

— Zéa m'a donné deux coquillages : j'en ai mangé un ;
l'autre, je n'ai pu le manger.

— Il était mauvais ?

— Je ne sais ; mais je n'avais pas faim. J'avais soif, toujours soif : j'ai soif encore ; donnez-moi de l'eau, et beaucoup
d'eau. »

Ses traits étaient altérés, ce que j'attribuai à la fatigue, à la
chaleur ; elle se coucha, et me pria de mettre à côté d'elle une
grande calebasse remplie d'eau fraîche. La nuit commençait.
« Allez vous coucher, dis-je à Tony ; j'irai bientôt : Maïda
n'est pas bien ; je veux veiller quelque temps auprès d'elle. »

De temps en temps j'allais regarder Maïda : ses yeux étaient
à demi clos ; elle portait les mains à sa tête pour m'indiquer
qu'elle en souffrait beaucoup, que le siège du mal était là ;
elle les posait ensuite sur son estomac, et je voyais qu'elle
éprouvait de forts battements de cœur ; elle avait une soif
ardente, inextinguible. Après qu'elle avait bu, elle retombait
dans l'assoupissement, dans le délire, mêlait ensemble les
mots les plus bizarres, au milieu desquels revenaient souvent
ceux-ci : Dieu, paradis, Christ, chrétienne ; puis Zéa, Édouard,
Tony. Elle n'oubliait pas non plus Kart. Ce pauvre vieux
chien, couché à ses pieds, la regardait avec des yeux pleins
de pitié, comme s'il eût deviné que sa maîtresse souffrait :
admirable instinct !

Deux jours se passèrent de la sorte, et deux jours bien
longs, deux jours de fatigues inouïes, d'insomnie et de cruelle
perplexité. Enfin, dans la matinée du troisième, je vis entrer
Zéa dans la hutte : il chercha d'abord sa mère, et, la voyant
étendue sans mouvement sur ses nattes, le visage abattu par
la souffrance et les yeux fermés, il s'imagina qu'elle était
morte et que nous l'avions tuée. Nous étions, Tony et moi,
agenouillés devant elle ; Zéa entra en fureur, nous saisit l'un

et l'autre par les cheveux avant que nous eussions pu prévoir et prévenir son action, et sans doute il allait nous faire un mauvais parti, lorsqu'un cri aigu que la douleur fit pousser à Tony retentit à l'oreille et jusqu'au cœur de Maïda. Elle se dressa à moitié sur sa couche, et, reconnaissant Zéa, elle lui tendit la main. Il lâcha prise. Une courte explication s'ensuivit : je dis à ce farouche jeune homme en quel état sa mère était revenue, et celle-ci lui donna en quelques mots péniblement articulés l'assurance que, loin de vouloir lui faire du mal, nous avions pris le plus grand soin d'elle.

Zéa se calma, et Maïda retomba dans son assoupissement ; mais elle dormit d'un sommeil plus calme. Au bout d'une heure environ elle s'éveilla, et nous fit signe de nous approcher d'elle. « Je vais dormir pour longtemps (mourir), » nous dit-elle ; puis s'adressant à moi :

« Édouard, je t'en prie, fais-moi chrétienne. »

Zéa ne comprenait rien à ce que demandait sa mère ; il nous regardait les uns et les autres, et ne savait que penser. Seulement, ayant compris que Maïda ne mourrait pas si je lui donnais ce qu'elle voulait avoir, il me dit :

« Pourquoi ne donnes-tu pas à ma mère ce qu'elle demande ? mère est malade. »

Je ne devais pas refuser le baptême à Maïda mourante, et, suivant moi, suffisamment instruite dans la religion pour recevoir ce sacrement. Je détachai la croix d'or suspendue sur ma poitrine, je la mis dans la main convulsivement tremblante de la pauvre femme, qui la porta à ses lèvres; ensuite je puisai de l'eau bien pure dans une noix de coco; je lui découvris la tête, qu'elle avait enveloppée dans un morceau d'étoffe; j'écartai ses cheveux, et je la fis tenir debout sur ses nattes, soutenue d'un côté par Tony, de l'autre par Zéa. Je lui adressai plusieurs questions sur la foi; elle y répondit avec naïveté et fermeté.

Alors je versai l'eau sur sa tête, et je dis: « Je te baptise au nom du Père, et du Fils, et du Saint-Esprit.

— Amen, » dit Tony.

Bientôt, remplie d'une vive et touchante émotion, Maïda retomba sur sa couche et s'endormit, tenant toujours serrée dans sa main la petite croix d'or.

Vers la fin du jour elle s'éveilla, et ses yeux nous cherchèrent. Sa première parole fut : « J'ai faim ! » On lui servit un peu de poisson, qu'elle mangea avec appétit. Elle s'endormit de nouveau, et le lendemain elle se leva. « Je suis guérie, » nous dit-elle.

Zéa, voyant marcher sa mère, me prit à part : « Tu as guéri ma mère, me dit-il, de ce jour tu es mon frère. Comment as-tu fait pour guérir ma mère ?

— J'ai prié Dieu, et Dieu l'a guérie ; elle a prié Dieu, et Dieu a voulu qu'elle guérît.

— Dieu ! qu'est-ce que Dieu ?

— C'est Celui qui veille sur nous, qui nous console quand nous souffrons, et qui nous appelle à lui, là-haut, dis-je en montrant le ciel, lorsque telle est sa volonté.

— Qu'est-ce que chrétienne, comme tu disais à ma mère lorsque tu l'as guérie ?

— Zéa, je ne puis vous expliquer cela aujourd'hui ; mais, si vous êtes sincèrement désireux de le savoir, nous en causerons ensemble, et aussi souvent qu'il vous plaira. »

Et, sans tenir compte de l'ajournement, Zéa continua ses questions, qui se succédaient avec une effrayante rapidité. Je dis effrayante, parce que j'étais loin de m'attendre à une si instinctive et si persévérante curiosité de la part d'un jeune homme qui jusqu'alors avait vécu dans l'état de nature.

Tout ce que je pus conclure de ses continuelles interpellations, c'est qu'il me supposa le pouvoir de lui faire du bien ou du mal à mon gré, et dès ce moment, soit appréhension, soit sympathie naissante, loin de me fuir, il me rechercha ; au lieu d'éviter l'étude de la langue française, il me pria de la lui enseigner, et sans cesse il tourmenta Tony pour qu'il lui parlât français. « Je veux savoir bientôt, nous dit-il, la langue des *oui-oui*, comme d'autres de mon pays savent la langue des *yes* et des *no-no* (la langue française et la langue anglaise). Ses questions, je le répète, allaient jusqu'à la fatigue, jusqu'à l'importunité. C'était un véritable enfant qui demandait sans cesse, et qui souvent n'attendait pas la réponse pour faire une autre question.

« Frère, me dit-il un jour, il faut apprendre bien la fronde, la massue, la zagaie ; car nous sortirons bientôt d'ici, toi et l'autre frère. Ici nous mourrions de faim. Je vous conduirai dans un autre pays, où il y a de tout en abondance; mais avant d'y arriver nous aurons peut-être à nous battre, car il y a des hommes méchants; mais il y a aussi des hommes bons et qui sont mes amis. Nous battrons les méchants, nous les tuerons et...

— Et nous ne les mangerons pas, » lui dis-je en riant.

Il n'osa pas tout d'abord répéter: Nous ne les mangerons pas; mais j'insistai, et il se rendit: la phrase fut prononcée.

On reprit avec une nouvelle ardeur les exercices à la fronde et les leçons d'armes sauvages. Notre maître semblait satisfait de notre adresse, et surtout de notre docilité. Et véritablement je m'y livrais avec plaisir; mes membres y gagnaient du développement et de la souplesse. J'étais alors à l'apogée de ma croissance; chaque jour, malgré mes inquiétudes et mes regrets, je prenais des forces qui me promettaient d'égaler bientôt celles de Zéa, et Zéa faisait le plus grand cas de la force physique; cela me mettait avec lui sur un pied d'égalité qui me rendait sa protection moins nécessaire; Tony suivait la même progression, et dans cet état nous pouvions espérer de lutter sans désavantage contre trois naturels du pays. Zéa nous le dit un jour.

On apprend dans les heures de récréation du collège une infinité de jeux et de tours d'adresse que j'avais retenus et que je montrais à Zéa; mon amour-propre éprouvait quelque satisfaction à lui payer presque à l'équivalent les leçons de gymnastique qu'il voulait bien me donner.

Mais ce n'était pas tout d'avoir des leçons d'armes, il fallait encore avoir des armes à soi, et cette réflexion toute naturelle, dont je fis part à Zéa, le frappa vivement.

Il fut décidé que Zéa irait chez ses amis chercher ce qui nous manquait. Ses adieux furent affectueux, touchants même; je m'étais déjà si sincèrement attaché à lui, que je ne le vis pas s'éloigner sans un regret dégagé de toute préoccupation d'intérêt personnel. Comme il questionnait continuellement, il s'instruisait oralement et vite.

J'avais fait une remarque, c'est que depuis que Maïda était chrétienne, il s'était opéré en elle un grand changement;

7*

elle réfléchissait souvent et portait ses pensées sur les faibles et incomplètes instructions que j'avais pu lui donner.

Depuis trois jours Zéa était parti; ces jours, nous les comptions, parce que Zéa nous manquait dans nos réunions du soir, qu'il savait rendre plus intéressantes : et puis n'était-ce pas notre robuste et infatigable pourvoyeur? Nos provisions diminuaient dans une proportion trop visible pour ne pas nous faire désirer son retour. Il fallut recourir aux herbes du jardin, où nous passions habituellement notre après-midi à nous exercer à la fronde. Tony, ayant aperçu sur un arbre assez loin de nous un gros oiseau d'une espèce inconnue, le visa, lança la pierre, et grande fut sa joie et la nôtre en voyant l'oiseau chanceler, tourner sur lui-même et tomber. Kart était avec nous; on le mit sur les traces du gibier; tout vieux qu'était le pauvre chien, avec une finesse d'instinct admirable, il sut le trouver parmi les herbes et le rapporta triomphalement à Maïda. L'oiseau ressemblait assez à nos corbeaux d'Europe, si ce n'est qu'il était plus gros et qu'il avait le bec et les pattes jaunes.

« Vous voyez bien que la fronde est bonne à quelque chose, s'écria Tony en prenant des airs de vainqueur.

— C'est vrai, Tony, je vous fais compliment de votre adresse : votre coup d'essai est un coup de maître, c'est encourageant. »

L'oiseau fut rapporté à la hutte, plumé, vidé et mis à la broche; car nous avions ajouté la broche à notre batterie de cuisine. Maïda en avait d'abord paru très-surprise. Quoique le procédé fût des plus simples, jamais les naturels n'en avaient fait usage; on grillait la chair sur des charbons, et la fumée des graisses qui s'en exhalait donnait toujours mauvais goût à la grillade. Certes, le gibier de Tony, dont je décorai le chapeau d'une plume d'honneur extraite de l'aile de l'oiseau, ce gibier, dis-je, n'était pas délicat : il eût mal figuré sur la table d'un gastronome ; mais il fut festoyé sur la nôtre par de vifs appétits de seize à dix-huit ans.

Il faut noter ici que la pie et sa famille eurent bientôt le sort du corbeau aux pattes jaunes, au grand regret de Tony, qui tenait à Margot et à sa progéniture; mais la nécessité impose souvent des lois bien dures.

Tony, qui avait si prestement abattu un corbeau, se promettait bien de continuer cet exercice ; déjà il nous montrait en perspective des centaines de ces oiseaux jonchant la terre, puis encombrant la cave et alimentant sans cesse notre cuisine. Ces prévisions un peu vaniteuses faisaient sourire Maïda ; elle accueillait ces promesses futures avec un air d'incrédulité qui ne présageait rien de bon. En effet, d'autres corbeaux, ignorant sans doute la mésaventure de leur devancier, vinrent encore se percher sur les arbres voisins, et Tony de jouer de la fronde ; mais il ne fut pas heureux : sa pierre n'atteignait que le feuillage, et les oiseaux railleurs s'envolaient sur un arbre plus éloigné, narguant ainsi le chasseur désappointé, qui entra dans un accès de colère que j'eusse trouvé fort comique si notre dîner du lendemain n'eût pas dépendu de son adresse. Il perdit avec son sang-froid la justesse du coup d'œil et de la main, et Dieu sait de quelles épithètes Tony gratifiait les oiseaux récalcitrants, qui avaient la mauvaise grâce de ne pas vouloir se laisser tuer pour lui être agréables. Décidément le premier succès n'avait été qu'un coup de hasard. Il fallut bien se consoler de cet échec, quoique très-pénible en raison des circonstances.

Zéa ne revenait point. La prolongation de son absence nous causait de vives inquiétudes. Lui était-il arrivé malheur ? Maïda portait plus fréquemment la petite croix d'or à ses lèvres. Mais nous étions à bout de ressources ; quelques écorces d'arbres et des tiges de cannes à sucre dévorées avant leur maturité, tel était le maigre ordinaire. Zéa avait emporté ce qui restait de stéatite.

Cette privation d'aliments véritablement substantiels produisait sur moi des effets extraordinaires. J'avais des hallucinations. La plus cruelle de mes souffrances était la privation de sommeil. La nuit me semblait d'une longueur insupportable. Lorsque je me rendis au jardin pour me distraire et dévorer quelques pousses d'arbres, quoique la distance fût très-courte, je sentis mes jambes fléchir, et le trouble et la confusion se mettre dans mes idées. Vainement j'essayais alors de parler, de prier, il me semblait que l'horizon s'élevait autour de moi comme une muraille. Si c'était après le coucher du soleil, le ciel n'était plus qu'une voûte immense tendue de noir, et de laquelle descendaient des lampes projetant des clartés rougeâtres et lugubres ; puis mes yeux se fermaient, ma tête se penchait, ma voix perdait sa force, ses accents humains ; je bégayais, et souvent, si je n'avais eu pour me soutenir le bras de Tony, je serais tombé à terre. Puis subitement toute cette fantasmagorie disparaissait, et je me retrouvais dans mon état habituel, avec de grandes défaillances d'estomac.

Ce qui m'étonnait, c'est qu'ayant plusieurs fois questionné Tony, et lui ayant fait part de ce que je voyais ou croyais voir, il m'avait toujours répondu qu'il ne voyait rien de semblable ; Maïda me fit la même réponse. J'en conclus que j'allais devenir fou.

CHAPITRE XV

Nouveau sacrifice. — Retour de Zéa. — Il nous serre le nez. — Abondantes provisions. — L'île en émoi. — Les grandes maisons de bois. — Hospitalité promise. — Préparatifs de départ. — Mesures de précaution. — Une prisonnière en liberté. — Adieux aux jardins. — Une dernière caresse. — Marche nocturne. — Première halte. — Thébaïde. — Zéa en observation. — Tout est tranquille. — Le sommet de la montagne. — Panorama. — Deux points noirs. — Joie inexprimable. — Mouvements insolites des naturels. — Les pirogues en sentinelle. — Tout va bien. — Le chant du coq. — Le premier village. — Mesure de précaution. — Une colère du Grand-Génie.

Zéa n'arrivait point ; il fallut se résoudre à sacrifier une de nos ressources les plus précieuses, un des jeunes porcs. Aussi bien eussions-nous fini par succomber à cette faim, prolongée aux dépens de presque toutes nos forces vitales. La provision de glands que Maïda avait faite était presque épuisée. Hélas ! nous y avions aidé ; on ne donnait plus à ces animaux que quelques dures racines et des herbes fraîches ou sèches ; mais il était facile de juger à leurs grognements et à leur

maigreur qu'ils n'étaient pas plus que nous satisfaits de la
pitance.

Ménagée avec le plus grand soin, la chair du jeune porc
nous dura plus d'une semaine; Kart en eut sa part. La pauvre
bête avait souffert de la disette commune; il était si maigre,
qu'à peine pouvait-il se tenir sur ses pattes.

Enfin, le quinzième jour après son départ, nous eûmes la
joie de voir entrer Zéa dans la hutte, au moment où nous
désespérions presque de son retour. Il était sans doute porteur de bonnes nouvelles; car, tout fatigué et chargé qu'il
était, ses traits offraient l'empreinte de la satisfaction.

Il nous montra quelques oiseaux qu'il avait tués. Il n'avait
d'autres armes que sa massue; ce qui nous étonna d'abord;
mais, après avoir pris un peu de repos et de nourriture il
m'en donna l'explication, et nous raconta, à peu près en ces
termes, les épisodes de son long et difficile voyage. Ce fut à
Maïda qu'il s'adressa.

« Mère, lui dit-il, il se passe quelque chose d'extraordinaire dans notre île. Toutes nos tribus sont en mouvement et
dans l'inquiétude. Du haut de la grande montagne, ils ont
vu des maisons de bois agiter leurs ailes et approcher de l'île.
La peur a gagné tous les esprits. Le grand chef Buarate a fait
appel à tous ses hommes, et il met dans sa troupe tous ceux
qu'il peut ramener de bien loin.

« Quand je suis parti d'ici, j'ai marché longtemps pour
aller trouver mes amis, qui n'étaient plus où je les avais laissés; ils avaient aussi eu peur de ce qui se passe: ils s'étaient
retirés dans une autre tribu amie, qui les a bien reçus, et qui
habite un bon pays, où il est difficile d'aller les chercher. Là
ils ont en abondance des ignames, des patates, des cannes,
des tortues, des cocos, et du poisson dans les rivières.

« Quand j'ai vu qu'ils étaient bons et qu'ils me faisaient
amitié, je leur ai dit : « J'ai Maïda, ma mère, qui a deux en-
« fants blancs qui sont aussi mes frères; car j'ai dit, ajouta-
« t-il en regardant Tony et moi, qu'ils seraient mes frères,
« et ils sont mes frères. Voulez-vous que je vous les amène,
« qu'ils vivent au milieu de vous, et que nous soyons tous
« amis et frères? »

« Le plus ancien de la tribu a dit: « Nous voulons bien

« que tu viennes parmi nous vivre avec ta mère; mais nous
« ne voulons point des deux blancs, qui ne sont point tes
« frères et qui apporteraient malheur et maléfices à notre
« tribu, comme déjà les visages blancs ont fait ici dans
« une partie de l'île. »

« Je leur ai dit qu'au lieu d'apporter malheur, ils appor-
taient la santé; qu'ils avaient guéri ma mère et qu'elle en
rendrait témoignage.

« S'il en est comme tu dis, répliqua l'ancien, nous en par-
« lerons avec nos amis de la tribu, et demain tu sauras ce
« que nous aurons décidé. »

« Le soir ils se réunirent, et me laissèrent passer la nuit
dans l'ignorance de leur détermination. Le lendemain, dès
que le soleil eut paru, l'ancien me fit dire d'aller le trouver
dans sa case, et, après m'avoir de nouveau souhaité la bienvenue, il ajouta :

« Si les visages blancs qui sont chez toi ne sont pas ma-
« léficieux, qu'ils viennent avec toi et ta mère ; mais si tu
« nous as trompés et qu'ils soient méchants et ennemis de
« nous, tu ne seras plus notre ami, et nous te chasserons de
« chez nous, toi, ta mère et ceux que tu appelles tes frères
« blancs. »

« Il me demanda combien de lunes comptaient les frères
blancs, et comment ils étaient venus dans l'île. Je lui répondis que la mer les y avait jetés, et que Maïda les avait sauvés.
« S'il en est ainsi, et qu'ils ne soient pas venus par ruse et
« méchanceté, je te le dis encore, Zéa, tu peux les amener
« ici, eux et ta mère. Mais sais-tu que c'est difficile : de tous
« côtés les tribus sont en mouvement; on parle mal des
« blancs, et s'ils étaient rencontrés en route, eux, toi et ta
« mère, il nous arriverait mal aussi. Il faut deux soleils pour
« aller de ta demeure à celle que nous habitions ; il en faut
« six pour arriver où nous sommes, à cause de tous les dé-
« tours qu'il faut faire. Tu le vois, c'est difficile ; mais tu con-
« nais le pays, fais donc ce que tu voudras, et quand tu re-
« viendras, tu seras bien reçu : tu as rendu service à la tribu
« en la délivrant d'un chef qui était mauvais pour elle. »

« C'était bien parlé, n'est-ce pas, mère ?

— Bien, Zéa, et après...

— Après je leur ai demandé deux zagaies, deux massues, deux frondes, et ils m'ont donné tout ce que je leur ai demandé. Ces armes, nous les trouverons à deux soleils d'ici, où je les ai cachées, et j'ai apporté des provisions que j'ai recueillies en revenant. »

J'avais écouté avec une sérieuse attention ce récit fait avec une grande simplicité; mais ce qui m'avait surtout frappé, c'est la nouvelle de l'apparition de ces maisons de bois avec des ailes, comme avait dit Zéa. Évidemment des navires de guerre ou de commerce se dirigeaient sur notre île; mes espérances en étaient ravivées; seulement une chose m'effrayait : c'est que, si j'avais bien compris, la tribu qui venait de consentir à nous donner l'hospitalité avait quitté le voisinage de la mer pour rentrer dans l'intérieur de l'île. Comment, de ce point éloigné des communications maritimes, être informé de la mission que venaient remplir ces navires? Cependant je ne fis aucune objection à ce sujet, et je remerciai de cœur et de parole le bon Zéa de tout ce qu'il venait de faire pour nous.

Il y avait dans ce voyage des dangers et des fatigues en perspective; car la chaleur était insupportable. Il fut décidé qu'on ne marcherait que la nuit, pour éviter les fâcheuses rencontres et les inconvénients d'une température brûlante. Le jour on se reposerait à l'ombre des rochers et des arbres.

Il fallut s'occuper des préparatifs de départ, dont l'époque fut rapprochée le plus possible. D'abord on fit rôtir les pigeons, que l'on couvrit de sel pour les conserver, ainsi que le second et dernier jeune porc; on arracha du jardin tout ce que la terre pouvait encore renfermer de racines. Calcul fait, sans mettre en ligne les bonnes fortunes éventuelles de la route, on pouvait compter sur six jours au moins de vivres assurés. C'était presque autant qu'il en fallait. Les provisions, enveloppées dans des nattes légères, furent réparties entre Tony et moi. Zéa se chargea des armes; un menu bagage fut dévolu à Maïda; Tony voulut emporter sa hache et quelques outils. Tout pesant qu'il était, ce surcroît de fardeau ne l'effrayait pas; j'obtins comme une faveur d'en prendre la moitié.

Restait Cocotte, cette gentille petite perruche dont le

charmant babil nous avait souvent amusés. Lui donner la
liberté...; mais qu'en ferait-elle de cette liberté qu'elle n'avait
jamais connue? La pauvrette ne devait-elle pas devenir iné-
vitablement la proie de ces oiseaux méchants qui ne cessaient
de rôder aux environs? Il fallut bien, faute d'un meilleur
parti, s'arrêter à ce dernier. La veille du départ, on décida
qu'on porterait sa cage dans le jardin; qu'on laisserait ouverte
la porte de sa prison, suspendue à une branche d'arbre, afin
qu'elle y cherchât un refuge en cas de poursuite, si son instinct
allait jusque-là.

Tony, Zéa et Maïda étant occupés aux dernières dispositions, je partis seul, et j'arrivai avec la petite bête, qui n'avait
fait que babiller chemin faisant, dans ce jardin auquel j'allais
dire aussi sans doute un éternel adieu.

Combien je me sentis ému à la pensée de quitter pour
jamais cette délicieuse retraite où j'avais passé de si bonnes
heures, en m'y rappelant mes années d'enfance et de première jeunesse! Je compris alors combien il est difficile de se
détacher d'un petit coin de terre que nos mains ont défriché,
planté, cultivé, arrosé de nos sueurs; pas un arbuste, pas
une plante, pas une fleur qui ne soit une date vivante, un
souvenir : tout cela n'était plus qu'un regret et presque une
douleur. L'affection qu'on porte, à son insu, à tous ces objets
nés de vos soins, ressemble bien par quelque côté, je le sentis vivement alors, à celle qu'on éprouve pour des parents,
pour des amis.

Je m'assis au bord gazonné du ruisseau dans les eaux limpides duquel Tony et moi nous avions si souvent et si déli-
cieusement baigné nos pieds. Nous en avions aussi détourné
le cours pour qu'il formât des méandres dans notre parterre,
planté de fleurs tropicales aux mille couleurs, aux enivrants
aromes, et que j'appelais mes belles inconnues. Plus d'une
fois des larmes mouillèrent ma paupière, et je ne sais combien de temps je serais resté dans cette extase, qui pourtant
n'était pas sans charmes, si je n'en avais été subitement tiré
par ces mots : « Élouard, baisez Cocote : vite, vite. » C'était
la perruche, dont j'avais posé la cage à quelques pas de moi,
après en avoir ouvert la porte. Cocote était sortie, et doucement elle s'était approchée de moi; pauvre petite bête! elle

avait aussi des habitudes qui étaient devenues des attache-
ments. Je la pris sur mes doigts ; je lui fis mille caresses, auxquelles elle répondait avec une coquetterie charmante. Jamais
elle n'avait autant babillé. Mais une autre voix plus sonore et
plus retentissante vint de nouveau troubler ma solitude :
c'était celle de Zéa.

« Édouard, que fais-tu là ? me dit-il ; le jour baisse, la nuit
approche : as-tu donc oublié que la nuit c'est le moment du
départ ?

— Oui, Zéa, tu as raison, je l'avais oublié. »

Hélas ! je reportai tristement Cocote dans sa cage, que je
suspendis à une branche de sandal, et je dis à Zéa : « Marchons, frère, je suis prêt. » Je ne voulus point me retourner
pour jeter un regard d'adieu sur notre jardin, ni pour revoir
la perruche, qui semblait venir à nous de toute la force de
ses petites pattes, car longtemps encore j'entendis répéter :
« Édouard ! Édouard ! Zéa ! Tony ! Maïda ! » J'avais alors, et
je l'avoue sans honte, la poitrine oppressée de sanglots. C'est
dans cet état que j'arrivai à la hutte. Maïda était sur la porte ;
en voyant mon visage pâle et triste :

« Es-tu malade, Édouard ? » me dit-elle du ton le plus
affectueux. « Non, mère, » lui répondis-je.

Comment exprimer la douce émotion que me causa cette
question de Maïda faite avec un tendre intérêt ? Il y avait
donc dans ce coin du monde ignoré quelqu'un qui m'aimait
d'une amitié sincère. Ces trois mots si simples : Es-tu malade ?
me rendirent à moi-même, et je me sentis la force et le courage nécessaires pour subir les nouvelles épreuves que nous
aurions à supporter sans doute dans l'aventureuse excursion
que nous allions entreprendre. Il est bien vrai, « le sauvage
n'a point encore d'esprit : à peine a-t-il une tête ; mais il a
un cœur, et c'est par là qu'il est véritablement un des membres de la grande famille humaine. »

Zéa pressait pour qu'on ne différât plus de se mettre en
route ; le soleil était couché depuis une heure ; le ciel commençait à revêtir son manteau d'azur, semé d'étoiles brillantes comme des diamants. Chacun prit son fardeau. La
hutte fut laissée dans l'état où elle se trouvait, prête à offrir
un abri ou un asile à qui viendrait y chercher un refuge. Une

brise légère s'élevait, rafraîchissant l'atmosphère et agitant le feuillage des arbustes, tandis que les insectes cachés sous l'herbe entonnaient leurs chants, et mieux, leurs cris du soir.

Zéa ouvrit la marche, chargé de ses armes et d'une partie des provisions; nous le suivions, tandis que Maïda formait l'arrière-garde avec le vieux Kart, qui, tout joyeux d'accompagner ses maîtres, semblait, par ses gambades et ses incessantes allées et venues, avoir retrouvé la vigueur et tout l'entrain de sa jeunesse.

On s'engagea d'abord dans un chemin caillouteux, assez pénible pour nous, qui n'étions chaussés que de mauvais souliers de notre fabrique. Zéa et Maïda avaient les pieds nus; mais l'habitude en avait tellement durci la plante, qu'ils souffraient beaucoup moins que nous des aspérités du chemin.

Zéa roucoulait un chant monotone, mais cadencé, qui marquait le pas, à peu près comme le tambour ou le clairon indique la mesure à nos soldats. Tony eût bien voulu accompagner Zéa en sifflant un peu; mais le frère noir ne lui laissa pas cette satisfaction et lui imposa silence, ce qui fit pousser à mon camarade cette exclamation de dépit : « Il chante bien, lui; pourquoi ne veut-il pas que je siffle? »

Au bout d'une heure de marche, nous fîmes halte dans un bosquet d'arbres en fleur, mais si joli, si coquet, qu'on l'eût dit arrangé par la main des hommes, si ce n'est par la main des fées, quoiqu'il ne fût que l'œuvre de la nature.

Une station dans ce charmant réduit nous donna de nouvelles forces, et nous y eussions bien volontiers passé la nuit; mais la voix impitoyable de Zéa se fit entendre; il fallut obéir à notre guide. « Marchons, » nous dit-il en français. « Marchons, » lui répondis-je; et l'on recommença à marcher.

« Les ténèbres, dit Zéa, sont notre sauvegarde, et notre sécurité en dépend. Nous devons nous abstenir de nous approcher, même la nuit, de certains villages. Demain cependant nous en aurons un à traverser; mais il est inévitable, autrement il faudrait faire un détour qui exi-

gerait au moins deux nuits de plus; car il occupe un vallon
resserré entre de hautes montagnes, couvertes à moitié de
grands arbres impénétrables en raison des lianes qui en re-
couvrent les branches. C'est près de ce village que j'ai caché
nos armes. »

Nous continuâmes à cheminer, avec de courtes haltes,
environ six heures encore. Lorsque les premières lueurs
du jour commencèrent à paraître, Zéa nous fit doubler le
pas pour arriver, nous disait-il, avant que le soleil fût sorti
de la mer, à la station où nous devions passer cette première journée. L'étape avait été, au début, longue et fatigante.

« Maintenant, nous dit Zéa, il faut garder le plus profond
silence, marcher le plus légèrement possible, se garder de
remuer les cailloux et d'agiter en passant les branches et les
feuilles des arbres; car nos ennemis ont l'oreille exercée, la
vue perçante : ils devinent la marche d'un homme à une distance incroyable. »

Enfin nous arrivâmes au terme fixé par notre guide.
Cette station n'était pas, comme la première, un bosquet
enchanteur : c'était, au contraire, un lieu aride, portant à
peine quelques traces d'une maigre et chétive végétation,
une espèce d'entonnoir dont le fond était hérissé de grosses
pierres qui semblaient s'être récemment détachées de rochers immenses qui le surplombaient. C'est là que nous devions passer tout un jour, ne voyant du ciel que quelques
découpures, sur lesquelles se détachaient les aspérités du
sommet de ces rocs.

Nous étions à peine installés dans ce trou que Zéa nous dit :
« Il faut que j'aille là-haut faire un tour d'observation.

— Va, et reviens vite, » dit Maïda.

Zéa, svelte et léger comme un chamois, escalada les roches
avec une prestesse que je lui enviais beaucoup. Tony, tout
habile qu'il était dans ce genre d'exercice, avoua modeste-
ment qu'il n'en ferait pas autant *tout de suite*. « Eh bien,
Zéa, lui dis-je quand il fut revenu de son excursion, nous
rapportez-vous quelque chose de nouveau? Sommes-nous en
sûreté dans ce gîte, qui semble vouloir continuer la nuit pour
mes pauvres yeux fatigués de ne rien voir?

— Frère, tout est tranquille autour de nous, et comme nous sommes au pied de rochers très-élevés et d'où l'on voit de très-loin, après le repas je ferai une seconde tournée; alors, si je ne découvre encore rien d'inquiétant, peut-être te ferai-je monter d'où je viens, et tu verras, puisque tu veux voir. »

Il n'en dit pas davantage, et je le remerciai. On mangea, on dormit. Une heure avant le coucher du soleil, Zéa me tint parole; il me dit : « Allons. »

Nous quittâmes la grotte; puis il me conduisit avec beaucoup de précautions, en me soutenant, me portant presque, dans des escalades scabreuses, par des passages à pic, jusqu'au sommet d'une montagne que nous fûmes longtemps à gravir, et d'autant plus péniblement que, dans la matinée, pendant notre sommeil, un orage avait éclaté sur cette crête et rendu le sol très-glissant.

Une fois parvenu sur le point culminant, je fus frappé du plus magnifique spectacle qu'il soit peut-être donné à l'homme de contempler au milieu d'une nature presque vierge et sauvage. A nos pieds, des rochers abrupts, des gorges ténébreuses et profondes; puis, sur un plan plus éloigné, des collines boisées, des vallons d'une verdure et d'une fraîcheur admirables. Plus près de nous, des cascades roulant au bruit cadencé des ondes écumeuses, desquelles surgissaient de blanches vapeurs diaprées des vives et éclatantes couleurs de l'arc-en-ciel; à droite et à gauche, d'harmonieuses lignes de montagnes découpées comme des scies, se dessinant sur l'azur d'un ciel d'une profondeur et d'une pureté sans égales; et cette ravissante perspective terminée par une mer qui ressemblait à une gaze d'argent.

J'étais dans le ravissement; mais ma joie extatique n'était pas arrivée à son terme. Zéa, dont la vue était plus perçante que la mienne, essaya de me montrer du doigt, dans la région de l'ouest, deux points noirs qui faisaient tache à l'horizon sur cette mer resplendissante.

« Vois-tu, me dit-il, là-bas, là-bas, bien loin, bien loin ?

— Je ne vois rien que je puisse nommer.

— Regarde encore, et regarde longtemps; cache le soleil avec ta main, parce qu'il t'empêche de voir, et attends. »

Je fis ce qu'il me disait. Au bout de quelques secondes il reprit :

« Vois-tu ?

— Je vois deux points noirs.

— Sais-tu ce que c'est que ces deux points noirs ?

— Des rochers, peut-être ?

— Non, les rochers sont devant nous, et les rochers ne remuent point ; ce que je te montre remue et avance, avance. »

J'avoue qu'il me fallut un long temps d'observation pour saisir ce mouvement imprimé aux deux points noirs ; mais un changement subit de lumière ne tarda pas à me mettre sur la voie. « Ce sont des navires, » m'écriai-je ; et je tombai à genoux, autant d'émotion que de surprise.

Zéa, qui était loin de comprendre la cause de ce mouvement spontané, me releva aussitôt, et me dit : « Ce sont les grandes maisons de bois qui s'approchent toujours et viennent chez nous.

— Frère Zéa, ces grandes maisons de bois, comme tu les appelles, viennent peut-être de mon pays, et je pourrais m'en retourner avec elles si tu voulais nous conduire, Tony et moi, au port de l'île où elles vont entrer.

— Frère, ce que tu me demandes ne se peut pas ; il y a, pour se rendre à l'endroit où entreront ces maisons, beaucoup d'hommes grands, forts et armés, qui nous tueraient avant d'être à moitié chemin. Allons retrouver mère. »

J'obéis à regret.

En descendant, une longue crevasse entre deux rochers nous permit encore de voir la mer. Zéa me fit remarquer un groupe de pirogues du pays qui paraissaient se disposer à aller rejoindre les deux points noirs, dont la marche assez rapide, quoiqu'il fût difficile de la préciser à la distance où nous étions, les avait grossis considérablement à nos yeux.

Cette double manœuvre des gros bâtiments et des pirogues donna beaucoup à réfléchir à mon frère noir, qui persista néanmoins à dire qu'au lieu de nous rapprocher du rivage, nous devions nous en éloigner le plus et le plus tôt possible, et nous en tenir à l'itinéraire qu'il avait tracé, et que nous avions commencé à suivre.

Nous arrivâmes ainsi près de Tony et de Maïda, l'un et l'autre assez inquiets de notre absence. Nous leur racontâmes ce que nous avions vu.

Après le coucher du soleil, Zéa donna le signal du départ.

Combien de temps nous marchâmes tout d'un trait, c'est ce que je ne saurais dire; mais, arrivés à un certain endroit, Zéa nous fit arrêter, nous cacha derrière un des gros blocs de pierre dont la route était hérissée, et nous dit de l'attendre là, sans faire de bruit et sans parler. « Je ne sais, ajouta-t-il, combien doit durer mon absence; mais ne vous inquiétez pas, je serai près de vous avant le lever du soleil. »

Cette recommandation était formelle; contre son habitude, il la répéta deux fois, afin que personne ne fût tenté de l'enfreindre. Cependant cette absence, qui ne laissait pas de nous causer de l'inquiétude, fut moins longue que nous ne l'avions pensé.

« Tout va bien, nous dit-il à son retour; suivez-moi, la nuit est obscure, le ciel est couvert de nuages; faites en sorte de ne pas me perdre de vue. »

En cet instant nous entendîmes avec une joie inexprimable le chant d'un coq; c'était la première fois qu'il retentissait à nos oreilles, et il nous rappelait notre pays. Nous étions donc dans le voisinage de quelque habitation, et la crainte se plaçait tout de suite à côté de la joie. Nous marchâmes encore, assez longtemps même, en faisant de nombreux détours. Bientôt, malgré les ténèbres, je vis que nous nous trouvions au milieu de quelques huttes silencieuses. C'est le village dont Zéa nous avait parlé, et que j'aurais bien désiré voir de jour, en raison de la nouveauté; mais il n'y avait pas moyen de se satisfaire sur ce point. Ces cases étaient dispersées çà et là sans ordre; il s'en exhalait des odeurs insupportables.

En approchant de l'une de ces huttes plus élevée que les autres et entourée d'une palissade, Zéa s'avança un peu, préta l'oreille, et nous fit, par une légère pression sur l'épaule, signe de hâter le pas autant que possible et de redoubler de précautions. Enfin, après maints circuits très-pénibles en raison du peu de largeur des passages et du fardeau assez volumineux dont nous étions chargés, ce qui nuisait à la célérité de la marche, nous atteignîmes un emplacement sablonneux autour duquel n'apparaissait aucune construction. « Silence encore, dit Zéa, il y a quelques huttes un peu plus loin ; mais ce sont les dernières, et, celles-là franchies, nous sommes en sûreté, au moins pendant deux jours. »

Les autres cases furent dépassées comme les premières, sans donner l'éveil à ceux qui les habitaient. Enfin nous étions en pleine campagne, respirant librement, et délivrés d'un quart d'heure des plus vives appréhensions. Nous continuâmes à cheminer ; la route était meilleure, moins inégale ; il y avait cependant encore à notre gauche une longue et haute ceinture de rochers grisâtres dans les crevasses desquels on distinguait à leur couleur plus foncée des touffes de plantes ou d'arbustes qui devaient être, le soleil aidant, d'un effet très-pittoresque.

Le jour allait paraître. Nous avions fait beaucoup de chemin durant cette nuit, et nous aspirions tous à la station promise. Le sentier que nous suivions fit tout à coup un brusque détour sur notre droite ; nous nous trouvâmes alors sur la pente boisée d'une haute montagne et en face d'un entassement de rochers, « culbutés, nous dit Zéa, par une colère du Grand-Génie (un tremblement de terre). »

CHAPITRE XVI

Dépôt d'armes. — Étape peu avenante. — Un lieu *tabou*. — Tony. —
Peur et défiance. — Un pigeon. — La chasse aux guillemots. — Les
préférences de Maïda. — Paillettes d'or. — Paysage maudit. — Son
influence sur Zéa. — Lamentable histoire. — Zoubéa. — Massacre. —
Incendie. — Un second village. — Une nuit affreuse. — Chant matinal. — Précautions minutieuses. — Solitude à trois. — Déguerpissement.

« C'est là, me dit Zéa, que nous devons passer la journée,
là que j'ai déposé les armes. Nous n'avons rien à craindre
ici, et peut-être vers la fin du jour pourrons-nous en sortir
quelques instants pour une promenade aux environs. »

L'étape n'était pas avenante; mais la sécurité qu'elle nous
offrait, au dire de Zéa, rachetait bien à mes yeux ce petit
désagrément. Nous nous installâmes le mieux possible dans
ce nouveau gîte, qui devait parfaitement nous abriter contre
les rayons du soleil.

Les provisions furent mises, selon l'habitude, en lieu de
sûreté : on puisa de l'eau bien fraîche dans un petit bassin
creusé dans le roc par un petit ruisseau qui tombait d'une
hauteur assez considérable. Après le repas du matin, Zéa
se mit en recherche de ses armes, qu'il retrouva où il les
avait déposées. Il nous les apporta en nous disant : « Frères,
c'est à vous : faites-en le partage comme il vous conviendra. »

Je laissai Tony choisir la massue et la zagaie, et, prenant
les deux qui restaient, je remerciai Zéa, qui me dit : « Il
faudra les essayer ici, car jamais un homme du pays ne vient
où nous sommes : c'est un lieu *tabou* (sacré), et si nous y
étions vus, nous y serions condamnés à mort. Mais, ajouta-t-il
en jetant un regard sur la petite croix d'or que Maïda portait
toujours à son cou, je pense que ma mère a quelque chose de
plus puissant encore que le tabou. »

L'incessante activité de notre frère noir, l'habitude qu'il

avait contracté à la guerre de dormir sur la terre nue et de
se briser à la fatigue, abrégèrent son sommeil ; il se leva après
une heure de repos, et, à moitié éveillé que j'étais, je le vis
sortir ; mais je ne demandai pas à l'accompagner, persuadé
que j'étais que, s'il n'y eût pas vu d'inconvénient, il me l'aurait proposé lui-même.

Bientôt Zéa vint nous rejoindre. Il rapportait un fort beau
pigeon et quelques œufs de ces oiseaux. Certes ces œufs eussent été pour nous l'objet d'un grand régal, mais il nous était
interdit de les faire cuire : en allumant du feu, la fumée pouvait trahir notre retraite et nous attirer de fâcheuses visites.
On se partagea les œufs ; on les mangea tels qu'ils étaient,
c'est-à-dire au naturel : ils étaient tout frais et d'un goût
excellent.

Zéa nous dit que pour les obtenir il lui avait fallu se suspendre, en s'accrochant aux broussailles, à des rochers à pic,
et il ajouta en riant qu'il eût été curieux de voir comment
nous nous serions tirés de cette chasse en l'air.

Tony, qui ne doutait de rien, lui dit : « Il n'est pas plus
difficile de faire la chasse aux pigeons que la chasse aux guillemots, et dans la saison j'ai bien souvent escaladé les falaises
d'Étretat pour atteindre les nids et les couvées de ces oiseaux.
Nos falaises d'Étretat valent bien les rochers de ce pays ; n'y
grimpe pas qui veut.

— Qu'est-ce que des guillemots ? reprit Zéa, qui avait
peine à prononcer le mot.

— Ce sont des oiseaux de passage qui viennent on ne sait
d'où, et en grande quantité, se poser là ; les chasseurs les
tuent du bas de la falaise, baignée par la mer, en se mettant
à l'affût dans des embarcations.

— Nous avons aussi de ces sortes d'oiseaux dans les rochers qui bordent le rivage ; et ceux-là, je ne crois pas, Tony,
que tu sois assez hardi pour aller y dénicher leur couvée : tu
n'oserais pas, toi, blanc. »

Maïda semblait prendre plaisir à cette discussion, et, mère
qu'elle était, elle paraissait joyeuse que l'enfant véritable eût
l'avantage de la force et de l'audace sur l'enfant adoptif. Il
était donc toujours facile de voir, quoiqu'elle n'osât jamais,
elle, nous donner tort, de quel côté penchaient ses préférences.

5

« Je vais sortir encore, dit Zéa, et vous pouvez bien à présent m'accompagner tous les deux, et en prenant les précautions que je vous indiquerai. »

Zéa nous conduisit près d'une ouverture ménagée entre deux rochers, et à travers laquelle il nous fit passer ; elle débouchait sur un ravin très-profond, qui devait être, dans la saison des pluies, un torrent infranchissable. Lorsque les rochers diminuaient de hauteur, on découvrait de distance en distance des paillettes luisantes, pesantes, malgré leur peu d'épaisseur, et semblables à celles que j'avais précédemment recueillies dans le lit d'un ruisseau. Je ne doutais pas, tout ignorant minéralogiste que j'étais, que nous ne cheminassions sur un sol semé de particules d'or. Zéa me permit d'en ramasser quelques-unes, qui étaient mêlées avec le sable du fond. Je me réservai de les comparer et de les examiner lorsque nous serions en pleine lumière. Zéa me dit que dans les montagnes il avait vu beaucoup de ces paillettes, mais que c'était si petit et si mince, qu'on n'en pourrait rien faire. « C'est un peu, ajouta-t-il, de la même couleur que ta petite croix d'or ; ne pourrions-nous pas en ramasser assez pour en faire aussi une autre petite croix que tu me donnerais à moi, et qui me guérirait si je devenais malade ? »

Je lui répondis qu'il n'était pas nécessaire qu'une croix fût de ce métal pour représenter un des symboles de notre religion ; que ce Christ, notre divin Sauveur, était mort sur une croix de bois. Mais je devinai à sa réponse qu'il ne m'avais pas compris absolument. Nous arrivions alors à l'extrémité du ravin ; devant nous s'ouvrait une double haie formée d'arbrisseaux en fleur, et au bas de laquelle serpentait un ruisseau assez large, dont les eaux, d'une extrême limpidité, allaient se perdre au milieu d'une verdoyante prairie. Un arbre immense, dont j'ignorais le nom et que Zéa appelait *ouarta*, étendait ses branches sur le gazon, et ces branches retombant jusqu'à terre formaient une retraite inaccessible aux regards.

« Nous pouvons aller nous y asseoir, dit Zéa. Outre qu'il est impossible qu'on nous y voie, les habitants du voisinage ont cet endroit tellement en horreur, qu'ils le fuient au lieu d'en approcher, et n'y viennent jamais.

— Un si beau lieu, Zéa ! et pourquoi est-il si désert ?

— Je te le dirai tout à l'heure.

— Il me semble que les oiseaux n'ont pas la même répugnance que les habitants ; car j'en vois et j'en entends au-dessus de nos têtes des centaines qui voltigent joyeux de branche en branche, gazouillent, sifflent, chantent à l'envi et semblent se défier. C'est une admirable volière que ce bel arbre. Il y a dans le gosier de ces oiseaux un entrain, une énergie que n'ont pas ceux de notre pays ; on dirait qu'ils font assaut de vocalise dans un concert mélodieux.

— C'est qu'ici les oiseaux n'ont pas eu à souffrir, et que les hommes ont souffert. »

Si de cette calme et verdoyante retraite je promenais mes regards sur le paysage environnant, j'apercevais une série de bosquets entrecoupés par la prairie et formés d'arbres d'une végétation admirable. Plus loin des groupes de coco-tiers se détachaient sur un ciel d'un azur magnifique.

« Ah ! m'écriai-je dans un moment d'enthousiasme, que je serais heureux de passer ici ma vie avec mon père, si Dieu veut le rendre un jour à ma tendresse !

— Je ne voudrais pas y demeurer, moi, quand on me nommerait grand chef de l'île. Je le répète, c'est un lieu maudit.

— Maudit, Zéa ! mais vois donc comme tout y est beau, comme tout y croît ! On ne doit pas être en peine de vivre ici.

— Autrefois beaucoup y vivaient, et tous sont morts. »

Zéa garda le silence, et sembla un moment distrait par quelque objet qui sans doute avait attiré au loin son attention. Je lui adressai quelques paroles, auxquelles il ne répondit pas. Tony et moi, nous restions également silencieux.

« Mais, Zéa, tu nous as promis l'histoire de cette terre que nous foulons en ce moment. Frère, nous t'écoutons, lui dis-je.

— Eh bien, il y avait là où nous sommes des femmes, des enfants, des vieillards, des hommes forts, robustes et guerriers, et tout un village heureux, renfermant je ne sais combien de population.

« Un jour Zoubéa, un homme puissant, chef d'une tribu
voisine, vint trouver Ouas, le chef de la tribu heureuse, et
lui dit : « Je veux être le chef de toute l'île ; tu m'y aideras
« de tes guerriers, et, si nous réussissons, tu seras chef avec
« moi ; et il n'y aura plus qu'une tribu dans l'île, ce sera la
« nôtre. »

« Ouas répondit : « Nous sommes bien ; ma tribu ne veut
« pas la guerre ; elle n'a rien à demander ni à envier aux au-
« tres tribus voisines : laissons-les en paix comme nous y
« sommes. Regarde de tous côtés : nos champs sont cultivés,
« nous avons tout ici en abondance ; pourquoi irions-nous
« prendre les armes pour rendre les autres tribus malheu-
« reuses ?

« — Ainsi, fit Zoubéa, tu ne veux pas m'aider ? tu ne veux
« pas être avec moi le chef de toute l'île ?

« — Non !

« — Eh bien, je détruirai toi et ta tribu, je ravagerai tes
« champs, je détruirai tes plantations, je brûlerai tes cases,
« je tuerai tes femmes, tes enfants, tes guerriers.

« — Tu es donc bien fort ?

« — Je suis plus fort que cinq tribus ensemble avec les
« hommes qui m'obéissent.

« — Si tu es fort, pourquoi serais-tu méchant ? Laisse-
« nous vivre en paix ; je ne serai point ton ennemi, et si le
« mauvais temps détruit tes récoltes et qu'il ménage les
« nôtres, je te donnerai des ignames, du taro, des cocos et de
« tout ce que produit la contrée.

« — Tu es mon ennemi, puisque tu ne veux pas venir
« avec moi. » Et, sans ajouter un mot, Zoubéa, d'un terrible
coup de massue, abattit Ouas à ses pieds, devant ses amis et
ses guerriers.

« Aussitôt le bruit de ce lâche assassinat se répandit dans
le village. Chacun s'arma à la hâte, les femmes même ; car on
aimait et on respectait Ouas dans tout le pays.

« Mais alors débusquèrent du ravin que nous venons de
traverser tous les guerriers que Zoubéa y avait cachés, et
dix fois plus nombreux que les hommes de la tribu, qui,
n'ayant pas été prévenus à temps, furent surpris, tués et la
plupart emportés pour être mangés par Zoubéa et ses guer-

riers. Ensuite on mit le feu à toutes les huttes ; on y brûla presque tout ce qui restait de femmes et de vieillards. Les hommes de Zoubéa assistaient au carnage et à l'incendie sous ce grand arbre où nous sommes, et qui servait à ombrager la case d'Ouas.

« Le chef de ce village était très-vieux ; on lui ouvrit le ventre et l'on jeta au loin ses entrailles ; puis on le laissa où il avait été tué. Quelque temps après, quand les guerriers de Zoubéa se furent retirés, trois hommes du village qui avaient échappé au massacre général revinrent ; ils mirent sur son corps de la terre et du gazon. Tiens, il est là, ajouta Zéa en montrant à quelques pas un monticule couvert de plantes rampantes et de fleurs ; l'herbe a poussé, comme tu le vois, où était le village. »

Ce récit, fait avec une grande simplicité, me toucha vivement, et plus encore lorsque Zéa ajouta : « C'est pour venger cette malheureuse tribu et punir Zoubéa que les tribus voisines se sont réunies, et que la nôtre a pris parti dans cette affaire ; mais Zoubéa a encore été heureux contre nous : mon frère et mon père ont succombé.

— Et toi, Zéa, tu les as vengés ! m'écriai-je. Tu as bien fait de ne pas amener Maïla, qui aurait fondu en larmes au récit de ce drame épouvantable, dans lequel tout ce qui lui était cher avait joué un rôle.

— Voudrais-tu encore demeurer ici, frère ? me dit Zéa.

— Oh ! non, » lui répondis-je. Et tout s'assombrit autour de moi : je ne trouvai plus les eaux du ruisseau aussi limpides, le gazon aussi vert, le paysage aussi attrayant.

« Partons, nous dit Zéa en se levant : aussi bien, nous avons promis à mère de ne pas rester longtemps, et le soleil va bientôt disparaître ; la nuit pourrait nous surprendre, et ce serait mal. On dit que le chef du village s'y promène encore quelquefois, qu'il s'assied sous cet arbre, et qu'il vient y compter les guerriers que ceux de Zoubéa ont fait périr, qu'il cherche sa femme, son frère et ses enfants. »

Tony se leva subitement, craignant de s'être assis lui-même à la place que revenait temporairement occuper le défunt. Ce fut sa pensée, et il ne m'en fit pas mystère en se serrant contre moi.

« Cette nuit, ajouta Zéa, nous avons une longue marche à faire, un village encore à traverser, le dernier avant d'arriver à nos amis. »

Nous reprîmes mélancoliquement le chemin du ravin. Maïda nous attendait avec une inquiète impatience. Zéa nous avait priés, chemin faisant, de ne pas lui parler de la catastrophe dont la contrée que nous venions de visiter avait été le théâtre, afin de ne pas renouveler ses douleurs ; car, quoiqu'elle eût déjà vu ces lieux, elle ne s'en croyait pas aussi près. Je trouvai cette attention pleine de délicatesse.

« Cependant, lui dis-je, si Maïda était venue avec nous ?

— Eh bien, elle aurait vu comme vous avez vu ; mais elle n'aurait rien su de ce que vous venez d'entendre. Vous êtes des hommes, vous, et les hommes peuvent tout savoir. »

Décidément, tout *sauvage* qu'il était, Zéa avait des instincts de convenance qui se rapprochaient beaucoup des *civilisés*.

Lorsque la nuit fut tout à fait close, on se partagea le pigeon, qui fut mangé cru. On se mit en route, chacun de nous portant ses armes, surcroît de fardeau un peu gênant avec les provisions, qui, toutes diminuées qu'elles étaient, ne laissaient pas d'être encore très-embarrassantes.

« Combien nous reste-t-il de chemin à faire, Zéa, avant d'arriver là où siége la tribu amie ?

— Trois soleils, si rien n'arrive qui contrarie notre marche. Si j'étais seul, je ferais la route en un soleil.

— Et pourquoi ne ferions-nous pas aussi la route en un soleil ?

— C'est que seul j'irais par le chemin le plus court ; je traverserais les villages ; je passerais devant les cases, sans rien craindre ; je ferais encore cela si je n'étais qu'avec mère ; mais avec vous, frères blancs, il faut prendre les chemins cachés, où il ne va personne. »

Je ne me lassais pas d'admirer ce dévouement héroïque d'un brave garçon qui ne craignait pas de s'exposer et d'exposer sa mère à des fatigues et même à de grands dangers, pour nous soustraire aux périls dont nous étions sans cesse environnés.

Nous traversions alors une contrée assez agréable au point

de vue du chemin : nous marchions sur une pelouse veloutée
et douce comme un moelleux tapis, et sans doute émaillée
de fleurs, que l'obscurité nous empêchait d'apercevoir, mais
dont les suaves émanations arrivaient à notre odorat et tra-
hissaient agréablement la présence.

« J'aurais bien voulu voir de jour le pays que nous parcou-
rons, dis-je à Zéa ; il doit être très-beau.

— Oui, frère, mais il est habité par des hommes méchants,
et bien méchants ; je ne serai tranquille que lorsque nous
aurons laissé derrière nous une grande montagne que nous
allons gravir, et qui n'est pas un chemin facile, celui-là.
Seulement, à la descente, il y a un grand bois où nous pourrons nous cacher en attendant la nuit. Ce bois se termine
par un village beaucoup plus populeux que celui que nous
avons traversé. Nous attendrons là qu'ils soient endormis
pour passer dans le village ; car il y a derrière un large et
profond ruisseau, et il ne se trouve qu'un endroit pour aller
de l'autre côté du ruisseau : c'est un pont que les gens du
pays ont établi, et qu'ils enlèvent lorsqu'ils sont en guerre
avec les tribus voisines, pour les empêcher d'arriver jusqu'à
eux.

— Mais est-il absolument nécessaire de passer sur ce
point ? Si nous remontions le cours du ruisseau, ou si nous
le descendions à une assez grande distance pour ne pas être
aperçus ?

— Il n'y a pas d'autre chemin que celui que j'ai dit, répliqua Zéa. En haut, la rivière tombe rapide d'une grande
montagne, et personne n'oserait y passer, car on serait broyé
entre les rochers. En bas, le ruisseau est large et très-profond.

— Mais je sais nager, dis-je étourdiment.

— Je sais nager aussi, ajouta Tony avec un petit sentiment
d'orgueil.

— Et moi je nage, fit Zéa d'un ton modeste. *Mère ne sait
pas nager.* »

Je trouvai ces mots sublimes ; ils nous firent rentrer en
nous-mêmes. Zéa était bien le fils et le seul enfant de Maïda,
j'allai lui serrer la main. Nous n'avions pas pensé, *nous*, qu'il
se pouvait que Maïda ne sût pas nager ; cette idée ne nous

était pas venue ; elle lui était venue à lui son fils, son véritable fils ; il ne comprit rien à mon serrement de main, et me regarda avec étonnement. « Que me veux-tu ? » me dit-il. Je ne sus que lui répondre ; j'avais envie de pleurer.

Nous continuâmes à cheminer longtemps en silence. Zéa avait raison : la marche de cette nuit fut une des plus pénibles que nous eussions encore éprouvées. Maïda, exténuée de fatigue, poussait de gros soupirs qui retentissaient jusqu'au fond de mon cœur. Nous l'avions cependant allégée de son bagage, que nous nous étions partagé, et dont Zéa, comme d'habitude, s'était fait la plus grosse part.

Lorsque la pauvre femme, à côté de laquelle je me tenais, semblait à bout de force et de courage, elle portait à ses lèvres la petite croix d'or, puis je l'entendais murmurer à voix basse : « Je suis chrétienne comme Édouard et Tony, qui marchent bien, et Dieu prendra pitié de la chrétienne. » Elle ajoutait : « Notre Père qui êtes aux cieux, que votre volonté soit faite. » Ensuite elle s'approchait de Zéa et lui disait à demi-voix : « Enfant, avons-nous encore beaucoup de chemin ?

— Beaucoup de chemin, mère ; mais le plus mauvais est passé, et bientôt nous ferons une halte. »

Et Maïda répétait : « Beaucoup de chemin ! » Jamais je n'oublierai l'accent pénétrant et douloureux avec lequel ces mots étaient prononcés.

Après un détour s'offrit devant nous un sentier bien frayé qui semblait doux et commode, en comparaison de ceux que nous avions parcourus jusqu'alors. A notre grand déplaisir, Zéa laissa ce sentier sur notre droite et nous engagea dans un autre ravin.

« Zéa, pourquoi ne suivons-nous pas cette belle route ?

— Frère, cette route conduit directement au grand village, et nous pourrions nous y rencontrer avec quelques-uns de ses habitants.

— Mère ne pourra jamais aller plus loin.

— Bientôt nous allons trouver un endroit sûr où elle pourra se reposer. »

Maïda reprit courage, et au bout d'une heure, aux premières clartés du jour, dans un lieu abrupt, hérissé de roches et de broussailles, où il semblait que jamais un homme n'eût pénétré, Zéa s'arrêta et nous dit : « Je voudrais aller plus loin encore ; mais restons ici, je ne crois pas qu'il y ait danger ; puis je veillerai aux environs. Nous pourrons y passer tout le jour ; la nuit venue, nous n'aurons qu'à descendre pour arriver au village et le traverser. »

Maïda avait recouvré une partie de ses forces. On salua par la prière l'aurore de ce jour. Ce devoir accompli, on ouvrit le sac aux provisions.

Après le déjeuner, Zéa entreprit sa ronde ordinaire, sa ronde de sûreté : il nous recommanda le plus profond silence.

« Si vous entendez quelque bruit, nous dit-il, ne vous tenez pas debout ni assis ; mais couchez-vous ventre à terre, dans le plus épais des broussailles. »

Il attacha Kart avec son collier, et en remit la corde aux mains de Maïda, en l'invitant à le retenir près d'elle et à ne pas le laisser vaguer aux environs.

Dès que Zéa s'éloignait, quoiqu'il fût très-sobre de paroles, une espèce de tristesse s'emparait de nous et ne nous quittait qu'à son retour.

Cependant le soleil commençait à répandre sa vive lumière autour de nous ; mais nous étions toujours privés de porter la vue au dehors : nous n'osions parler, ni presque nous mouvoir, tant les recommandations de Zéa nous restaient présentes.

Enfin il rentra, s'assit près de nous et nous dit : « Je crois qu'ici nous sommes mal placés, et trop voisins du chemin que les gens du pays ont l'habitude de prendre pour aller à le montagne. J'ai trouvé un peu plus loin, du côté où le soleil se lève, un gîte escarpé où personne ne viendra, car il n'y a rien à prendre. Nous serons plus rapprochés du village ; mais les rochers nous cacheront mieux que des broussailles, et de ce point il me sera plus aisé d'observer ce qui se passera ; seulement, comme il y a des clairières dans le petit bois que nous avons à traverser, pour nous y rendre il faudra user de beaucoup de précautions, si nous voulons les franchir sans être aperçus. Je vais porter seul nos armes dans l'endroit choisi, et je reviendrai ensuite pour vous guider et vous montrer la route. »

5*

Lorsqu'il eut transporté nos massues, nos zagaies, et même les outils de Tony, il revint en toute hâte et nous dit : « Nous n'avons pas de temps à perdre ; la plupart des hommes dorment encore, les femmes seules commencent à quitter les cases. »

CHAPITRE XVII

Près du péril. — Dévotion de Maïda. — Le village s'éveille. — La case du chef. — Toilette des sauvages. — Comment on devient anthropophage. — Manger sa mère. — Les oreilles sauvages et les oreilles civilisées. — L'onébadini, miroir des dames. — Le grand chef sait tout. — Kaï. — Sa mésaventure. — Curiosité de Tony. — Ses conséquences.

On se remit en route. Tant que le bois fut épais èt touffu, on put marcher debout, comme des créatures humaines ; mais dès que se rencontrait la clairière, il fallait se baisser et se traîner à *quatre pattes* comme les animaux, ce qui devenait très-fatigant, pour Maïda surtout, un peu chargée d'embonpoint. Tony et moi nous avions soin de la soutenir et de l'aider, tandis que Zéa, sentinelle toujours vigilante, marchait devant nous en indiquant d'un geste, suivant l'état des lieux, la position verticale ou horizontale que nous devions prendre.

Cela était d'autant plus indispensable à notre sécurité, que déjà nous entendions assez près de nous les voix confuses des naturels, le vagissement des enfants, les gronderies des mères. J'avoue que, si près du péril, je sentis un peu faiblir mon courage.

Par un chemin en pente douce, nous arrivâmes à un de ces ravins dont le pays est presque partout sillonné. Nous le remontâmes. Zéa en examina le fond, et, n'y trouvant aucune trace de pas humains, il parut très-rassuré. Nous sortîmes du lit du torrent ; nous débouchâmes sur un petit plateau gazonné, mais bordé du côté du village par de hautes pierres, ressemblant aux ruines d'une vieille tour, et qu'on eût dit l'œuvre de main d'homme.

« Nous serons bien ici, dit Zéa ; d'ailleurs, si quelqu'un approchait, ce qui n'est guère probable, nous avons nos massues. Comme l'entrée de ce réduit est très-étroite, il n'y pourrait pénétrer qu'une seule personne à la fois, et nous sommes trois. Ainsi, je crois que sur ce point nous pouvons être tranquilles.

« Mère, dit-il à Maïda, c'est aujourd'hui le moment le plus dangereux pour nous ; mais ce soir, quand nous aurons tous franchi le pont et traversé le ruisseau, nous marcherons sur une terre amie. »

Maïda pour toute réponse tira ma petite croix de son enveloppe, s'agenouilla, et pria Dieu de nous protéger.

L'espace que nous occupions était assez grand pour nous contenir : il y avait même dans les rochers des anfractuosités dans lesquelles nous pouvions mettre nos provisions et cacher nos armes.

Le bruit des voix continuait, et il excitait vivement ma curiosité. « Voilà, dit Zéa, les hommes du village qui vont se disperser aux environs pour visiter leurs champs et vaquer à d'autres occupations ; dès que je ne les entendrai plus, je sortirai. »

Quelques heures d'un nouveau sommeil abrégèrent la durée de mes ennuis. Zéa s'était levé avant mon réveil : il était allé voir ce qui se passait. Lorsqu'il rentra, il me dit : « Je crois que je vais pouvoir te montrer ce que tu désires. Tu viendras d'abord seul avec moi, et Tony après ; car où nous allons il n'y a place que pour deux, encore aurons-nous peine à y tenir : viens. »

Je suivis Zéa avec empressement, escaladant avec lui roches, troncs d'arbres, bruyères, jusqu'à ce que nous fussions arrivés à l'endroit choisi. C'était une espèce d'embrasure entre deux grosses pierres qui nous cachaient tout le corps et ne laissaient qu'un trou ovale pour passer la tête ; en devant se trouvaient quelques arbres, à travers les bran-

ches desquels, du point où nous étions, on découvrait une
partie du village et tout ce qui était au delà. Ce que je vis
alors fut pour moi chose étrange, et m'impressionna vivement. De la place que nous occupions, la vue planait sur une
verte et riante vallée qui s'ouvrait, pour ainsi dire, à nos
pieds, et se terminait par une plaine d'une telle étendue,
qu'elle semblait n'avoir pour bornes que le plus lointain
horizon : elle était coupée en deux parties par cette large rivière dont Zéa nous avait parlé, et qu'il appelait un ruisseau :
cette rivière se perdait dans une plaine immense ; sans doute
elle allait porter ses eaux à la mer, dont je croyais apercevoir
la ligne bleuâtre à une distance qu'il m'eût été difficile d'éva-
luer. Près de nous s'éparpillaient çà et là des huttes, toutes
assez semblables à celle de Maïda : le toit de quelques-unes
de ces cases était surmonté d'une perche à l'extrémité de laquelle étaient attachés quelques objets que je ne pus distinguer. « Ce sont des os et des têtes de mort, me dit Zéa ; il est
d'usage que ces trophées ennemis ornent la demeure de ceux
qui en ont fait la conquête. »

Une case plus élevée, plus vaste, et disposée avec plus de
prétention, surmontait les deux à trois cents huttes groupées
alentour ; elle était ombragée par quelques arbres : c'était la
résidence et le jardin du chef de la tribu. L'ensemble avait
quelque chose d'assez pittoresque. En examinant avec attention cette case aux grandes proportions, je fis une remarque :
c'est que la porte d'entrée était plus grande que celle des autres
cases ; et comme le soleil y jetait alors toute sa lumière, je vis
distinctement que les montants et le couronnement de cette
porte étaient ornés de bâtons blancs placés en sens divers et
formant un dessin original.

« Zéa, dis-je à mon compagnon, de quel bois est faite cette
décoration de la porte du chef ?

— Frère, ce n'est pas du bois : ce sont les os des prisonniers que le chef a mangés. Autrefois, ajouta-t-il, le chef de
cette tribu ne mangeait pas d'hommes. Un jour il reçut la
visite du grand chef de la tribu de Poebo, qui le prit au dépourvu : aucunes provisions dans la case. Il s'excusa donc le
mieux qu'il put de ce qu'il n'avait rien à lui offrir. « Com-
« ment ! fit le grand chef de Poebo, tu es chef, et tu as faim ?

« moi, quand j'ai faim, je choisis le meilleur de mes hommes,
« le plus jeune et le plus gras, et je le mange. »

. « Le conseil fut trouvé bon, et, depuis, le chef de la case
que tu vois mange un homme et quelquefois deux par semaine, selon son appétit. »

Je ne sais quelle subite impression j'éprouvai ; mais je dé-
tournai avec horreur mes yeux de cette case digne de toutes
les malédictions. Et je n'étais qu'à deux cents pas d'un pareil
monstre?

La culture des environs du village me sembla très-peu intelligente.

En ramenant mes regards vers les huttes, je vis sortir des
femmes portant des enfants sur leurs épaules ; d'autres allaient s'asseoir à l'ombre (car il commençait à faire très-
chaud), les jambes croisées à côté de leurs huttes, ou sur la
place semi-circulaire et ombragée qui entourait la case du
chef. Là elles procédaient à la toilette matinale de leur progéniture. Ces enfants poussaient des cris effroyables, se battaient entre eux, battaient leurs mères, et l'ensemble de ces
criailleries formait le plus discordant concert qui pût déchirer
des oreilles humaines un peu civilisées. Je cherchai la cause
de cet infernal tumulte, et je ne tardai pas à la trouver. Il y
avait assez rapprochés de moi de ces mères qui aplatissaient
le nez de leurs enfants avec un morceau de bois ou une pierre
assez mince. Cette opération arrachait des cris perçants à la
pauvre petite créature.

« Que font-elles donc ainsi, ces femmes? demandai-je à
Zéa : ont-elles envie de briser le visage de leurs enfants?

— Oh! non, me répondit-il, elles veulent seulement les
mettre à la mode du pays.

— Mais quelle mode? »

Zéa me montra son nez, et je vis à son aplatissement ce
dont il s'agissait : il avait subi la même opération, parce que
c'était la mode du pays. Mais cette mode n'était pas générale,
ainsi que je l'appris dans la suite ; elle n'était même en usage
que dans quelques tribus dont on ne regardait pas la population comme primitivement originaire de l'île. Ainsi il y a des
nez qui restent longs et des oreilles fermées.

« Trouves-tu bien cette mode? lui dis-je.

— Autrefois je trouvais cela bien ; mais aujourd'hui j'aimerais mieux être autrement. » Et il me regardait en faisant cet aveu. « Et toi ? ajouta-t-il.

— Je pense, Zéa, que tout ce qui tend à défigurer l'œuvre du Créateur n'est pas en harmonie avec sa volonté. Si Dieu avait voulu que nous eussions le nez épaté, il nous l'aurait fait ainsi.

— C'est vrai ; mais que veux-tu, il y a des mères que l'on tuerait plutôt que de les empêcher de faire ce que tu vois. »

Un peu plus loin, une autre femme introduisait dans le lobe de l'oreille de son enfant un morceau de bois rond, et l'enfant se débattait et pleurait amèrement. « Chaque semaine, me dit Zéa, le morceau de bois augmente de grosseur, jusqu'à ce que le trou devienne si large, que cette partie de l'oreille retombe sur le cou. Il y a de ces trous dans lesquels on passerait trois doigts ; dans d'autres, le poing tout entier. Dans ton pays on ne fait pas cela : c'est bon pour des sauvages comme nous. »

Hélas ! je n'osai d'abord lui avouer, quant au chapitre des oreilles, que nous en faisions autant, mais dans des proportions moindres, et pour y introduire, selon la mode changeante, soit un anneau d'or, soit une perle, soit une pierre précieuse ; mais je ne crus pas devoir lui cacher la vérité ; je lui dis que les femmes, et rarement quelques hommes du peuple, se perçaient aussi chez nous les oreilles pour y suspendre un bijou. Zéa en fut étonné, et je crus lire dans son malin sourire : « Vous êtes encore, à ce que je vois, des demi-sauvages ; mais il se borna à des mouvements de surprise, et, me montrant ses oreilles intactes, il me dit : « J'ai été longtemps malade quand j'étais enfant, et ma mère n'a pas voulu m'ouvrir les oreilles, parce que cela m'aurait fait mal. »

Une troisième femme, voisine de la seconde, procédait à un autre genre d'opération ; elle râtissait la tête d'un enfant avec une pierre. Je crus d'abord qu'elle faisait acte de propreté, espèce de luxe qui n'est pas fort à la mode dans le pays. Zéa m'expliqua ce que faisait cette femme. Ce que j'avais pris pour un peigne était une pierre dure et tranchante avec laquelle elle enlevait une partie de la chevelure de cet enfant : aux uns, suivant le goût ou la fantaisie maternelle, on ne laisse qu'une mèche de cheveux sur la tête, coiffure à la chinoise ; aux autres on rase un des côtés de la tête, et l'autre partie reste chevelue.

Bon nombre de naturels se rendaient près d'un grand arbre, y restaient quelques instants et faisaient place à d'autres ; les femmes surtout étaient très-empressées.

« Que fait donc là tout ce monde ? demandai-je à Zéa.

— Ils vont à l'*onébadini*, me répondit-il.

— Et qu'est-ce que l'onébadini ? je n'ai jamais entendu ce mot-là.

— On creuse, me dit-il, au pied d'un arbre, sur une des racines transversales, une petite cavité où l'eau s'amasse. C'est devant ce miroir, alimenté par la rosée du ciel, que, dans les villages, tour à tour les femmes, les hommes et les enfants viennent apprendre à se connaître, physiquement parlant. »

Je ne me lassais pas de voir le mouvement qui régnait dans cette espèce de fourmilière, au milieu de ce pêle-mêle d'hommes, d'enfants, de femmes, de jeunes garçons, de jeunes filles, de vieillards, tous plus ou moins tatoués, et plus ou moins laids. Zéa me fit remarquer un groupe de jeunes hommes rassemblés dans la prairie un peu loin des huttes. « Ce sont, me dit-il, les soldats du chef. Les uns vont s'exercer à la fronde, les autres à la lance, ceux-ci au casse-tête. Peut-être le chef va-t-il venir parmi eux ; il punira ceux qui auront mal fait.

— Comment les punit-il ?

— Il leur casse la tête avec sa massue et les fait porter à sa case, où les femmes les font cuire pour ses repas.

— Cet exercice a-t-il lieu tous les jours ?

— Oh ! non, c'est qu'il y a quelque expédition qui se prépare, quelques tribus auxquelles on va faire la guerre. La récolte a été mauvaise, les pluies en ont gâté une partie, et la tribu que nous voyons a faim quelquefois. C'est peut-être aussi que le grand chef aura ordonné à celui-ci de lui amener des hommes, parce qu'il aura vu sur la mer de grandes maisons de bois, et qu'il va se mettre en mesure d'attaquer les hommes qui sont sur ces maisons s'ils viennent à terre, ou de leur résister si ce sont eux qui viennent l'attaquer.

— Mais comment sait-il que les hommes de ces grandes maisons veulent descendre ici ? De si loin il ne peut connaître leurs intentions.

— Le grand chef sait tout : il y a dans les barques en mer, autour de l'île, des hommes à lui qui voient, et lui disent ce qu'ils ont vu ; il y a des femmes nageant comme des poissons, n'ayant pas peur des requins vivant en grand nombre dans les eaux. Ces hommes et ces femmes abordent souvent les grandes maisons de bois, et viennent ou font dire au grand chef ce qu'ils ont découvert des projets des blancs, en se mettant bien avec eux.

— Mais l'île reçoit donc souvent la visite des grandes maisons ?

— J'ai entendu dire dans la tribu où nous allons qu'il y a de cela bien des soleils, il venait des blancs ici, des *Oui-oui* et des *Yes-no-no*, mais plus de *Yes-no-no*, qui arrivaient avec leurs grandes maisons et des tonnerres : ils étaient bons amis avec Kaï, chef d'une tribu très-forte, qui leur donnait beaucoup de bois de sandal, et ils lui donnaient des armes, de belles choses et de petits tonnerres (des fusils). Kaï était fier et puissant ; mais quand il a eu coupé tous les bois de sa contrée, les blancs ne sont plus revenus, parce que, Kaï n'ayant plus rien à leur donner, il n'avait plus rien à recevoir. D'autres tribus s'étaient aussi procuré de petits tonnerres, et comme ils en avaient plus que Kaï et plus d'hommes aussi, Kaï n'est pas resté fort, et il a été battu par les autres tribus auxquelles il avait fait beaucoup de mal. Aujourd'hui Kaï est vieux, il ne peut plus marcher ni faire de mal ; mais le grand chef qui l'a remplacé est aussi méchant que lui. »

Sur un point encore plus rapproché de nous je vis un assez grand nombre de femmes qui transportaient des terres, des pierres, des plantes sèches, du bois ; d'autres qui avaient puisé dans la rivière de l'eau, qu'elles portaient sur leurs têtes et sur leurs épaules dans des vases de terre, ainsi que d'autres fardeaux d'un poids énorme, tandis que les hommes, nonchalamment étendus devant leurs cases, semblaient se livrer au sommeil.

« Mais, Zéa, pourquoi ces malheureuses femmes travaillent-elles autant, et pourquoi ces hommes ne font-ils rien ?

— C'est qu'il n'est pas d'usage ici que les hommes fassent
ce que font ces femmes. Les hommes étant les plus forts, et
les femmes les plus faibles, c'est aux femmes d'obéir. Un
homme peut tuer une femme qui ne fait pas ce qu'il lui
commande; il peut même la tuer quand elle lui obéit. »

Au même instant j'entendis à ma droite des cris plaintifs
et des gémissements. Un homme bâtonnait rudement une
pauvre femme qui était tombée succombant sous une lourde
charge de bois, et la pauvre femme essayait vainement de se
relever sans que l'homme lui prêtât secours; au contraire, à
chaque effort impuissant qu'elle faisait pour se remettre sur
ses jambes, il redoublait de brutalité.

« Mais il va l'assommer, le gueux ! » s'écria au-dessus de
nous une voix que je ne pus méconnaître : c'était celle de
Tony.

A ces mots, Zéa fut saisi d'un frémissement nerveux; ses
lèvres s'agitèrent, ses yeux prirent une expression de terreur indéfinissable; il avança un peu la tête hors du trou et
avisa Tony, assis paisiblement sur la crête d'un rocher qui
dominait les roches au milieu desquelles nous étions postés.
Zéa fit un second mouvement, et me dit avec effroi : « Si les
hommes d'en bas ont vu Tony, nous sommes perdus. Allons
trouver Maïda.

— Descendez, Tony, lui criai-je; et, quand il fut près de
moi : « Malheureux ! qu'avez-vous fait? Votre désobéissance
peut nous coûter cher. Pourquoi êtes-vous venu ?

— Je m'ennuyais de ne pas vous voir revenir et de ce
qu'on ne venait pas me chercher. Zéa me l'avait bien promis.
J'ai vu la route que vous aviez prise; et me voici. »

Ce sang-froid en de telles circonstances me mit presque
hors de moi; ou Tony n'avait pas compris la déplorable position dans laquelle son imprudente curiosité venait de nous
placer, ou, s'il l'avait comprise, il faisait alors bon marché
de sa vie.

Tony avait sur la tête son grand chapeau de feuilles, et
portait l'espèce de blouse que nous nous étions fabriquée.

En revoyant Tony, la figure de Zéa devint très-animée;
il était aisé de voir qu'il faisait beaucoup d'efforts pour

comprimer sa colère; au mouvement de sa main crispée, je crus qu'il cherchait son casse-tête. Heureusement il n'était pas près de lui.

CHAPITRE XVIII

Nous sommes découverts. — Rumeur dans le village. — Échange de costume. — Cruelle perplexité. — Sages dispositions de Zéa. — Hurlements féroces. — Zéa au-devant du péril. — Arrivée du chef et des habitants du village. — Colloques. — Mensonges innocents. — Découverte des armes. — Fâcheuse position. — Incident qui la complique. Oosa. — Le chef. — Sa proie. — La vérité est encore un mensonge. — Maïda convoitée. — Indécision. — Sursis à l'arrêt de mort.

En descendant, Zéa entendit une certaine rumeur dans le village. « Ils nous ont vus, » dit-il. Il répéta : « Ils nous ont vus ! ils sont en rumeur, en marche peut-être; et nous ne pouvons sortir d'ici; il est trop tard. Comment leur échapper ? Je ne vois aucun moyen : remonter, ne nous conduirait à rien; descendre, c'est nous donner plus vite à eux.

— Zéa, lui dis-je, n'êtes-vous pas connu dans ce village ?

— Je suis connu de quelques-uns; mère et moi nous pouvons y descendre : nous n'avons rien à craindre; mais toi, frère, et lui..., » dit-il en montrant Tony. Puis il ajouta, comme si une inspiration subite lui fût venue : « Mère, dispose-toi à venir avec moi. » Maïda se leva aussitôt. « Et toi, dit-il à Tony, donne-moi tes vêtements, ton chapeau, et vite.

— Mais je serai donc tout nu ?

— Tu seras comme je suis : ne vaut-il pas mieux être nu que mangé tout à l'heure ?

— Mangé ! serait-il vrai, ô mon Dieu ! »

Cependant Zéa ne perdait pas de temps. Dans la plaine, à nos pieds, le mouvement allait en augmentant de minute en minute : il y avait de l'agitation, du brouhaha. Zéa redescendit encore une fois en disant : « Ils vont arriver; » puis il nous conduisit, en rampant sur les broussailles, dans l'endroit le plus fourré des buissons, ce qui faisait horriblement souffrir Tony, dont les épines déchiraient la peau nue. Ensuite il s'affubla, lui, de la blouse, et se couvrit la tête avec le chapeau.

Maïda était restée dans la cachette, au milieu des rochers, et nous n'étions éloignés d'elle que de quelques pas. Ce fut là que nous attendîmes au milieu d'une cruelle perplexité ce qu'il plairait à Dieu de décider. « Surtout évitez de parler, » nous avait dit Zéa en nous quittant. Recommandation superflue, la frayeur avait glacé la parole sur nos lèvres.

Le bruit et le tumulte montaient, montaient toujours; nos oreilles étaient frappées de cris sauvages, de hurlements féroces. En peu de temps ces hommes, qui grimpaient comme des singes, eurent escaladé les rochers près desquels nous étions cachés.

Alors Zéa s'avança hardiment à leur rencontre; il voulut prendre le nez du premier qui se présenta, en signe de bonjour et d'amitié; mais cet homme, qui semblait être le chef des autres et qui était d'une taille assez haute, se recula, puis le poussa rudement.

« Que viens-tu faire ici ? dit-il à Zéa.

— Je viens conduire mère que voici à la tribu de Zouabé, où nous avons des amis qui nous attendent.

— Es-tu déjà venu ici ?

— Oui.

— Connais-tu quelques-uns de nous ?

— Je connais Kati et Zéou.

— Pourquoi es-tu venu te cacher là, au lieu d'entrer directement au village pour donner à tes amis le signe de paix ?

— Parce que je suis arrivé par les montagnes, et que mère étant fatiguée a voulu se reposer avant d'entrer au village.

— Mais tu te cachais; tu as donc de mauvais desseins?

— Je ne me cachais pas, puisque c'est lorsque je me montrais que vous m'avez vu et que vous êtes venus.

— Mais pourquoi as-tu le costume des gens de bien loin, qui viennent dans notre île pour manger nos ignames, nous jeter des maléfices et nous faire dormir du grand sommeil, nous, nos femmes et nos enfants?

— Mère a trouvé ces vêtements sur le bord de la mer;

elle les a ramassés, les a apportés à la hutte, et quand nous sommes partis, elle a dit : « Zéa, il fait froid dans les montagnes, prends cela ! »

— Et tu as pris ces guenilles des blancs, parce que tu crains plus le froid que ta mère, qui n'en a pas : tu n'es pas un homme. »

Pendant ce colloque, qui, grâce à la présence d'esprit et au sang-froid de Zéa, se serait peut-être heureusement terminé, un vieux sauvage qui furetait aux environs découvrit dans leurs cachettes les trois massues, les zagaies et les frondes, ainsi que la hache de Tony, et les jetant aux pieds de Zéa consterné :

« Est-ce pour ta mère et pour toi que sont ces armes, destinées à trois hommes ? »

Zéa, interdit, ne sut d'abord que répondre ; puis il se ravisa. « Ces armes, dit-il, c'est peut-être quelqu'un de la tribu qui les a cachées là. Reprends-les, nous n'en avons que faire, nous voyageons chez des amis pour aller voir des amis.

— Mais, reprit le chef, ces armes ne sont pas de notre tribu ; il y en a une qui vient des blancs.

— C'est possible ; alors ce sera un homme d'une autre tribu qui les aura portées où elles étaient. »

A son tour, le chef interrogateur ne sut que répliquer ; il se tourna vers ses gens, comme s'il eût voulu prendre conseil d'eux, lorsqu'un cri épouvantable, poussé par Tony, donna l'éveil à tous les sauvages et changea la face d'abord favorable des affaires. Tony était nu, le ventre sur des broussailles ; et, sans doute vivement piqué par un insecte ou par un reptile, il avait poussé ce cri, qui avait eu un si terrible retentissement.

Nous fûmes découverts tous les deux, traînés devant le chef, au milieu des hurlements, des brouhaha, des risées et des mauvais traitements de cette bande satanique.

« Oh ! oh ! dit le chef en levant son casse-tête sur Zéa, tu nous as trompés, tu as menti ; tu as amené ici, avec des armes, des blancs nos ennemis.

— A mort ! à mort ! » s'écrièrent des centaines de voix ; et toutes les massues se levèrent, et la rage étincela dans tous les yeux, et les lèvres se contractèrent comme si déjà ces monstres, altérés de sang, eussent savouré des lambeaux de nos chairs palpitantes.

Je me jetai à genoux, et je crus ma dernière heure arrivée.

« Oosa, dit Zéa au chef de la tribu, ne nous tue pas encore, fais un peu éloigner tes hommes, et puis écoute : tu pourras toujours nous tuer après. »

Le chef, qui craignait de voir lui échapper une proie assurée, hésita d'abord.

« Ne vois-tu point, ajouta Zéa, que nous sommes sans défense et sans armes? »

Le chef se rendit à cette raison, et fit signe à ses hommes de se tenir à distance.

« Oosa, je vais te dire la vérité.

— Tu as déjà menti, j'aurai de la peine à te croire.

— Je dirai vrai cette fois.

— Parle donc.

— Ces deux blancs, je les ai recueillis sur le rivage, où ils venaient des grandes maisons de bois qui sont sur la mer.

— Je les ai vues, ces maisons.

— Ces hommes, tout jeunes qu'ils sont, étaient venus dans une pirogue pour espionner, pour voir ce qui se passe dans notre pays, et aller ensuite le dire à leur chef blanc, qui est dans une des grandes maisons.

« Tu sais, Oosa, que Buarate, le grand chef, qui se dit le roi de l'île, a promis une forte récompense à ceux de nous qui lui amèneraient des blancs vivants; vivants, entends-tu bien, Oosa, pour qu'il puisse les interroger.

— Je l'ai ouï dire; continue.

— Eh bien, j'allais conduire ces deux blancs à Buarate.

— Mais tu ne prenais pas la bonne route.

— C'est vrai : si ce n'est pas la plus courte, je croyais que c'était la plus sûre. Je voulais avoir la récompense seul; voilà pourquoi j'évitais les tribus et je voyageais la nuit. Si tu veux la récompense, nous la partagerons, je t'en ferai même la plus grosse part. Ainsi conduis-nous devant Buarate ; il est probable qu'outre ta part il te donnera encore ces deux blancs, que tu ramèneras ici, et dont tu feras ce que tu voudras. »

Cette proposition, qui m'eût semblé étrange si je n'avais pas bien connu l'affection sincère que nous portait Zéa, parut du goût du chef, qui, nous ayant palpés dans tous les sens comme ferait un boucher avec des animaux destinés à l'abattoir, dit à Zéa après quelques moments de réflexion : « Ce que tu proposes pourrait se faire, mais je n'ai pas de grandes provisions en ce moment...; et que penseront mes gens, qui comptent avoir des blancs tout do suite, et toi aussi ?

— N'es-tu donc pas ici le chef et le maître d'eux et de nous ? »

Cette conversation, qui se prolongeait au grand déplaisir des sauvages, des femmes surtout qui les accompagnaient, finit par leur faire perdre patience. Plusieurs approchèrent de nous ; et, au mouvement animé et sanguin de leur prunelle, il était aisé de juger qu'ils ne craignaient rien tant que de voir leur échapper une triple proie sur laquelle leur appétit avait compté.

« Eh bien, chef, dit l'un d'eux, emmenons-nous ces blancs et l'autre ? Quant à la mère, elle n'est bonne à rien, nous n'en avons que faire.

— Je la prends, s'écria un vieux sauvage. La vieille que j'avais vient de s'endormir ; j'ai eu beau vouloir la réveiller avec ce bâton, elle est restée là à côté de ces racines (c'était la pauvre femme que nous avions vu battre avec tant de cruauté).

— On verra, dit le chef encore indécis. Zéa, souviens-toi de ce que tu viens de promettre.

— Et toi, Oosa, tu connais Buarate, le grand chef de vingt tribus ; il détruira la tienne, s'il apprend qu'au lieu de lui conduire les blancs qui peuvent l'informer de ce qui se passe sur les grandes maisons de bois, tu les as tués et mangés. »

Cette dernière argumentation délivra Oosa de toutes ses indécisions : il apprit à ses hommes ce qui en était. Il s'éleva un murmure général. Oosa leva sa massue.

« Aimez-vous mieux, pour avoir une part de ces deux mauvais blancs, qui vous apporteraient maléfices, vous exposer à la terrible colère de Buarate? Il brûlera notre village, détruira nos récoltes, tuera de vous tout ce qu'il pourra, et vous rendra malheureux, vous et les vôtres, pour avoir désobéi à ses ordres.

— Eh bien, lui dit un des sauvages, prends un des blancs avec le noir, et laisse-nous ce petit blanc-là (il montrait Tony, qu'il trouvait sans doute plus appétissant que moi, parce qu'il était plus gras).

— Ni l'un ni l'autre, fit le chef. Buarate veut les deux blancs et le noir, et la vieille aussi; c'est *son bien* : il en fera ce qu'il voudra. » Puis, levant une seconde fois sa massue : « Arrière donc les raisonneurs, s'écria-t-il, et qu'on n'y touche pas ! Je me charge de les emmener, moi. »

CHAPITRE XIX

Oosa veut nous conduire sous escorte au grand chef Buarate. — Il confisque nos armes. — Nous fait conduire à sa case. — Un enfant rongeant un os humain. — Pourquoi on nous donne à manger. — Costume de cérémonie d'Oosa. — On nous lie les mains. — Maïda et les femmes. — Navrant spectacle. — Flagellation de Zéa. — Fureur concentrée. — Les mégères. — Absence du compagnon de misères. — Les coups de bâton. — Oosa blessé. — Le brancard. — La plaine rocheuse.

Le premier but de Zéa était atteint : il voulait d'abord nous sauver du grand péril qui nous menaçait, et il y avait réussi. Le chef s'étant un peu éloigné pour renvoyer ses gens, il nous glissa ces mots à l'oreille :

« Gardez-vous bien de laisser voir que vous comprenez notre langage; ne parlez que la langue des *Oui-oui*, que je ne ferai pas semblant d'entendre; et quelque chose que l'on vous demande, ne répondez pas. » Maïda reçut de lui la même recommandation.

Oosa nous fit descendre avec une escorte de trois des siens, et l'on nous conduisit à la grande hutte qu'il habitait, et dans laquelle je n'entrai pas sans éprouver une espèce de frisson. Cette case ressemblait à un charnier. De tous côtés on ne voyait que des débris d'ossements, dont quelques-uns, auxquels étaient encore attachés des nerfs et des parties charnues, exhalaient une puanteur insupportable. Un enfant de cinq à six ans, accroupi dans un coin, rongeait un de ces os en grognant dans la crainte qu'on ne le lui ôtât, absolument comme eût pu faire un chien.

On nous jeta dans une hutte plus basse, attenante à la grande, sous la garde de deux hommes de haute stature et de figures atrocement repoussantes.

Nous devions nous mettre en route une heure avant le coucher du soleil. Le moment venu, on nous amena dans la grande case, où beaucoup de monde était rassemblé, entre autres la famille d'Oosa. Le chef était debout; les premières paroles qu'il dit en s'adressant à l'une de ses femmes furent celles-ci : « Leur a-t-on donné à manger ? Je ne veux pas *qu'ils maigrissent.* » Cela fut dit en nous lançant un regard de convoitise qui me fit trembler.

Oosa s'était affublé de tout ce qui pouvait relever sa dignité de chef; il était en grande toilette; il avait sur la tête une espèce de shako de hussard, sauf le fond et la visière, absents l'un et l'autre. Le tour de cette singulière coiffure se composait d'une guirlande de lycopode d'un beau jaune, simulant un galon d'or. Son cou était orné de plusieurs colliers, dont un de serpentine verte; chaque grain était de la grosseur d'un œuf de pigeon; il y joignait une ganse ou tresse de couleur grenat, faite avec le poil de la roussette; au-dessus du coude il avait un bracelet blanc d'un seul morceau, de la largeur de trois doigts et creusé dans un coquillage.

Une des femmes du chef était aussi décorée de la tresse grenat avec le bracelet, que portaient également les nombreux enfants du chef.

La première femme était parée en plus de petites perles blanches (fausses), avec lesquelles on fait des bourses en France. J'appris plus tard de Zéa que pour les naturels ces perles étaient plus précieuses que le diamant : avec un collier long de quelques centimètres on aurait acheté une case, une pirogue et plus d'un kilomètre de terrain.

L'heure venue, Oosa donna le signal du départ. La foule s'était amassée nombreuse, agitée, turbulente, devant le palais du chef. Douze hommes d'escorte frappèrent rudement et carrément à droite et à gauche pour nous ouvrir un passage. Alors tomba sur nous une grêle d'ordures, de boue et d'immondices, accompagnées des plus horribles imprécations.

« Gare aux frondes ! » me dit Zéa à voix basse. « Frères, cachez-vous derrière les hommes. » Et, grâce à cette précaution, les pierres ne nous atteignirent pas. Ces frondeurs n'osèrent pas envoyer leurs projectiles, dans la crainte de blesser leurs gens. Au milieu de ces huées, de ces clameurs, sortant de bouches armées de longues dents à donner la chair de poule, nous arrivâmes au pont.

Le chef avait ordonné qu'on nous attachât fortement les mains sur le dos avec des liens solides : il nous fit mettre aux jambes des anneaux de bambou qui nous laissaient la faculté de marcher, mais qui étaient agencés de telle façon, qu'ils ne permettaient pas de faire un pas plus long que l'autre. Il nous devenait ainsi impossible de penser à échapper aux griffes de ces démons.

Après avoir franchi le pont, assez négligemment établi pour qu'il s'agitât vivement lorsque nous le traversâmes, nous nous trouvâmes vis-à-vis du rocher que nous avions en face de nous dans notre cachette. Là mon cœur fut douloureusement affecté par le triste et navrant spectacle que j'eus sous les yeux. Au milieu d'une douzaine de femmes d'un aspect effroyable, et toutes chargées de fardeaux pour notre nourriture, je distinguai la pauvre Mella, ayant sur sa tête une charge double, écrasante et bien au-dessus de ses forces ; elle semblait devoir y succomber. Zéa était devant moi ; il se tourna vers sa mère, ses regards rencontrèrent les miens, et nos yeux se comprirent. Zéa essaya d'implorer pour elle la commisération du chef.

« Oosa, tu as une mère ? lui dit-il.

— J'en avais une, répondit Oosa.

— C'est vrai, dit Zéa à voix basse, tu l'as mangée...

9

Eh bien, moi, j'ai une mère (il avait des larmes dans sa voix).

— Cette vieille qui est là, n'est-ce pas?

— Oui, je voudrais porter la moitié de son fardeau; car elle ne pourra jamais nous suivre.

— Si elle ne peut nous suivre, nous la laisserons en chemin, les autres vieilles porteront sa charge; les hommes ne sont pas faits pour ces choses-là.

— Je le sais; mais...

— Laisse-moi en repos et ne parle pas tant; je n'aime ni à parler ni à entendre parler quand je marche. » Et, ce disant, il lui appliqua sur les épaules un vigoureux coup de bâton dont il se servait pour marcher.

Le sang jaillit, et pour la première fois j'éprouvai un sentiment de rage et une soif de vengeance. Je me contins cependant; je n'étais pas au bout de mes souffrances morales. Zéa resta calme...; un faible mouvement de lèvres..., voilà tout. Quel exemple de résignation il me donnait là !

Les mégères qu'on avait obligées à porter les vivres n'étaient pas, on le pense bien, satisfaites de la corvée; elles manifestaient assez leur dépit et leur mécontentement contre la pauvre Maïda par leurs vociférations et les outrages dont elles l'accablaient. Lorsque la fatigue et l'épuisement des forces l'obligeaient à rester en arrière, elles la contraignaient par des bourrades à marcher devant. Comme le jour n'était pas encore fini, je pouvais voir, n'étant qu'à très-peu de distance d'elle, la sueur ruisseler de son front, dégoutter de ses cheveux et inonder ses épaules; et pourtant, quoiqu'elle eût besoin de ses deux mains, elle trouvait encore le moyen de tirer secrètement de sa ceinture sa petite croix d'or et de la porter à sa bouche sans être aperçue, si ce n'est de moi seul, et de la remettre ensuite en place. Elle puisait dans cette action un courage nouveau, et paraissait moins souffrir.

Elle manifestait cependant une inquiétude en jetant de temps en temps ses regards en arrière. Que cherchait-elle? que désirait-elle? Hélas! le compagnon de misère qu'elle attendait vainement, c'était Karl; je la compris à un mot que tout bas elle adressa à son fils en se rapprochant un peu de lui, « Kart! » dit-elle. Zéa ne répondit rien; mais il regarda aussi en arrière. Ce témoignage de regret donné au pauvre chien intrigua le chef, qui, s'imaginant sans doute que nous attendions quelqu'un pour nous délivrer, distribua à chacun de nous un coup de bâton, et nous fit doubler le pas.

Oh! que je souffris encore lorsque je me sentis frapper de cette humiliation! combien de fois j'appelai Dieu à mon aide pour ne pas maudire le jour où Maïda nous avait recueillis au lieu de nous laisser périr sur la grève, quand alors nous avions fait plus de la moitié du chemin qui conduit à l'éternité!

Une première halte sur la lisière d'un bois fit trêve à nos souffrances; on nous permit de nous asseoir sur l'herbe; nos mains furent déliées, et nous prîmes quelque repos en rongeant des racines très-dures, très-coriaces, à moitié grillées, et dont la plupart avaient un goût de piment si prononcé, qu'elles enflammaient la gorge. Maïda était placée en arrière et loin de nous, selon l'usage qui n'admet pas qu'une femme soit près d'un chef; mais à son égard la mesure d'inhumanité n'était pas comblée. Au lieu de commencer par la double charge de provisions qu'elle transportait, on prit celle de deux autres femmes, et, celles-ci n'ayant plus rien à porter, on jugea leur présence inutile; le chef leur ordonna de retourner au village.

« Deux bouches de moins à nourrir! » s'écria-t-il avec un sourire dont rien ne saurait rendre la hideuse expression. J'avais lu quelque part que ce à quoi l'homme s'entend le mieux, c'est à tourmenter et à faire souffrir son semblable. J'en avais un exemple sous les yeux. Après une station de deux heures environ, on se remit en marche; on n'oublia pas l'inutile précaution de remettre à nos mains les liens qu'on en avait ôtés.

En franchissant un petit cours d'eau, le chef se heurta le pied contre un caillou tranchant. Il en résulta une large coupure, dont il se plaignit bien fort, manifestant sa colère et sa douleur par d'horribles imprécations. Il fallait que cette douleur fût bien vive; car il donna l'ordre de s'arrêter, en s'écriant : « Maudits blancs! ce sont eux qui m'ont causé cela; que ne les ai-je tués tout de suite! Eh bien, on me portera, » dit-il en essayant de se tenir debout.

Il fit couper dans un bouquet du bois voisin de longues branches souples. On les attacha avec des lianes; on en composa une litière, sur laquelle il s'étendit, et que quatre hommes de l'escorte chargèrent sur leurs épaules en maugréant un peu, mais bien bas.

On marcha ainsi jusqu'à ce que la chaleur, devenue trop intense, nous obligeât à prendre un peu de repos. Nous traversâmes une plaine assez vaste, mais d'un aspect très-singulier; elle était parsemée de grosses roches d'une forme bizarre et fantastique : frappées par le soleil, elles simulaient des hommes géants, des statues colossales, des animaux, des oiseaux d'énormes proportions, des pyramides, des obélisques, des clochers : tout cela confusément entassé sur un espace assez resserré. Aucun sentier n'était tracé dans ce chaos; pour avancer, il fallait péniblement sauter d'une pierre à l'autre, et nous avions toujours les mains liées ! Seulement Oosa avait délivré nos jambes de leurs entraves. Quant à la litière qui avait l'honneur de porter le chef, on devine aisément quels bonds et quels soubresauts elle faisait au milieu de ces vagues de pierre, qui le balançaient fort peu mollement; aussi le porté jurait-il comme un possédé dans sa langue de sauvage. Le brancard ne pouvait conserver sa position horizontale : de là des secousses, des hauts et des bas qui arrachaient d'affreux hurlements à Oosa, menacé à chaque instant d'une culbute. Tony souriait malicieusement, et j'avoue que souvent, à la vue de ces saccades multipliées, j'avais bien aussi quelque peine à garder mon sérieux. Jugez pourtant de ce que devait souffrir la pauvre Maïda; Zéa s'était rapproché d'elle, et, ne pouvant se servir de ses mains, il l'appuyait de son épaule lorsqu'il s'agissait de gravir une grosse roche. Soit que le chef ne l'eût pas vu, soit, ce dont je doute beaucoup, qu'un peu de commisération fût entré dans son âme, Zéa ne fut pas puni. Le bâton resta inactif dans les mains d'Oosa.

CHAPITRE XX

Ce qu'un apprenti charpentier admire le plus dans un beau paysage. —
Correction. — Une agréable et courte surprise. — Pauvre Karl! —
Concert vocal et danse. — Chœur infernal. — Tristes prévisions. —
Une rencontre. — La mer. — Indiscrétion punie. — Un repas de chien.
— La dernière étape. — Appréhensions d'Oosa. — Le tigre. — Congé-
diement des femmes.

Nous sortimes enfin, non sans fatigues ni sans écorchures
et contusions, de cette plaine horrible et désolée. Nous tour-
nâmes brusquement à droite, et tout aussitôt on pénétra dans
un sentier ombragé de très-beaux arbres.

L'endroit où l'on fit une halte était couvert d'une épaisse
végétation. Il semblait d'abord impossible de s'ouvrir un passage à travers ce labyrinthe épineux. D'autres arbres gigantesques, dont le tronc était entièrement dépourvu de branches
et de feuillage, s'élevaient comme de hautes colonnes destinées à soutenir la voûte de verdure qui se déployait au-dessus; d'autres arbres encore étendaient les uns vers les autres
leurs grands bras surchargés de brillants festons et de fleurs
parasites; partout les pas du voyageur foulaient les lichens
embaumés. « Voyez donc, dis-je tout bas à Tony pendant
que le chef et sa litière étaient à quelque distance de nous,
comme ce lieu est attrayant dans son agreste magnificence :
quelles belles dispositions! quel admirable feuillage ont ces
grands arbres si majestueusement élancés! nous n'avons encore rien rencontré de semblable.

— C'est vrai, dit Tony, on ferait de superbes chevrons
avec les petites branches de ces arbres-là. »

Ainsi Tony, peu sensible aux beautés de la nature, ne voyait
dans ce splendide paysage que du bois de charpente.

Oosa descendit de sa litière et se jeta sur l'herbe; chacun
suivit son exemple, et, par son ordre, les femmes toujours
à distance.

Oosa demanda sa pâture. On fit venir une des femmes,

qui tarda à se présenter, ce qui mit le chef en courroux. Il n'aimait pas à attendre, et cette fois il avait attendu. La femme reçut une bastonnade, et se retira après cette correction. Le repas fut servi; il y régnait la frugalité et l'égalité. La même nourriture était commune à tous les assistants : des patates et des racines.

Une joie, mais qui fut de bien courte durée, nous était réservée à cette halte; Kart se montra, je ne sais comment, au milieu de nous; mais dans quel déplorable état se trouvait la pauvre bête ! une de ses pattes était cassée et pendante; une de ses oreilles avait été coupée au ras de la tête, encore toute saignante; il est probable que dans le village quelque naturel l'avait atteint et mutilé de la sorte. Comment avait-il pu échapper et arriver jusqu'à nous ? C'est ce que je ne pus expliquer. Il venait nous flairer, Zéa, Tony et moi, l'un après l'autre; et sans doute Maïla avait eu ses premières caresses. Par malheur Kart s'approcha du chef.

« Que veut cette vilaine bête? s'écria Oosa; qu'on m'en débarrasse! » Aussitôt un des dociles satellites du tyran leva sa massue et en écrasa la tête du pauvre animal, qui poussa un faible cri et roula sans vie sur le gazon. Ce cri trouva de l'écho dans le cœur de Maïla. Zéa fit un mouvement nerveux, qu'il réprima aussitôt; Tony mangeait, et je crois qu'il ne vit rien; moi, je pleurai Kart.

Nous restâmes à cette halte une grande partie de la soirée. La fraîcheur était venue avec une rosée abondante; le chef eut froid : il ordonna de faire près de lui un grand feu; puis, ayant mangé le double de sa ration ordinaire, il voulut pendant sa digestion se donner un double plaisir, celui du chant et celui de la danse. Il commanda à ses hommes de chanter; ce qu'ils firent tous ensemble, d'abord d'une voix triste, dolente et monotone; ensuite ils entonnèrent un chant criard, aigu et discordant à vous déchirer les oreilles. Oosa, qui n'était pas gâté par la délicatesse de l'art, semblait prendre assez de goût à ce chœur infernal, à ces miaulements qui tenaient plus du chat et du chacal que de la voix humaine. Lorsqu'il eut assez du concert, il demanda la danse; les mêmes exécutants se levèrent, et, se plaçant devant le chef, ils se mirent à gesticuler, en chantant toujours, et faisant les contorsions les plus grotesques. Rien de satanique comme cette ronde, éclairée par les flammes rougeâtres qui projetaient comme des teintes de sang sur ces corps noirs et nus. Les femmes battaient des mains, le chef montrait un visage légèrement épanoui; il était nonchalamment couché sur sa litière, où il mâchait quelques herbes qu'un des hommes de l'escorte lui avait respectueusement apportées. Les chants et les danses cessèrent.

Nous croyions en être quittes; notre rôle de spectateurs finissait par devenir ennuyeux, car il n'y avait de variété dans aucun de ces exercices, lorsqu'il prit à Oosa une singulière idée.

« Qu'on fasse chanter et danser les blancs, » s'écria-t-il.

Aussitôt les premiers *artistes* se retirèrent, et, ruisselants d'une sueur infecte, ils se jetèrent sur le gazon.

Nous avions parfaitement entendu l'ordre donné; mais comme, d'après la consigne, nous devions ne pas comprendre le langage du chef, nous ne fîmes aucun mouvement. Aussitôt deux hommes s'approchèrent de nous, nous ôtèrent nos liens et nos vêtements, sur un signe impératif d'Oosa, lequel levait son terrible bâton, qui fût infailliblement tombé sur nos épaules à la moindre velléité de résistance. Tony prit assez gaiement la chose; mais j'éprouvais une si grande humiliation, que mes jambes avaient autant de peine à se soulever que si un poids de vingt-cinq kilogrammes eût été attaché à chacune d'elles.

« Allons, monsieur Édouard, me disait Tony, commençons; faites comme moi, vous verrez que ça ira bien; amusons ces messieurs et ces dames : les messieurs nous ont assez fait rire, — et assez pleurer, pensai-je. — J'ai dansé des rondes normandes dans mon pays, sous les couronnes de la Saint-Jean; je vais vous mettre en train; aussi bien j'ai froid, et j'ai besoin de sauter pour m'échauffer un peu. »

Il commença à entonner une ronde, puis à danser, ou mieux à sauter, tantôt sur un pied, tantôt sur l'autre; peu à peu mes jambes s'étant dégourdies, je suivis son exemple : l'entrain se mit de la partie, et ce fut pour notre malheur; car le chef et l'escorte, ayant pris goût à ces sauts et à ces

gambades sans nom, criaient : « Encore ! encore ! » Au moindre
ralentissement, Oosa levait son terrible bâton.

Combien d'heures dura cette parade, je ne sais ; mais, à
bout de forces, je tombai de fatigue, et, malgré les cris redoublés : « Encore ! encore ! » malgré la menace du bambou,
il me fut impossible de me relever seul.

Zéa ne put s'empêcher de dire, en me voyant dans cette
triste position : « Oosa, si tu veux qu'ils dansent encore, ils
ne pourront plus marcher demain, et tu ne pourras les conduire à Buarate.

— Tu as raison, fit Oosa, et je vais dormir. »

Je fus relevé, emmené, ou mieux traîné, un peu plus loin
que le lieu de la scène, et laissé presque mourant sur le
gazon.

Tony avait supporté cette fatigue plus résolûment ; il se
coucha près de moi.

Aux premiers rayons du soleil, Oosa donna l'ordre de se
mettre en marche. Rien ne me sembla plus pénible ; mais il
fallut bien céder encore à l'impérieuse nécessité, sous peine
de subir les terribles effets de la colère d'Oosa, qui fronçait
déjà le sourcil à donner le frisson. On avait renvoyé trois
autres femmes au village ; les provisions avaient été si fortement entamées à la dernière station, que Mot la n'avait plus
que demi-charge. Le chef, se trouvant mieux, descendit de
sa litière et fit un peu de chemin à pied sur l'herbe douce ;
puis il remonta lorsqu'il se sentit fatigué.

Je ne voyais pas arriver sans une frayeur secrète le terme
si prochain du voyage. Il était évident que, par un hardi et
généreux mais toujours inexcusable mensonge, Zéa avait
empêché que nous ne fussions égorgés ; mais quelles raisons
trouverait-il en présence de Buarate ? D'après quelques mots
furtivement échangés avec Zéa, c'était le lendemain soir que
nous devions arriver au grand village, résidence de Buarate
et chef-lieu de son gouvernement. Nous touchions ainsi au
dénoûment de ce long drame : quel serait-il ? Dieu seul le
savait. Cette incertitude m'inspirait les désirs les plus contra-
dictoires : tantôt j'aurais souhaité, au lieu d'être à la fin du
voyage, de n'être qu'au commencement ; quelquefois j'aurais
voulu que ce terme fût avancé pour obtenir une solution,

quelle qu'elle dût être ; mais, hélas ! il n'était en mon faible pouvoir ni de faire renaître le passé ni de hâter l'avenir.

Dans la matinée, notre cortège se rencontra avec une demi-douzaine de sauvages bien armés, qui échangèrent avec Oosa quelques phrases que nous n'entendîmes pas.

La journée se passa sans événement remarquable ; on fit encore, vers le soir, du feu dans un lieu assez aride, et qui contrastait avec celui de notre précédente couchée. Devant nous le paysage était triste et désolé ; on pouvait en augurer que la guerre avait passé par là. Les quelques arbres rabougris du voisinage étaient charbonnés. Était-ce la foudre, était-ce la main dévastatrice de l'homme qui leur avait imprimé ces stigmates ? ce problème resta pour moi sans solution.

Au fond et dans le lointain j'aperçus, éclairé par un dernier rayon du soleil couchant, un nombre assez considérable de naturels, marchant dans une espèce d'ordre et paraissant se diriger vers un même point, une ligne bleue qui tranchait à l'horizon sur un ciel d'azur plus sombre. C'était la mer. Zéa me confirma dans cette opinion. La mer si près de nous ! la mer, notre espoir et peut-être notre salut ! « Merci, mon Dieu ! » m'écriai-je, et d'un son de voix si haut, si éclatant, que je fus encore rappelé à l'ordre par un vigoureux coup de bâton ; après quoi le chef qui me l'avait appliqué demanda à Zéa ce que disait le visage blanc.

Zéa répondit tout de suite : « Je n'en sais rien ; » car avec cet homme peu endurant, on était châtié aussi bien pour avoir parlé que pour s'être tu.

Je baissai la tête et ne regardai plus la mer.

Lorsque le feu eut été allumé, un des gens de l'escorte tira d'une natte portée par une des femmes quelques morceaux de viande saignante et déchiquetée, et les jeta sur les charbons embrasés. Je fus assez surpris d'abord de voir arriver cette provision de chair fraîche, dont je ne soupçonnais pas l'origine. « Kart ! » me dit Zéa à voix basse. C'était le pauvre vieil animal qu'ils avaient écorché, et dont Oosa avec son escorte firent régal après l'avoir grillé sur des charbons.

Après environ deux heures de repos, on se remit en marche. C'était la dernière étape ; les battements de mon cœur me le faisaient assez pressentir ; et si j'éprouvais quelques

9.

instants de calme, c'était en regardant l'attitude ferme et la figure impassible de Zéa.

Au lever du soleil, il nous fut aisé de pressentir que nous approchions de la résidence du grand chef. Il y avait beaucoup de mouvement aux environs et presque autour de nous. A chaque instant on voyait passer à de faibles distances des bandes de sauvages armés, courant dans différentes directions, et marchant au pas gymnastique vers le but qu'ils se proposaient d'atteindre; ce but était palpable, évident : c'était la mer.

Malgré mes sinistres pressentiments et les pensées graves et sérieuses dont j'étais assiégé, en portant les yeux sur les environs de la contrée dans laquelle nous venions d'entrer, je fus frappé de la magnificence du paysage. On aurait pu se croire en pays de pleine civilisation à l'aspect de ces belles campagnes; il fallait que cette nature fût bien riante pour m'éblouir et me frapper d'admiration dans un pareil moment. Nous avions, comme je l'ai dit, mis le pied sur le territoire du grand chef Baaraté, qui se faisait appeler roi de l'île, suivant ce que Zéa avait pu me dire dans de courts entretiens. Des blancs qui étaient venus dans l'île l'avaient nommé *le Tigre*. Je fus obligé d'expliquer à Zéa ce que c'est que le tigre et ses instincts cruels; car dans cette île on ne connaît aucun animal féroce.

Les terres semblaient assez bien cultivées: le sol offrait partout une végétation luxuriante; la plaine était en partie couverte de plantations de cannes à sucre; çà et là des bananiers, des cocotiers de la plus belle venue. Les montagnes que nous avions vues jusqu'alors, la plupart si nues, si arides, si déchiquetées par les ravins, avaient leur sommet couronné de pins gigantesques, leurs flancs ornés de jardins et de bouquets d'arbres. Tout cela était éclairé par un soleil tropical éblouissant de lumière.

Se peut-il, me disais-je, qu'un si beau pays, un véritable paradis terrestre, soit habité par des démons toujours altérés de sang humain !

Plus nous approchions, plus le paysage devenait splendide, éclatant et riche : mais la chaleur était accablante, intolérable ; il fallut songer à une dernière halte ; Oosa ordonna de s'arrêter.

A cette station, ce qui restait de femmes fut congédié, et quoiqu'elles eussent beaucoup de chemin à faire pour regagner leur village, on leur laissa emporter à peine pour un jour de nourriture.

CHAPITRE XXI

Rumeurs étranges. — Les naturels en émoi. — Le village du grand chef. — Nouvelle bastonnade. — Insultes et menaces. — De quelle couleur est le sang des visages pâles. — Message infructueux d'Oosa. — Buarate le grand chef. — Ce que coûte à l'humanité une de ses colères. — Les blancs dans l'île. — Frayeur de Tony. — Oosa et Buarate. — Terrible colloque. — Interrogatoire. — Un mensonge. — Pauvre Maïda.

On avait fait halte sous de très-grands arbres, assez loin de la route frayée ; il y avait un peu de fraîcheur à l'ombre tutélaire de ces espèces de géants de la végétation. Oosa ne tarda pas à s'endormir et à ronfler comme un ogre ; son escorte suivit son exemple. Son sommeil dura deux heures, après lesquelles on se remit en marche. Un des hommes de l'escorte, qui nous précédait en éclaireur, revint précipitamment et dit à Oosa : « Il y a beaucoup de monde tout près de nous. Dans le grand village tous les hommes de Buarate sont armés et agitent leurs zagaies ; j'en ai entendu un qui racontait à son camarade des choses surprenantes : il disait que des blancs nombreux comme les étoiles étaient débarqués, qu'ils se répandaient sur   plage, et que s'ils trouvaient Buarate, ils le tueraient ou l'emmèneraient avec eux. »

Oosa demeura un instant pensif, et nous lança ensuite à Tony et à moi d'effroyables regards ; il allait parler ; mais il n'en eut pas le temps. Nous fûmes entourés par un groupe de naturels armés, comme l'avait dit l'éclaireur, et dans un grand état d'agitation : il se fit alors une telle confusion, que nous nous trouvâmes séparés les uns des autres. Mais Oosa, qui ne nous perdait pas de vue, ne tarda pas à nous rallier et à nous faire remettre, en les serrant horriblement, les liens qu'il nous avait ôtés durant la dernière journée du voyage ; puis il nous bâtonna rudement pour nous faire avancer au milieu de la mêlée. Nos visages blancs excitaient autour de nous d'affreuses rumeurs ; mais Oosa veillait sur sa proie, et il voulait la conduire *vivante* devant Buarate : aussi n'épargnait-il pas plus les épaules des naturels que les nôtres, et son titre de chef ne faisait pas trouver étrange à ceux qu'il frappait sa brutale façon d'agir.

Au détour d'un bouquet d'arbres j'aperçus un grand nombre de cases, disposées avec assez d'ordre sur un plateau peu élevé. La foule, qui nous suivait toujours en poussant des cris féroces, soulevait des flots d'une poussière brûlante qui nous aveuglait.

Sur une grande place plantée d'arbres, à laquelle nous étions parvenus non sans peine, après avoir pris la précaution de nous attacher tous trois à un de ces arbres, on nous mit sous la garde de l'escorte qui nous avait amenés, et qui avait beaucoup à faire pour écarter de nous les coups que les curieux assemblés voulaient nous porter. L'un d'eux, armé d'un long bâton terminé par une pointe aiguë, le plus acharné, prononça, en s'approchant de nous le plus possible, ces paroles atroces : « Je veux en piquer un pour voir de quelle couleur est le sang de ces visages pâles. » La lance d'un de nos gardiens détourna la pointe, et le curieux ne fut pas satisfait.

Cependant Oosa avait envoyé un des hommes prévenir Buarate de notre arrivée. Buarate, qui avait d'autres occupations, ne fit aucune réponse au messager, lequel reçut deux coups de bâton pour n'avoir pas accompli sa mission à la satisfaction de son maître. Voyant que personne ne venait à lui, Oosa prit le parti d'aller s'informer lui-même de ce qu'il avait à faire.

« Que va-t-il résulter de cette entrevue ?

— Je n'en sais rien, frère, répondit tristement cette fois Zéa.

— Rien de bon pour nous, peut-être ?

— Je le crains : tout n'est pas perdu pourtant : j'ai entendu près de moi des hommes qui se disaient : « Les blancs

sont près de nous ; ils ont ordonné à Buarate d'aller les trouver dans leurs grandes maisons de bois. Buarate a répondu
qu'il n'irait pas : il a rassemblé tous ses hommes. Buarate
est fort en colère : il a fait tuer ce matin dix des plus vieux
de son conseil parce qu'ils avaient osé lui dire : « Buarate,
« les blancs sont plus forts que nous. Va leur porter des
« paroles de paix et des présents ; ce sont des voleurs, ils
« prendront ce que tu leur donneras, et ils s'en iront comme
« ils ont déjà fait. »

Et je vis aussitôt une tête s'élever au-dessus des autres,
tête empanachée, puis la figure de l'homme.

« C'est Buarate, me dit Zéa : ne parle pas. » Il fit à Tony
la même recommandation.

Buarate était d'une haute stature ; son visage était assez
beau, il y avait de la fierté et une certaine noblesse dans son
maintien ; mais ses yeux étaient fauves, son regard oblique
et farouche.

Oosa était à sa droite, à sa gauche un homme taillé comme
Hercule et porteur d'une énorme massue, derrière lui deux
naturels armés de lances.

Buarate s'approcha brusquement et dit à Oosa : « Où sont
ces blancs ? »

Les hommes de l'escorte s'écartèrent respectueusement.
« Les voici, » fit Oosa.

Buarate jeta sur nous un dédaigneux regard : « Ce ne sont
pas des hommes, dit-il, tu m'as trompé ; ce sont des enfants.
Comment sont-ils venus dans l'île ?

— Zéa, qui les a amenés, va te le dire. »

On délia les mains de Zéa, qui s'avança sans apparence de
timidité, mais sans forfanterie.

« Où as-tu trouvé ces blancs ? fit Buarate.

— Je les ai trouvés chez mère, qui les a ramassés sur la
plage, où ils allaient mourir.

— Où les conduisais-tu lorsque Oosa vous a rencontrés ?

— Je te les amenais.

— Tu mens, Oosa m'a dit que tu suivais un autre chemin.
Depuis combien de temps étaient-ils chez ta mère ?

— Quelques soleils peut-être ; car j'étais loin de la case
quand mère les a amenés.

— De quel pays sont ces blancs? »

Zéa fit mine de ne pas comprendre; puis, sur une nouvelle interpellation, il répondit : « De loin, je crois. »

Buarate se tourna vers moi, et m'adressa la parole en anglais, que j'entendais fort bien : « Es-tu Anglais? es-tu Français? es-tu Américain? »

Je gardai le silence.

« Tu es un de ces trois hommes-là, ajouta-t-il; pourquoi ne réponds-tu pas? »

Je restai impassible.

Mêmes questions à Tony; mais Tony n'eut pas de peine à garder le silence, car il ne comprenait pas l'anglais.

« Je n'ai pas de temps à perdre avec ces drôles, fit Buarate; qu'on me les amène; je les ferai bien parler, moi, j'en ai les moyens; et s'ils mentent!...

— Eh bien! tu me les donneras, fit Oosa.

— Je te les donnerai peut-être.

— Avec la récompense...

— Quelle récompense?

— N'as-tu pas promis une récompense à ceux qui t'amèneraient des blancs? Je t'amène deux blancs.

— Qui a osé dire cela?

— Zéa que voici.

— Zéa a menti.

— Donne-le-moi tout de suite.

— Tu l'auras demain avec les deux autres.

— Pourquoi pas à l'instant?

— Silence! Oosa : personne ici ne va contre ma volonté; j'ai dit. Qu'on me les amène tous les trois. »

Cela fut ordonné d'une manière à faire frémir.

« Il y a encore la mère de Zéa, ajouta Oosa; ne la fais-tu pas emmener avec eux?

— Où est la mère? »

Maïda était près de là, et n'osait trop s'approcher; il est défendu aux femmes de se présenter devant un chef sans son ordre.

« La voici!

— Cette vieille! j'ai assez de bouches à nourrir, dit Buarate; qu'elle aille où elle voudra. Eh bien! prends-la, Oosa.

— Je n'en veux à aucun prix. » Et, ce disant, il lui donna un soufflet et un coup de pied qui la firent tomber à terre.

Zéa bondit comme un tigre. « Misérable ! » m'écriai-je, les poings contractés. Rage et colère impuissantes.

CHAPITRE XXII

Le pouvoir du *tabou*. — Prisonniers chez Buarate. — Le cachot. — Les hommes forts. — Vigilante gardienne. — Désappointement d'Oosa. — Sa récompense. — Humiliation du grand chef. — Sommé de comparaître devant les blancs. — Ozou. — Un peu de liberté. — La musique. — Buarate. — Bien accueilli à bord des bâtiments français. — Traité de paix. — La tribu se dispose à recevoir les Français. — Allocution de Buarate à ses sujets. — Un orateur de l'opposition.

On nous emmena au milieu d'affreux hurlements, qui allaient croissant à mesure que nous approchions de la case. Buarate, impatienté de ces rumeurs, gêné dans sa marche par cette tourbe importune, étendit la main en disant : *Tabou*. Aussitôt la foule s'écarta, les vociférations et les cris de mort cessèrent subitement ; d'un mot, d'un seul mot, il avait apaisé la tempête, et ces fronts noirs, qui se dressaient si menaçants, s'humilièrent en se prosternant sur la poussière de la route.

On nous fit entrer tous trois dans un trou souterrain, infect et humide, qui se trouvait au fond d'une cour dans l'enclave de la grande case.

Quand nous fûmes seuls, la porte s'étant fermée sur nous, je dis à Zéa : « Frère, explique-moi donc tout à fait la puissance du *tabou*.

— Eh bien, le chef met le tabou sur les choses qu'il veut conserver pour lui ; et personne n'oserait y toucher, car il lui en coûterait la vie : tu sauras, si déjà je ne te l'ai dit, que tout chef de tribu peut faire tuer qui bon lui semble, prendre à ses sujets leurs femmes, leurs enfants, leurs armes, leurs biens, leurs récoltes, sans que nul s'avise de s'en plaindre ou de le trouver mauvais.

« — Tous les chefs ont-ils ce pouvoir ?

— Tous les grands surtout ; mais les petits sont quelquefois plus cruels et plus méchants que les grands.

— Comment des créatures humaines peuvent-elles se courber sous un pareil joug.

— Les hommes forts font ici ce qu'ils veulent : si j'étais plus fort qu'Oosa ou que Buarate, je serais chef aussi, moi.

— Et tu ferais comme eux ?

— Je ferais comme eux si l'on ne m'obéissait pas : car alors ce n'est pas moi qui serais le chef, ce serait celui de la tribu qui serait le plus fort.

— Voudrais-tu être chef ?

— Je l'aurais voulu avant de rentrer chez notre mère ; je ne le voudrais plus aujourd'hui.

— Et pourquoi ?

— Frère, ne parlons pas de ces choses-là.

— Que penses-tu de notre position, Zéa ?

— Je n'en penserai que demain après que le soleil sera levé. »

La nuit vint ; on nous laissa sans nourriture dans ce cachot si bas et si étroit, que nous étions serrés les uns contre les autres ; il n'y avait pas place pour deux personnes ; nous recevions seulement un peu d'air par une étroite ouverture qui donnait sur la cour.

Zéa s'écria : « Pauvre mère, où est-elle ? »

Elle était bien inquiète la pauvre mère, ainsi que plus tard elle nous en fit l'aveu, car il se disait autour d'elle des choses qui lui ôtaient toute espérance de nous revoir jamais ; Oosa était parti, et voilà ce qu'elle avait appris à ce sujet : il était parti assez mécontent de Buarate ; mais ce dernier était si redouté et si puissant, qu'Oosa n'avait osé faire montre de sa colère. Buarate, qu'il revit le soir de son arrivée, lui dit : « Va-t'en dans ton village. Quant à la récompense, je n'ai rien promis ; je ne dois rien ; mais voilà des provisions pour toi et tes hommes, et quelques présents pour tes femmes. Mais, Oosa, ajouta-t-il, tu n'es qu'un sot, mon garçon ; tu t'es laissé jouer, tromper, mystifier par deux blancs, par un jeune noir et une vieille femme. N'en dis jamais rien : cela te ferait tort dans ta tribu, on se moquerait de toi. »

Buarate partit d'un grand éclat de rire et renvoya Oosa.

En entendant ce récit de Maïda, je me rappelai involontairement une comédie que j'avais lue, et qui avait pour titre *Mini-Cruel.*

Je fus un peu rassuré le lendemain en apprenant, par un de nos gardes du corps que Zéa avait reconnu pour un ami, et qui causa avec lui un moment à travers l'ouverture qui nous empêchait d'étouffer, que dans la nuit Buarate avait reçu de nouveau l'ordre formel, avec menace de punition en cas de désobéissance, de se rendre à bord d'une des plus grandes maisons de bois qui se trouvaient dans un port voisin, et qu'informé des forces considérables dont pouvait disposer le chef du bâtiment, il n'avait pas cru devoir se refuser à ce qu'on exigeait de lui. Dans la matinée, Buarate avait fait ses dispositions. Avant de se mettre en route, il avait dit: « Qu'on ait soin des deux blancs et du noir, et quand je reviendrai, si je reviens, avait-il ajouté en fronçant le sourcil, nous verrons... »

Maïda, qui l'avait vu se mettre en route avec une faible escorte (on avait fixé à bord le nombre d'hommes dont il pouvait se faire accompagner), avait été effrayée de l'aspect sinistre de son visage. On avait entendu Buarate dire à un de ses guerriers favoris : « Si je ne reviens pas..., tu sais où il y a des *Oui-oui* ? » et il lui montrait un coin de l'île; « qu'il n'en reste pas un ici. S'ils me tuent, venge-moi ; sois chef à ma place; et si je reviens, je la reprendrai. Ozoni, je te le répète, tu seras le roi de l'île; sois sans pitié pour les *Oui-oui*, pour les *Yet-no-no*, pour tous les hommes qui viendront du dehors. Nous avons aussi, nous, comme eux, des armes qui tuent en faisant feu : tu sais où elles sont. » Puis il était parti, la rage au cœur, le sang dans les yeux, et culbutant tout sur son passage.

Après une nuit passée dans la fange, comme des pourceaux, ce fut pour nous une agréable surprise de voir entrer dans la cour un naturel chargé de provisions de bouche, de fruits mûrs de l'arbre à pain, de cocos, d'ignames cuites, d'une cruche de boisson fermentée: vrai repas de Sybarite. Cette fois la faim, la fatigue et les privations l'emportèrent sur le souci de l'avenir, et nous allions nous précipiter sur ces aliments, lorsque Zéa dit à l'homme qui les avait apportés et placés devant nous :

« Comment veux-tu que nous puissions manger dans cette posture ? Ne pourrais-tu nous donner un peu plus de liberté ?

— On m'a dit de vous apporter à manger souvent, tant que vous voudrez..., voilà tout.

— Va dire à celui qui t'a donné l'ordre qu'on ne peut manger dans ce trou.

— Celui qui m'a donné l'ordre n'est plus ici.

— Qui donc ?

— Buarate.

— Et où est-il ?

— Il est parti pour aller chez les blancs, qui sont près de nous dans leur grande maison d'eau.

— Qui remplace Buarate ?

— Ozoni.

— Va dire à Ozoni qu'il nous donne un peu d'espace pour nous mouvoir. »

Cet homme partit sur-le-champ, et revint au bout de quelques minutes ; il avait reçu l'ordre, et on nous laissa libres dans la cour.

« Fais-nous donner de l'eau pour nous laver ; tu vois dans quel état nous sommes.

— Je n'ai pas d'ordre.

— Va demander encore à Ozoni. »

Il revint une seconde fois avec une jarre de terre pleine d'eau. Nous commençâmes par cette ablution salutaire ; puis, Tony et moi, nous procédâmes au lavage de quelques lambeaux d'étoffe qui nous couvraient une faible partie du corps ; triste garde-robe !

La toilette achevée, on fit honneur au repas.

Un jour et une nuit se passèrent encore de la sorte, sans nouvel incident. Cependant, ainsi que nous ne tardâmes pas à l'apprendre, Buarate était de retour. Il avait fait sa soumission aux blancs lorsqu'il avait vu leurs gros navires, leurs gros canons, et le nombre d'hommes déterminés qu'il y avait à bord. Il paraît que sa fureur et ses velléités guerrières avaient cédé au bon accueil que lui fit le commandant, et sur la promesse qu'il reçut qu'on le maintiendrait dans sa position de chef, à des conditions qu'il s'était empressé d'accepter. Il se trouva même si bien de cet accueil, qu'il fallut presque user de menaces pour l'obliger de retourner à terre.

Dès qu'il fut rentré dans son *palais*, Buarate s'empressa d'envoyer des messages à toutes les tribus alliées ou sous sa domination, pour les inviter à venir en toute hâte le trouver, ou mieux lui envoyer ce qu'elles avaient de meilleurs guerriers, avec leurs plus belles armes et tous leurs ornements de combat et de fêtes; il leur prescrivait de marcher comme l'oiseau, c'est-à-dire de voler et d'arriver près de lui aussitôt qu'elles le pourraient, mais sans femmes, ni enfants, ni vieillards.

Buarate avait pris encore d'autres mesures; toute la nuit nous entendîmes les cris, les chants, les brouhahas des arrivants. D'abord, c'étaient des hommes des tribus voisines; plus tard, ceux des tribus les plus éloignées.

Au lever du soleil, et ces détails, je le répète, nous furent révélés plus tard par la vigilante Maïda, Buarate réunit tous les chefs de tribus devant sa case; et s'étant posé fièrement au-dessus d'eux, les dominant d'ailleurs par sa haute stature, il leur dit:

« Les *Oui-oui* vont arriver; mais ils viennent en amis saluer Buarate roi de l'île, et lui demander son amitié au nom de leur grand chef, qui est maître d'un pays deux cents fois plus étendu que le nôtre; il demeure bien loin, bien loin; il a des cases magnifiques, des maisons de bois et des guerriers autant qu'il en veut, des grands et des petits tonnerres autant qu'il lui plaît d'en avoir.

— Mais, dit un des chefs, le plus âgé et regardé comme le plus sage, ces visages blancs dont tu parles ne nous feront-ils pas de mal? ne feront-ils pas mourir par des maléfices, nous, nos femmes et nos enfants?

— Non, dit Buarate, qui ne s'attendait pas à voir sa harangue interrompue, ils n'apportent pas de maléfices.

— Qu'en sais-tu?

— Leur chef me l'a dit; c'est un brave guerrier, et je crois qu'il ne ment pas.

— Pourquoi viennent-ils chez nous, si leur pays est si grand, et s'ils ont tout ce que tu viens de dire ?

— Ils viennent faire avec nous amitié et commerce.

— Mais ils ont donc besoin de nous qui sommes pauvres ?

— Nous avons aussi besoin d'eux pour ne pas rester pauvres. »

Heureusement pour cet orateur de l'opposition, à qui Buarate allait probablement ôter la parole avec la vie, car déjà il levait son casse-tête, l'arrivée d'un messager interrompit cette conversation. Il annonçait que les blancs n'étaient plus qu'à quelques portées de fronde du village.

CHAPITRE XXIII

Arrivée des Français. — Buarate leur souhaite la bienvenue. — Discours interrompu. — Épisode inattendu. — Colère de Buarate. — Sublime dévouement de Maïda. — Nous sommes rendus à la liberté, à nos compatriotes. — Le drapeau français flotte sur la case de Buarate après qu'on en a enlevé les trophées de débris humains. — Serment de Buarate de renoncer à l'anthropophagie et au meurtre.

Buarate dit aux chefs : « Avançons ! » Il fit ranger ses guerriers avec un certain ordre, il les échelonna sur le passage des blancs, leur fit quelques recommandations auxquelles ils s'empressèrent d'obéir, et après avoir jeté un coup d'œil de satisfaction sur l'ensemble de ses *forces militaires*, il marcha la tête haute au-devant de ses visiteurs. Buarate portait sa plus belle coiffure, ornée de plumes et de fleurs éclatantes ; seul de tous les chefs, il avait une large ceinture d'étoffe rouge à laquelle était suspendu un petit sabre ou poignard, qu'il avait reçu en présent à bord du bâtiment sur lequel il avait été accueilli ; son casse-tête, qu'il tenait de la main gauche, était orné de sculptures et parsemé de petits clous brillants comme l'or.

Le sauvage cortège se mit en marche. Au détour d'un petit bois, il se trouva en face du chef des blancs et de son imposante escorte de marins bien armés. Buarate tendit la main au chef, et lui dit dans la langue de son pays, que traduisait un interprète :

« Sois le bienvenu, comme je l'ai été à ton bord : je tiendrai la parole que je t'ai donnée sur ton beau navire ; je fais alliance avec le grand chef de ton pays : je lui fais soumission ; tu lui diras que j'aime les blancs, que jamais je ne leur ferai ni ne souffrirai qu'il leur soit fait aucun mal dans toute *mon île*.

— Tu mens, Buarate, » s'écria une femme qui jusque-là s'était tenue à l'écart, et qui avait entendu ce que Buarate venait de dire. « Tu mens, » répéta-t-elle d'une voix plus forte encore. Elle dit ces mots en français d'abord ; puis elle les réitéra dans la langue des naturels. Buarate leva sa massue pour l'en frapper ; elle prévit le coup, l'évita et vint se réfugier près du capitaine.

Cette femme, c'était Maïda ; lorsqu'elle se vit hors d'atteinte et en sûreté au milieu de l'état-major étranger, elle cria plus haut cette fois encore pour être entendue de tous : « Tu mens, tu es un mangeur d'hommes ! Tu as chez toi deux blancs que tu gardes pour les manger, quand les blancs qui sont ici seront partis et que tu n'auras plus peur. »

A cette virulente apostrophe, Buarate perdit son assurance et resta un moment interdit.

« Qu'on fasse approcher cette femme, » dit le capitaine en voyant qu'elle s'était retirée après avoir parlé.

Il se fit alors un mouvement parmi les sauvages ; mais ils furent contenus par l'attitude ferme des marins, qui armèrent leurs fusils, prêts à faire feu au moindre indice d'hostilité.

« Qu'on fasse approcher cette femme, » reprit de nouveau le capitaine.

Maïda s'avança avec assurance.

« Elle est folle ! cria Buarate.

— C'est égal, je veux l'entendre. Qui es-tu ?

— Je suis de ce pays.

— Comment se fait-il que tu parles notre langue ?

— Je l'ai apprise de deux jeunes Français auxquels j'ai sauvé la vie.

— Où sont-ils ?

— Là-bas, dans la prison de Buarate.

— Que font-ils ?

— Ils attendent que Buarate les fasse tuer pour les manger.

— Dis-tu vrai ?

— Je dis vrai ; je suis chrétienne. » Elle montra sa croix d'or, qu'elle éleva bien haut.

« Répète à Buarate, dans la langue de ton pays, ce que tu viens de nous apprendre, » fit le capitaine.

Maïda obéit. Buarate eut un frémissement nerveux, et porta de nouveau la main à son casse-tête.

Le capitaine lui fit un signe impératif ; la massue s'abaissa.

« Qu'as-tu à répondre, Buarate ?

— Ce sont mes prisonniers de guerre ; je suis le chef et maître, et j'ai le droit d'en disposer suivant les lois du pays.

— Tu mens encore, Buarate ; ces enfants ne sont pas tes prisonniers de guerre : tes hommes les ont traîtreusement surpris et te les ont amenés.

— Qu'on leur rende la liberté tout de suite, dit le capitaine ; et qu'ils viennent, je veux les voir.

— Tu vas être obéi, » dit Buarate, qui vit bien que sa proie allait lui échapper.

Ce fut alors qu'on vint nous faire sortir de prison pour nous conduire, Tony et moi seulement, nous ne savions où. On fit rester Zéa, qu'on ne nous laissa pas le temps d'embrasser.

La marche fut si rapide, qu'elle ne donna ni à la réflexion ni à l'appréhension le temps de naître. Nous nous trouvâmes inopinément en présence de Français, de compatriotes ; mon émotion ne saurait s'exprimer par des paroles. J'aperçus Maïda, qui s'écria :

« Mais je n'en vois que deux !

— N'avez-vous pas parlé de deux blancs ? dit le capitaine.

— Oui, deux blancs et un autre qui était avec eux.

— Quel est cet autre.

— C'est Zéa, c'est mon fils ; c'est le frère des deux autres, ce sont mes trois enfants ! »

Cela paraissait inexplicable.

« Rendez cet enfant, Buarate, dit le capitaine.

— Mais il m'appartient.

— A quel titre ?

— Il est du pays.

— Est-il de votre tribu ?

— Non.

— Alors vous n'avez aucun droit sur lui, et je vous ordonne de le rendre. »

Buarate fut obligé de céder encore. Zéa fut amené. Nous nous jetâmes dans ses bras et dans ceux de notre bonne mère. Cette scène fit la plus vive impression sur tous les spectateurs.

Le capitaine nous dit avec affection : « Restez avec mes hommes, vous y serez en sûreté, j'aviserai ensuite. »

La marche continua ; mais j'étais si ému que mes larmes coulaient involontairement. La pauvre Malla, étourdie de ce qui s'était passé, regardait alternativement Zéa et nous, et ses regards avaient une expression de contentement et de tendresse : oh ! qui eût pu dire en ce moment qu'elle était laide !

Les tambours battirent, les clairons sonnèrent, et le drapeau national, le drapeau de la France, fut déployé solennellement sur cette terre d'anthropophagie : était-ce un songe ? « Mon Dieu, m'écriai-je, si c'est un rêve, ne m'éveillez pas ! »

Arrivés devant la case de Buarate, le spectacle devint magnifique : toutes les tribus se groupaient alentour sur des monticules de verdure et d'une façon très-pittoresque ; il y avait au moins six cents hommes d'une belle tenue, et je vis avec surprise que quelques-uns étaient armés de fusils de différentes dimensions ; derrière se trouvaient des femmes en grand nombre et des enfants. Le devant de la case de Buarate et la toiture étaient revêtus d'*ornements* composés d'ossements humains.

Le capitaine les fit enlever et rejeter au loin, en disant : « A bas ces horribles trophées ! » Puis, avant d'arborer le drapeau national sur la case, il dit à Buarate, en français, traduit par un interprète.

« Buarate, reconnaissez-vous la souveraineté de la France ? Prenez-vous ici l'engagement de lui être et de lui rester fidèle, de faire respecter et de défendre jusqu'à la mort le glorieux étendard qui va bientôt flotter sur votre résidence de Katégone (c'est le nom du village)? Ce drapeau est un signe sacré qui ne doit être confié qu'à des mains fidèles.

— Je le promets, comme je l'ai déjà fait, répondit Buarate.

— Vous engagez-vous à défendre expressément l'anthropophagie dans toute votre tribu, et le meurtre, pour quelque motif que ce puisse être, même par votre propre volonté ?

— Je m'y engage.

— Maintenant que vous en avez fait le serment en face de votre tribu, des tribus voisines et des Français, je vous renouvelle l'assurance que les intentions du gouvernement français sont toutes bienveillantes à l'égard de la population de ce pays, dont les droits de propriété restent intacts. Songez bien qu'un manquement à vos engagements vous attirerait un châtiment sévère et immédiat. »

Après ces paroles, qui produisirent un grand effet sur le chef et sur les assistants, le pavillon tricolore fut arboré sur la demeure de Buarate, et salué de vingt et un coups de canon, dont les détonations portèrent de vallée en vallée et d'écho en écho, vers l'intérieur, la nouvelle de la soumission du plus puissant chef du pays, de celui qui prenait le titre de roi et de souverain maître de l'île.

La cérémonie achevée, après une heure de repos sous de grands arbres, où le capitaine fit servir des rafraîchissements à ses hommes et nous invita à y prendre part, on quitta le village, et on se dirigea vers les embarcations armées en guerre qui avaient amené le cortége. Elles portaient deux cents hommes de débarquement et quatre obusiers de montagne.

CHAPITRE XXIV

Enfin nous savons où nous sommes. — Une cabine à bord de la corvette. — Du pain frais. — Audience du commandant. — Excellent accueil. — Confession générale. — Simples et bonnes paroles. — Travestissements. — Lettre et gracieuse réponse de M. de Montravel. — Surprise et terreur.

Nous prîmes place tous les quatre dans une de ces grandes chaloupes, qui nous conduisit à bord de *la Constantine*, stationnant à quelque distance du rivage, prête à fournir un nouveau détachement au moindre simulacre d'agression ou de rébellion qu'eussent tenté de faire les naturels à l'instigation de Duarate.

Dans la courte traversée de terre à *la Constantine*, j'appris enfin du commandant de l'embarcation le nom de l'île sur laquelle nous avions été jetés.

« C'est, me dit-il, la *Nouvelle-Calédonie*, que les naturels appellent *Balade*, qui n'est que le nom d'un port situé à quelque distance de nous. » Ce mot de Balade me fit souvenir de *Palakad*, dont Malla et Zéa m'avaient parlé.

Arrivés à bord de cette belle corvette, on nous désigna, sur l'ordre de son brave et digne commandant, M. Tardy de Montravel, une petite chambre ou cabine attenante à la sienne; et, dès que nous y fûmes installés, on nous apporta de la viande que nous pouvions manger en toute sécurité, celle-là, et du pain frais, sur lequel nous nous jetâmes avec un empressement qui étonnait Malla et son fils; quant à eux, ils n'osaient y toucher.

« A la bonne heure, dit Tony en voyant une table bien servie, voilà qui sent la France et me rappelle ma patrie. » C'est la première fois, je le crois bien, que le mot patrie sortait de la bouche de Tony. Le Havre ou Étretat, c'était là tout ce qu'il entendait par la France : quant à ce mot *patrie*, il l'avait retenu d'un des matelots de la chaloupe.

Mme Ida était pensive. Zéa semblait inquiet : il avait peur qu'on ne lui fît du mal.

« Tous ces blancs, me dit-il avec naïveté, ne sont peut-être pas bons comme toi et Tony; et puis ils ont avec et autour d'eux tant de choses qui tuent, tant de tonnerres grands et petits !

— Rassure-toi, Zéa, lui répondis-je, tu es cent fois plus en sûreté ici qu'au milieu des hommes de ton pays. Les blancs ne tuent que les méchants; et encore ne les tuent-ils qu'à leur corps défendant et lorsqu'ils n'ont pas d'autre moyen de les rendre meilleurs. »

Cette conversation fut interrompue par un des matelots du bord, qui nous dit que le commandant nous donnait audience. On commença par moi : je montai sur le pont, où je trouvai M. de Montravel causant avec quelques officiers de

10

son état-major. Il les invita à s'éloigner un peu, et quand je
fus seul avec lui, il m'interrogea avec bonté, et me demanda
comment j'étais arrivé dans la Nouvelle-Calédonie. Lorsque
je lui eus fait la relation franche et entière de mes aventures
et de celles de mon camarade Tony, il parut prendre à nous
le plus vif intérêt. Quand je lui parlai de cet oncle maternel
que j'avais à Sydney, il me dit qu'il le connaissait; que c'était
un homme riche qui jouissait dans le pays de la plus honorable réputation, et qu'il ne doutait pas du bon accueil qui
m'attendait près de lui, mais qu'il n'avait en ce moment aucun moyen de me faire transporter à Sydney; cependant il
m'invita à me tranquilliser. « J'aviserai, » me dit-il. Le digne
capitaine avait semblé prendre à mon récit un très-vif intérêt : il se montra même attendri en apprenant tout ce que
Maïda et Zéa avaient fait pour nous. « Ce que vous me dites,
jeune homme (ce sont ses propres expressions), me cause une
véritable satisfaction : j'apprends ainsi qu'il y a de braves
gens dans cette île, s'il y a beaucoup de coquins. »

Après m'avoir entendu, il me pria de redescendre et de
lui envoyer Tony, puis successivement Maïda et Zéa; il appela
ensuite un des hommes du bord, et lui donna un ordre que
je n'entendis pas. Mes compagnons d'infortune obéirent à l'invitation qui leur était faite. M. de Montravel les ramena lui-
même dans notre petite chambrette.

« Mes enfants, nous dit-il en s'adressant à Tony et à moi,
je ne puis vous faire partir pour la France; ma mission dans
ces contrées n'est pas finie; mais, en attendant qu'il vous soit
permis de revoir votre pays natal, je vais prendre les mesures
propres à assurer, pour quelque temps du moins, votre sécurité et vos moyens d'existence. Il y a dans un port voisin
d'ici, à Balade, un établissement fondé par de pieux et dé-
voués ministres de notre religion ; je vous y ferai conduire et
recommander. »

A peine étions-nous réinstallés dans notre cabine, que je
vis entrer un des hommes du bord chargé de deux gros paquets, qu'il s'empressa d'ouvrir et dont il déploya le contenu
devant nous : « C'est de la part de M. notre commandant,
nous dit-il. Essayez-moi cela, et choisissez.

quel de vous est M. Édouard Dupont?

— C'est moi, répondis-je.

— Alors, jeune homme, ce qui est dans ce paquet est pour vous. »

C'était du linge fin, des bas, des souliers, un pantalon de nankin, un pantalon léger de drap bleu, un paletot de même étoffe, une veste de cotonnade blanche à raies roses, et deux cravates, l'une de coton, l'autre de soie.

A l'aspect de cette luxueuse garde-robe, je ne pus contenir un mouvement de joie à la fois et de reconnaissance. « M. le commandant est trop bon, m'écriai-je, de nous traiter ainsi. »

Le second paquet renfermait deux pantalons de toile écrue, deux vestes rondes, deux chemises de toile commune, des bas, des souliers et deux chapeaux de paille. « Ceci est pour ces autres messieurs, » dit le matelot.

Lorsque je vis que mes compagnons d'infortune étaient moins bien traités que moi, je refusai les vêtements qui m'étaient offerts, et, trouvant sur une table ce qu'il fallait pour écrire, je traçai ces quelques lignes, que je priai le marin de remettre à M. de Montravel :

« Monsieur le commandant,

« Je ne sais comment vous exprimer ma vive gratitude
« pour l'envoi que je viens de recevoir de votre part. Vous
« m'avez autorisé à vous adresser une demande : eh bien !
« monsieur le commandant, ce n'est pas une demande, c'est
« une grâce que j'ose vous prier humblement de ne pas me
« refuser. Mes deux frères ont été mes compagnons de mi-
« sère sur la terre où nous allons rentrer; nous sommes tous
« les trois égaux par le malheur, veuillez donc me traiter
« comme eux : qu'il n'y ait pas parmi nous un monsieur et
« deux inférieurs; qu'il y ait trois frères, trois membres
« d'une même famille. Ne vous offensez pas de mon refus
« d'accepter le don que votre bon cœur et votre extrême
« bienveillance vous ont porté à m'offrir, et pardonnez-moi
« la liberté avec laquelle je sollicite la faveur d'obtenir les
« mêmes vêtements que ceux que vous avez envoyés à Tony
« et à Zéa. »

Je pliai ce billet et le remis au marin, en le priant de le porter à M. de Montravel avec le paquet qui m'était destiné.

« Je veux bien, me dit-il, remettre le billet; mais je n'ai pas ordre de reprendre le paquet. » Et il sortit. Au bout d'une demi-heure il revint avec un autre paquet et ces deux lignes :

« Vous êtes un excellent jeune homme; je fais ce que vous
« désirez; mais vous me désobligeriez beaucoup de refuser
« ce que contient cette boîte. »

Signé de ces initiales : T. de M.

J'ouvris la boîte, c'était une petite montre d'argent avec une chaîne du même métal.

« Oh ! la jolie montre ! s'écria Tony; est-ce pour vous, monsieur Édouard ?

— Dites pour nous, Tony; je n'ai rien ici et ne dois rien avoir de plus que vous. Cette montre est à nous trois, nous la porterons tour à tour. »

Je déposai le bijou sur la table. Zéa s'approcha, prit la montre; mais ayant entendu le mouvement de cette montre, il la repoussa de la main.

« Est-ce un génie, me dit-il, qui est là-dessous et qui fait ce bruit ?

— Non, mon ami, c'est une ingénieuse création de main d'homme; je t'expliquerai cela ce soir.

— Est-il bête ! » s'écria Tony.

Je lançai un regard indigné sur l'auteur de cette sotte exclamation; Tony baissa la tête, il m'avait compris.

J'avais hâte de me débarrasser de mes guenilles. Je priai le marin, qui attendait pour reprendre le paquet, de me conduire dans un lieu où je pusse procéder à cette toilette; il m'indiqua un cabinet voisin de notre chambre où je trouvai tout ce qui était nécessaire. Je m'estimai cent fois plus heureux avec ces vêtements grossiers, que jamais ne le fut le monarque en couvrant ses épaules d'un manteau de pourpre et d'or.

Vint le tour de Tony, qui subit avec le même plaisir la même métamorphose. Quant à Zéa, ce fut une autre affaire; que d'instances il fallut, que de supplications, pour le déterminer à enjamber un simple pantalon !

Enfin on apporta à Maïda un morceau d'une belle étoffe rouge à carreaux verts, simulant un châle, que le marin jeta sur ses épaules.

CHAPITRE XXV

Cordiale hospitalité maritime. — *La Constantine*. — Libéralité et prévoyance. — Débarquement. — La mission. — Le R. P. Rougeron. — La chapelle. — Actions de grâces.

Le troisième jour, une embarcation se détacha de *la Constantine*, et nous conduisit à bord du *Prony*, qui se trouvait à Balade.

M. de Montravel, que nous ne quittâmes pas sans un vif et sincère regret, voulut mettre le comble à ses bienfaits en faisant embarquer avec nous du biscuit, des barils de viande salée et d'autres provisions. « Je ne veux pas, nous dit-il, que vous soyez à charge à vos hôtes; ces bons pères ont souvent assez de mal à pourvoir à leur propre subsistance; mais je crois que leurs plus mauvais jours sont passés, grâce à la protection efficace que la France étend aujourd'hui sur eux. »

Le lendemain, par le plus beau temps du monde, nous débarquâmes au port de Balade. Le commandant du *Prony* nous montra au lever du soleil l'établissement de la mission des Frères Maristes. Je vis des constructions peu élégantes, mais à la française, qui, du plus loin que je les aperçus, portèrent la joie dans mon âme; nous débarquâmes sans obstacles, et nous fûmes dirigés vers notre nouvelle résidence par un des officiers du bord, porteur d'une lettre de M. de Montravel pour le supérieur de la mission.

On nous conduisit dans une cour assez spacieuse, où se tenaient quelques noirs occupés à divers travaux. L'un d'eux vint à notre rencontre; il salua l'officier, nous dit gracieusement bonjour en français, et nous conduisit dans une vaste salle basse: « Je vais, nous dit-il, prévenir M. le supérieur de votre bonne arrivée. »

Au bout de quelques minutes, nous vîmes entrer un vénérable ecclésiastique, dont le noble visage annonçait à la fois l'énergie, la fermeté et une douce mansuétude. C'était le père Rougeron, qui gérait les missions de la Nouvelle-Calédonie en l'absence de Mgr Douarre, évêque d'Amatha, vicaire apostolique de l'Océanie occidentale. Il nous fit asseoir, reçut des mains de l'officier la lettre de M. de Montravel, et lorsqu'il en eut pris connaissance : « Monsieur Édouard Dupont, » dit-il. Je me levai; le supérieur jeta sur moi un regard de bienveillance mêlé de surprise. Il allait m'interroger; mais sans doute une réflexion lui vint, il m'invita à m'asseoir, et la conversation roula sur d'autres affaires dont l'officier avait à l'entretenir, et qui concernaient les missions.

« Mon révérend père, lui dis-je lorsque je pus parler sans commettre d'indiscrétion, je vous amène une femme qui, avant d'être chrétienne, a pratiqué les premiers préceptes de notre sainte religion; elle a montré un dévouement sans bornes, une charité inépuisable et infatigable envers deux malheureux naufragés qu'elle a recueillis, nourris, soignés, et dont elle a fait ses enfants adoptifs. Aussi Tony, mon camarade, et moi, nous l'aimons et la vénérons comme une mère. Voici Zéa, son véritable fils, brave, généreux, intelligent et dévoué autant que sa mère; nous leur devons la vie; vous daignerez, mon révérend père, acquitter la dette que nous avons contractée envers eux, en demandant pour la mère et le fils les bénédictions du Ciel, et en les éclairant l'un et l'autre des vives et saintes lumières du christianisme.

— Ce que vous dites là, mon fils, réjouit mon cœur, me répondit le père : allons tous remercier Dieu des grâces qu'il vous a faites en vous couvrant de sa protection pour vous soustraire à tous les dangers que vous avez courus; suivez-moi donc, mes chers enfants; car vous êtes tous mes enfants et mes frères en Jésus-Christ. »

Le père nous fit traverser un long corridor; il ouvrit une petite porte, et nous nous trouvâmes dans la chapelle de la mission, décorée avec une grande simplicité.

Je n'essaierai pas d'exprimer l'émotion qui me pénétra en me voyant, à des milliers de lieues de mon pays, dans ce modeste temple du Seigneur, orné de tous les emblèmes du culte dans lequel j'étais né. Tony semblait éprouver la même satisfaction. Maïda et Zéa, dont cet imposant spectacle frappait les yeux pour la première fois, étaient interdits et ne savaient que penser de ce qu'ils voyaient ; je les fis s'agenouiller avec nous sur les marches de l'autel, et le ministre du Dieu vivant entonna le cantique d'action de grâces ; ensuite il nous donna sa bénédiction.

Le révérend père nous conduisit lui-même dans une vaste salle, et nous fit servir une collation composée de fruits et de laitage.

« Monsieur Édouard, me dit Tony, ne trouvez-vous pas qu'on serait bien heureux d'habiter ici, et de n'avoir plus peur d'être mangés !

— Très-heureux, Tony ; mais nous le serions davantage et complétement, si vous et moi nous avions un autre bonheur : celui de retrouver l'un et l'autre notre père...

« Et toi, Zéa, ne serais-tu pas content d'y rester avec nous ?

— Frère blanc, répondit-il, serai-je renfermé ici sans pouvoir sortir, sans aller où je voudrai, sans courir comme auparavant les plaines et les montagnes, sans me promener sur les rivages de la mer, sans visiter les tribus où j'ai des amis, sans lancer ma fronde, ma lance ?

— Zéa, mon frère, mon ami, personne ici n'a l'intention de te retenir de force et contre ta volonté. Tu es libre en ces lieux autant et plus que tu ne l'étais là-bas ; c'est une assurance que je dois te donner. Essaie un peu de cette vie de calme et de paix qui nous est si nécessaire après tant de fatigues, et, dès qu'elle cessera de te plaire, tu la quitteras. Mais, Maïda, notre bonne mère !... »

Ces mots lui allèrent au cœur. « Eh bien, j'essaierai de rester avec vous, me dit-il, » Maïda fit un mouvement de joie.

La journée se passa en promenades aux environs de la maison et dans le jardin de la mission. Le soir venu, après un repas confortable, un des frères nous conduisit chacun dans une cellule particulière, où nous ne tardâmes pas à jouir des bienfaits d'un sommeil sans trouble et sans alarmes.

Le lendemain, le père Rougeron vint lui-même dès le matin me trouver dans ma cellule. Édouard, me dit-il, vous avez manifesté hier un vif désir de visiter notre établissement; voulez-vous que je vous accompagne?

— Bien volontiers, mon père. »

J'obéis. Le saint missionnaire me montra un grand corps de logis.

« Nous allons commencer par l'infirmerie. »

C'était un petit bâtiment isolé, construit en briques et disposé avec beaucoup de convenance. Je montai quelques marches qui donnaient entrée dans une espèce d'antichambre; puis il frappa un dernier coup à une porte de côté qu'il ouvrit aussitôt, il pénétra seul dans une autre pièce, et me dit : « Attendez, je viendrai vous avertir quand il sera temps. »

J'étais dans un état d'extrême perplexité; le cœur me battait à me briser la poitrine, et pourtant j'éprouvais je ne sais quelle douce émotion. Je restai pendant quelques minutes dans cet état; puis la petite porte s'ouvrit, et le missionnaire me dit : « Venez... » J'entrai dans une petite chambre où régnait une obscurité presque complète. D'abord je ne pus rien distinguer; un des contre-vents fut ouvert avec précaution, et j'aperçus couchée au fond de la chambre, sur une espèce de lit de repos, une personne dont la tête était enveloppée de linges.

Le missionnaire me prit la main, me conduisit vers cette personne, et me dit : « Édouard, voici votre père, jetez-vous dans ses bras. »

Je me précipitai à ses genoux. « Mon père ! m'écriai-je, serait-il vrai ?

— Oui, ton père, dit une voix que je ne pus méconnaître, car elle me pénétra l'âme : ton père qui doit la vie à...

— A Dieu ! reprit vivement le père Rougeron.

— A Dieu, qui m'a envoyé en vous son ministre sacré, un ange pour verser le baume sur mes blessures corporelles et cicatriser les plaies de mon cœur, sur lequel vous placez aujourd'hui mon fils bien-aimé. »

Le père Rougeron jouissait de cette scène, ménagée par lui avec un soin qui témoignait de sa longue et prévoyante sollicitude. Il écarta un peu plus le rideau, et je pus voir le respectable visage de mon père; mais combien il était changé! Blessé grièvement à la tête, longtemps on avait craint pour sa vie, et longtemps aussi pour sa raison, qui était encore si faible, qu'une conversation prolongée eût pu la compromettre.

« Retirons-nous, mon cher enfant, me dit le missionnaire; l'émotion de cette première entrevue pourrait être fatale à votre père. Je n'ai permis, ajouta-t-il en tirant sa montre, que cinq minutes d'entretien : elles sont écoulées, séparons-nous. »

Je saisis la main de mon père et la baisai; je saisis la main du père Rougeron et la portai à mes lèvres. Le missionnaire appela un frère infirmier qui se tenait dans une pièce voisine; puis il fit signe à mon père de rester calme, lui promettant une seconde visite; et nous nous retirâmes.

« Votre père, me dit le missionnaire, est le seul qui ait échappé au naufrage; tout le monde a péri : on nous l'a ramené comme un cadavre. Heureusement nous nous sommes aperçus qu'il avait encore un souffle de vie, et nous avons été assez heureux pour le lui conserver.

— Et le père de Tony ?

— Je vous ai dit, mon fils, que tous étaient morts. Allez trouver votre camarade et amenez-le dans ma chambre, sans lui dire un mot de ce qui vient de se passer. »

J'obéis à l'instant.

« Tony, lui dis-je, le père Rougeron, que je viens de quitter, m'a chargé de vous ramener près de lui. »

Et Tony me suivit sans me questionner, ce qui m'étonna.

Lorsque nous fûmes en présence du bon missionnaire, il prit la main de Tony, le fit asseoir, et lui dit :

« Mon ami, j'avais aujourd'hui deux nouvelles à donner, une bonne et une mauvaise; j'ai commencé par la bonne: M. Édouard Dupont a retrouvé son père, malade encore, mais en voie de rétablissement. Vous, mon cher enfant, vous avez perdu le vôtre; nous lui avons rendu les derniers devoirs, et il repose dans notre cimetière. Nous avons prié pour lui, vous allez prier aussi à votre tour; allons à la chapelle. Vous prierez, Tony, pour le repos de son âme; et vous, Édouard, vous rendrez à Dieu des actions de grâces pour la conservation des jours de votre père. »

Ces simples paroles, dites avec une onction bien sentie,

10*

arrachèrent des larmes à Tony, et je ne pus retenir les miennes.

« Mon pauvre père est mort ! s'écria-t-il.

— Oui, lui dis-je ; mais Dieu vous en a donné un autre dans ce digne et excellent prêtre, qui a des consolations pour toutes les infortunes. »

Le père Rougeron attacha au bras de Tony le crêpe funèbre. « C'est, lui dit-il, le seul signe de deuil que vous porterez ; mais il suffira : le deuil d'un père est dans le cœur de son fils. »

Et nous nous rendîmes tristement à la chapelle, où le pieux missionnaire dit à demi-voix des prières qu'il nous invita à répéter. Ensuite nous nous retirâmes, Tony et moi, avec des impressions diverses : la joie d'avoir retrouvé mon père était tempérée encore par le triste état dans lequel je l'avais vu. « Rassurez-vous, me dit le missionnaire en nous quittant, votre père est hors de danger ; vous lui avez, par votre présence, apporté le remède le plus efficace. Combien de fois, dans ses nuits de délire, ne vous a-t-il pas appelé ! Il vous demandait sans cesse ; mais, ignorant votre conservation, nous ne pouvions pas même lui laisser l'espoir de vous embrasser un jour. »

Je fis part à Zéa et à Maïda de l'heureuse nouvelle que j'avais apprise, et je m'attendais à voir éclater chez eux la joie qu'elle avait répandue dans mon âme : il en fut autrement.

« Tu as retrouvé ton père, me dit Maïda avec un pénétrant accent de tristesse, et tu n'aimeras plus moi !

— Ton père t'emmènera quand il sera guéri, dit Zéa, et tu n'aimeras plus ton frère noir ! »

Il y avait, dans ces appréhensions si franchement et si naïvement exprimées, un sentiment de vive affection qui m'émut au dernier point.

« Je vous aimerai toujours et toute ma vie, leur répondis-je ; j'ai eu le bonheur de revoir mon père : Dieu, qui me l'a rendu, me fera peut-être la grâce de vivre longtemps avec lui ; mais Maïda sera toujours ma mère, Zéa sera mon frère, et mon père vous aimera tous deux comme je vous aime moi-même, lorsque je lui aurai appris que c'est à vous qu'il doit la conservation de son fils. S'il désire quitter le pays, je me

sour...ttrai à sa volonté ; mais nous partirons tous ensemble :
si nous allons dans ce beau pays de France dont je vous ai
parlé, et que je regrette moins depuis que j'ai retrouvé mon
père, vous serez avec nous, toujours avec nous.

— C'est bien parlé, frère, dit Zéa ; mais tu m'as dit qu'ici,
où nous sommes, c'est aussi la France : et pourquoi aller si
loin quand nous pouvons être heureux ici ? et puis, mère est
vieille ! »

Toujours sa mère..., excellent cœur !

Enfin le fils et la mère se montrèrent satisfaits l'un et
l'autre de l'assurance que je leur donnai de ne les quitter
jamais.

Le lendemain, je retournai chez le père Rougeron.

« Je vois ce qui vous amène, me dit-il, monsieur le docteur. » A ce mot je restai étourdi. « Oui, docteur, excellent
docteur ; car vous avez guéri notre malade, guéri ou à peu
près. Cependant vous ne le verrez pas aujourd'hui ni demain,
mais dimanche seulement, et à la messe ; car il ne veut quitter
sa chambre que pour aller à l'église. Je ne m'y suis pas opposé ; je le crois en état d'assister au saint sacrifice sans crainte
d'une rechute.

— Deux jours, c'est bien long, mon père, lui dis-je.

— Je comprends votre impatience ; mais ces deux jours
me sont nécessaires, à moi, pour le préparer à certaine entrevue. »

Je passai ces quarante-huit heures avec Zéa, lorsque ses
instructions religieuses, qu'il suivait assidûment depuis qu'il
avait dit : « Je veux être chrétien, » lui laissaient le loisir
d'une amicale causerie.

Tony, reprenant avec joie son premier état, s'était fait
agréer par le maître charpentier de la mission, et travaillait
constamment avec lui.

CHAPITRE XXVI

L'office dominical. — Le double baptême. — L'adoption chrétienne. —
Projets. — Les premières inlinations. — La sainteté du serment. —
Arrivée d'un vapeur français. — Désespoir de Zéa. — Départ pour
Sydney. — Résolution héroïque.

La cloche de la modeste église de la mission appela les
fidèles à l'office dominical.

Des siéges avaient été disposés près du chœur pour mon
père, pour Tony et pour moi ; il s'en trouvait deux autres que
je désirais bien voir également occupés. Mon père entra s'appuyant sur le bras d'un prêtre ; il était suivi de Maïla et de
Zéa. Maïla avait une robe, une véritable robe d'étoffe légère, un châle et un chapeau de paille, qu'elle ôta en entrant
dans la chapelle. Tous deux occupèrent les places réservées.
« J'ai vu et entendu, me dit mon père, ces deux bons Calédoniens qui t'ont sauvé la vie ; j'ai appris d'eux tout ce que je
voulais savoir ; ce sont de braves gens, et j'en aurai soin.
Nous allons en prendre le solennel engagement. »

En ce moment le prêtre monta à l'autel pour commencer le
saint sacrifice, et chacun de nous se retira dans sa conscience
pour s'unir aux prières du ministre du Dieu vivant. La chapelle était remplie de naturels des deux sexes, qui assistaient
à l'office avec un recueillement de vrais et vieux chrétiens.

La messe finie, le père Rougeron en surplis et avec l'étole
nous invita à le suivre dans une toute petite chapelle attenante
à la grande. Mon père s'appuya sur mon bras ; mais c'était
plus par affection que par besoin : car son pas était assuré,
et sa vue, altérée par de graves blessures et de cruelles souffrances, était assez bien rétablie pour qu'elle pût diriger sa
marche.

C'était la chapelle des fonts baptismaux.

Zéa avait été préparé à recevoir le premier sacrement de
l'Église ; pour Maïda, on devait suppléer les cérémonies du
baptême.

« Acceptez-vous, nous dit le missionnaire après une courte et touchante allocution, d'être, vous, monsieur Dupont père, le parrain de Maïda, ici présente ; et vous, monsieur Dupont fils, le parrain de Zéa ? »

Ayant répondu affirmativement l'un et l'autre, on fit approcher deux femmes chré iennes du pays, qui se présentaient comme marraines des deux néophytes.

Alors commença la sainte et édifiante cérémonie.

Voici les noms que reçurent les deux baptisés :

MAÏDA MARIA DUPONT. — ZÉA ÉDOUARD DUPONT.

Le premier, à cause de leur origine calédonienne ; le second, pour Maïda, en l'honneur de la sainte Mère de Dieu, et le troisième en mémoire de leur parrain.

« C'est pourtant ta petite croix d'or, Édouard, qui a fait tout cela, me dit Maïda ; et cette petite croix, la voici, ajouta-t-elle en la tirant de son sein : faut-il te la rendre ?

— Oh ! non, lui répondis-je ; elle appartenait à ma première mère : qu'elle reste longtemps sur le cœur de la seconde ! »

Huit jours se passèrent dans une douce intimité. Un matin, j'étais à conférer avec mon excellent père sur le genre de vie que nous pourrions adopter. « Aimes-tu encore les voyages ? me dit-il.

— Mon père, ce que je préfère en ce moment, c'est de rester ici avec vous.

— Je le vois, tu aimes les sauvages, quoiqu'ils aient failli plusieurs fois te manger. Eh bien ! qui nous empêchera de nous établir ici ? J'achèterai un vaste terrain sous la protection des forts que la France fait élever près de nous ; il nous sera facile de construire une belle et vaste habitation, entourée de plantations et de jardins ; et, pendant que tu te livreras à tes goûts horticoles, j'essaierai de faire quelques affaires de négoce. Il faut bien que je m'occupe un peu suivant mes inclinations. Tes sauvages, tu les civiliseras, si tu le peux : tâche difficile, à ce que j'ai ouï dire. Nous aurons, en outre, dans nos excellents missionnaires une société dont j'ai déjà apprécié le charme et les avantages ; puis, malgré cela et les petites relations que je pourrai établir avec les îles voisines, si l'ennui vient à nous gagner, eh bien ! mon fils, nous retournerons dans notre vieille Europe. »

Ces projets réalisaient des rêves que souvent j'avais faits. Aussi mon père fut-il heureux d'apprendre qu'ils avaient mon complet assentiment.

« Avant tout, reprit-il, nous ferons une visite à Sydney.

— Vous voulez encore, mon père, vous exposer aux hasards de la mer, courir les mêmes dangers auxquels nous avons miraculeusement échappé et tenter la Providence ?

— Mon fils, j'ai promis à ta mère d'aller un jour serrer la main de son frère ; il ne faut pas manquer à une promesse solennellement faite au chevet d'un mourant, promesse dont la mort seule pourrait me dégager. Dans les choses du monde, vois-tu, comme dans les affaires du commerce, une obligation contractée doit être remplie, coûte que coûte, sous peine de forfaire à sa parole et de manquer à ses engagements. Nous irons donc à Sydney ; mais comme l'échéance de l'obligation n'est pas indiquée, nous choisirons un beau temps, un bon navire et un capitaine expérimenté. »

Après cet entretien, nous quittâmes la terrasse, sur laquelle le soleil commençait à plomber, et nous rentrâmes dans la chambre de mon père, où la conversation continuait sur le même sujet, lorsqu'elle fut interrompue par l'arrivée d'un frère. « Monsieur, dit-il en s'adressant à mon père, le père Rougeron vous fait informer qu'on nous signale en ce moment l'arrivée d'un vapeur de guerre français.

— D'où vient-il ?

— Je l'ignore ; mais le père vous invite à descendre au parloir. »

Le vapeur annoncé était français, comme le frère l'avait dit ; il arrivait de Sydney, avec une mission se rattachant à la prise de possession de la Nouvelle-Calédonie. « Le commandant sera ici dans une heure, ajouta mon père ; je le verrai. »

Mon père resta longtemps au parloir. Lorsqu'il revint :

« Édouard, me dit-il, je quitte le commandant du vapeur que j'ai trouvé chez le missionnaire. J'ai eu avec lui un sérieux entretien ; il ne stationnera que huit jours ici. Il retourne à Sydney, et accepte la proposition que je lui ai faite de nous y transporter ; c'est une excellente occasion, et c'est par une faveur toute spéciale qu'il consent à nous prendre à son bord ; mais il m'a déclaré que nous serions, toi et moi, les seuls passagers ; il a des ordres formels à ce sujet et ne saurait dépasser ce nombre.

« En attendant notre départ, ajouta-t-il, emploie les quelques jours qui nous restent à de bonnes œuvres. Tiens, voici de l'or ; va conférer avec tes amis, avec le missionnaire, avec le frère Joseph surtout, un Calédonien converti qui m'a semblé fort au courant des misères de ses compatriotes ; et ces misères, tu les adouciras autant que possible en faisant distribuer des vivres à ceux qui en manquent, sans distinction des chrétiens et de ceux qui ne le sont pas. Je ne veux pas qu'autour de nous un Calédonien souffre de la faim, ni, s'il est malade, qu'il manque de soins, de secours et de médicaments. Nos bons missionnaires, malgré l'ardeur de leur zèle, ne peuvent suffire à tout ; il faut bien les aider un peu.

« Mon intention est de ramener un médecin de Sydney, de lui offrir un traitement élevé, pour qu'il vienne fixer ici sa résidence.

« Dans les nouvelles converties, nous trouverons une douzaine de femmes dont nous ferons des sœurs de charité ; Maïda en sera la supérieure : tu sais que ce titre lui est justement dû. Nous causerons de tout cela, mon ami, dans la traversée. »

Oh ! le noble cœur que le cœur de mon père ! combien il entrait spontanément dans mes vues, et combien en ce moment je me sentais plus heureux encore de ce que Dieu me l'avait conservé.

Je quittai mon père et j'allai trouver Maïda, Tony et Zéa, que je réunis dans le jardin de la mission, où ils se plaisaient beaucoup ; là je leur fis part des résolutions arrêtées.

Tony ne fit aucune objection ; il se trouvait bien de la position qui lui était faite. Maïda, dont la vie était heureuse, calme, exempte de fatigue et de toute appréhension , me dit qu'elle y renoncerait volontiers cependant pour ne pas se séparer de moi, mais qu'elle essaierait de se consoler par l'espoir d'un prompt retour, et qu'elle prierait Dieu sur sa petite croix

d'or, afin qu'il écartât de moi tout danger. Et en disant cela
une larme s'échappait de ses yeux ; c'était une résignation
purement et saintement chrétienne.

Il n'en fut pas ainsi de Zéa : l'espèce de sauvagerie primitive qui sommeillait toujours dans son esprit se réveilla sou-
dainement, mais avec d'ineffables instincts.

« Frère, me dit-il, j'ai toujours pensé que, lorsque tu aurais retrouvé ton père, tu partirais avec lui, et que tu laisse-
rais ici celle à qui tu disais mère, celui à qui tu disais frère, et
j'ai pensé vrai. Si tu t'en vas, tu ne reviendras plus. Mieux
valait me laisser sauvage, et non chrétien ; mieux valait n'a-
voir pas fait semblant de m'aimer, de nous aimer, mère et
moi, que de nous laisser ainsi et de partir, nous qui voulions
te suivre toujours. Vois mère, elle pleure ; je ne pleure pas,
moi, je suis homme, et pourtant... » En disant ce mot, sa
poitrine était gonflée.

« Zéa, mon ami, mon frère, je ne t'ai pas donné mon nom
pour renier et abandonner jamais celui que j'ai juré, sur les
saints fonts du baptême, d'aimer, de secourir et de protéger,
comme tu m'as aimé, secouru et protégé. Sois donc sans inquiétude ; je pars, mais je reviendrai, je t'en donne ici ma
parole de chrétien ; je reviendrai, ou Dieu, qui nous entend,
m'aura dégagé de ma parole en m'appelant à lui.

— Mais pourquoi ne pas m'emmener avec toi, avec ton
père, qui a dit qu'il était aussi le mien, et qui ne prend avec
lui qu'un de ses enfants ? N'y a-t-il donc pas sur le navire
une place, si petite qu'elle soit, pour le pauvre Zéa Dupont,
comme il y en a pour Édouard Dupont ?

— Mon ami, le commandant du vapeur, qui en est le maître
et qui a des ordres, ne peut prendre que deux personnes à son
bord : il est inflexible sur ce point, et rien ne peut changer sa
résolution.

— Rien ! » dit tristement Zéa. Il n'ajouta pas un mot, et
lorsque je le quittai je n'avais pu obtenir qu'il rompît son
silence.

Le lendemain, je fis part à mon père de cette conférence,
qui m'avait douloureusement affecté, en même temps qu'elle
m'avait donné une preuve bien touchante du sincère attache-
ment de Zéa. « Mais nous n'y pouvons rien, me répondit mon

père ; et comme mon séjour à Sydney ne sera pas de longue
durée, Zéa n'aura pas longtemps à souffrir de ton absence. Si
elle se prolonge, eh bien ! nous le ferons venir avec sa mère,
dussé-je fréter à moi seul un navire pour les prendre ici. »

Je remerciai mon père de ses excellentes intentions, et je ne
manquai pas de les faire connaître à Zéa dans la soirée même.
Il m'écouta avec une désolante impassibilité...

Nous sommes à bord du vapeur, qui marche hardiment et
fièrement à travers les écueils de corail. Les adieux m'ont fait
mal : Mi-Ida a pleuré, Tony seul avait l'œil sec ; mais Zéa,
pauvre Zéa ! « Tu ne veux donc pas m'emmener, frère ? » telles
avaient été ses dernières paroles ; et s'il ne s'était pas refusé à
mes embrassements, l'oppression qui le suffoquait témoignait
éloquemment de la peine intérieure que lui causait notre sé-
paration. J'avais fait une nouvelle démarche auprès du commandant du vapeur ; mais, inflexible comme le destin, il
avait, avec toutes les formes de la plus exquise politesse,
repoussé mes supplications, s'appuyant toujours sur la lettre
de ses instructions officielles.

Trois heures s'étaient écoulées depuis notre départ du port
de Balade ; le temps était magnifique, la mer unie comme une
glace, et nous ne voyions presque plus que le sommet de la
longue chaîne des montagnes calédoniennes. Après avoir dou-
blé la pointe de l'îlot, nous aperçûmes une pirogue qui nous
devançait de quelques centaines de brasses. Nous l'eûmes bientôt dépassée. Elle était montée par quatre ou cinq naturels,
cachés en partie par la voile. Lorsque le vapeur passa près de
l'embarcation, il se fit un mouvement à son bord : on eût dit
qu'elle voulait nous accoster ; mais on ne tint pas compte de
sa manœuvre.

Aussitôt un de ces hommes se dressa sur la lisse de la pirogue et se jeta à l'eau. Nous étions sur le pont. Tout l'équipage du navire poussa un cri immense : « Cet homme est
perdu, un requin suit ses traces ; voyez-vous comme le
monstre s'approche de sa proie : il va la saisir, déjà son
ventre blanc et argenté devient visible. » Tout aussitôt on
met en usage à bord les moyens à l'aide desquels on parvient
quelquefois à effrayer un requin, tels que les battements de
mains, les cris, les coups d'aviron dans l'eau.

Mais l'homme, qui sans doute ignorait l'imminence du danger dont il était menacé, ou qui le dédaignait, gagnait toujours et s'approchait de nous. « Il faut sauver ce malheureux, dit le capitaine. C'est un fou sans doute, mais c'est un homme. » Il fit arrêter le bâtiment, puis il donna l'ordre de le diriger vers le nageur. On arriva près de lui. Cependant le requin, qui ne le perdait pas de vue, nageait vivement, et l'homme ne le distançait plus que de quelques pas. Enfin on lui jeta une bouée. L'anxiété devint générale, c'était le moment qui devait décider du salut ou de la mort affreuse de cet homme ; je retenais ma respiration, aussi ému que si j'eusse été en péril. La corde de la bouée était tenue sur le pont par quatre vigoureux marins ; le nageur la saisit, s'y accrocha ; elle fut rapidement hissée à bord. Le bruit redoubla, le monstre hésita ; l'homme était sauvé et hors des atteintes du monstre, lorsque le requin, la mâchoire ouverte, vint se heurter rudement contre les bordages.

Une demi-seconde de plus, c'en était fait de l'homme.

Cet homme, c'était Zéa !

Il se précipita dans mes bras et me dit : « Me voici avec toi ; on ne me jettera pas au requin, peut-être.

— Non, dit le capitaine. Vous aviez vu le requin, vous êtes un brave, vous viendrez avec nous : mes instructions ne me défendent pas de recueillir ceux qui sont en péril de mer. »

Et le navire reprit sa marche...

FIN

TABLE

—

CHAPITRE I

Ma vocation. — Départ du Havre pour Liverpool. — *L'Anna* et le capitaine Burns. — La chapelle catholique. — La mer. — La vie de bord. — Le fils du charpentier. — Souvenirs du pays. — Baptême maritime de Tony. — Le père Besson. — Mon mousse. — Morale paternelle.   7

CHAPITRE II

Départ pour Sydney. — Itinéraire. — L'Océanie. — Les archipels. — Les maçons imperceptibles. — Un continent qui se crée avec des ouvriers lilliputiens. — Les mers de corail. — Merveilleux travai.. — La grande barrière. — Noukalva. — Déception. — Les îles maigres. — Les îles grasses. — Naissance des îles et de la végétation. — Les Samoa. — Opoulou. — Nouvelle déception   14

CHAPITRE III

Futuna. — Un festin comme on en voit peu. — Singavi. — Petelo le baleinier couronné. — Ses voyages. — Sa conversion. — *L'Arche d'alliance.* — Drapeau donné à Sam par le roi des Français. — Lettre de Louis-Philippe. — Fête générale. — Banquet d'amis. — Cantiques. — Bénédiction épiscopale. — Le martyre. — Le repentir. — Le pardon. — Départ. — Les Français de la Polynésie. — La tempête. — Le naufrage   19

CHAPITRE IV

Le diable et l'ange gardien. — Terrible souvenir. — Pauvre *Anna*. — Une joie sauvage. — Une main providentielle. — Trésor de sollicitude. — Un pays inconnu. — Des fruits empoisonnés. — Éloquente pantomime. — La cuisinière à l'œuvre. — Captivité salutaire. — Un trou de rocher. — La prière. — La chanson. — Un grand danger. — Trois inconnus féroces. — Un horrible repas. — Jubilation de gourmandise. — Maïda. — Une poire pour la soif   27

CHAPITRE V

Le danger s'éloigne. — L'appétit d'un Normand. — La vigilante pourvoyeuse. — Convalescence. — Comment on peut devenir anthropophage. — Singulière exclamation. — Les œufs de tortue. — Encore la
fièvre. — Un nouveau péril. — Échange de langage. — Un spectacle
magique. — Imprudence de Tony. — Fanfaronnade. — La marmite
renversée. — Les maraudeurs. — Voyage en pays inconnu. — Le
serpent délie la langue de la femme. — Maigre pitance. — Ce dont
une femme sauvage est capable. — Une pointe de jalousie. — Un beau
paysage. — Les deux joies de Tony. — La pêche miraculeuse. — Les
bons et les mauvais. — Les cocotiers. — Défiance et malice. — Un avis
maternel   39

CHAPITRE VI

Les moustiques. — Kart.   La hutte. — Sculptures sauvages. — Maïda
chez elle. — Le mobilier d'un naturel. — Vin de coco. — Tatouage
nocturne. — Les petits ouvrages d'un indigène. — Nouvelle alerte. —
La grotte mystérieuse. — Conversation secrète. — Visite périlleuse. —
Les deux pères. — La petite croix d'or. — Éducation mutuelle. —
Une antipathie canine. — Les araignées comestibles. — Abstinence
forcée. — Tony se défie de la Providence. — Merle et vautour. — Déjeuner tombé du ciel. — Kart chasseur.   58

CHAPITRE VII

Vocabulaire sauvage. — Les approches de la mauvaise saison. — Maïda
calomniée. — Le chapitre des pourquoi. — Absence de Maïda. —
Désespoir de Tony. — Invocation. — La prière console. — Curiosité
punie. — De l'or. — La grotte merveilleuse. — Tony blessé. — Palais
de cristal et de rubis. — Un prévoyant chasseur. — L'écureuil et le
canard. — Les champignons. — Un beau rêve. — La poule aux œufs
d'or. — Tony jaloux de Kart. — Nouvelle disette. — Fâcheuses extrémités. — Un proverbe à refaire. — La foudre.   72

CHAPITRE VIII

Retour de Maïda. — Provision inespérée. — Encore une nuit orageuse.
— Il faut partir! — La réserve. — Un nouvel hôte. — Exhumation.
— Sinistres présages. — Retour à la hutte. — Aonab. — J'ai faim. —
Maïda en observation. — Nouvelle entrée dans la grotte. — Nouvelle
terreur de Tony. — Surprise. — Précieuse trouvaille. — Une perruque.
— Tony architecte. — Une nuit sans repos. — Étrange friperie. —
La bibliothèque. — Débris de naufrage. — Nous sommes dans une île.
— Palahad. — Un logement pour notre nouvel hôte. — Une idée de
Tony. — Excursions mystérieuses. — Absences de l'architecte. — Une
aiguille. — Le manteau d'arlequin. — Tailleurs et cordonniers. .   88

TABLE 237

CHAPITRE IX

Nouvelle orientation. — Redoublement de précautions. — La terre comestible. — Nouveaux périls — Femmes courageuses. — Vieillards impitoyables. — Les filées sauvages et les autres. — Un compagnon de solitude. — Cocote. — Heureux retour. — Tony rêve perruches. — La stéatite. — Les oiseaux. — Terreur, puis résignation de Maïda. — Un petit mensonge de camarade. — Une maison... en perspective. — Travail inutile. — Brutalité. — Destruction justifiée. 103

CHAPITRE X

Surcroît de provisions. — Les nouveau-nés. — Bons pour des sauvages. — Récit inquiétant. — Eclaircissements. — Mortelles appréhensions. — Dieu! un sermon. — Instruments horticoles. — Martyre moral. — Bonne et religieuse inspiration. — Le paradis. — Le père et les enfants. — Le signe de la rédemption. — Sentiments d'injustice. — Ni oui ni non. — Kart égoïste. — Contribution personnelle. — Propriétaires et cultivateurs. — Défrichement. — Une pie. — La terre appartient à tout le monde. — Rien à prendre, pas de queue. — Triste souvenir. — Revue des provisions. — Fâcheux présages. — Les gros et les petits tonnerres. — Nouvelles pérégrinations. 114

CHAPITRE XI

Un sacrifice. — Les délices du jardin. — Le sable d'or. — La Bible. — Retour des inquiétudes avec la belle saison. — Que n'êtes-vous noir comme nous! — Margot et ses trois enfants. — Toujours l'intelligente pourvoyeuse. — Abi-Abou. — L'aurore d'une bonne nouvelle. — Le démon de la propriété. — La jolie fleur de l'igname. — Une autre vie. — La prière de tous les jours. — Envieux ou jaloux. — Maïda chez ses amis. — Celui que l'on n'attendait pas. — Colère de sauvage. — Le ressuscité. — Une bonne mère. — Zéa. 125

CHAPITRE XII

Le Grand-Esprit. — Le regard d'une mère. — Portrait. — Antipathie de couleur. — Agrandissement de la case. — Nouvelle déception pour Tony. — Repas de famille. — Arsenal de sauvage. — Un peu de coquetterie indigène. 134

CHAPITRE XIII

Les tribus en guerre. — Désolation. — Meurtre. — Cannibalisme. — Évasion. — Origine de la perruque. — La terrible massue d'Onéban. — Une famille vengée. — Joie maternelle. — Les cuisinières anthropophages. — Un peu d'espoir de délivrance. — Haine aux blancs. — Préjugés de caste et de couleur. — Exercice à la lance, au casse-tête, à la fronde. — Apprentissage. — Moquerie. — Le *nbouet*.— Son usage. — Tony effrayé. — Un bon fils. 140

CHAPITRE XIV

Départ de Zéa pour la pêche. — Tristesse de Maïda. — Rendez-vous. — Un doux repos. — Provisions maritimes. — Maïda mourante. — Admirable instinct. — Maïda chrétienne. — Retour et fureur de Zéa. — La croix d'or et le baptême. — Guérison. — De ce jour tu es mon frère. — Nouveaux exercices. — Des armes! — Départ de Zéa. — Dévouement et courage. — Nouvelles inquiétudes. — Tony et sa fronde. — Le corbeau. — Famine. — Hallucinations. 148

CHAPITRE XV

Nouveau sacrifice. — Retour de Zéa. — Il nous serre le nez. — Abondantes provisions. — L'île en émoi. — Les grandes maisons de bois. — Hospitalité promise. — Préparatifs de départ. — Mesures de précaution. — Une prisonnière en liberté. — Adieux aux jardins. — Une dernière caresse. — Marche nocturne. — Première halte. — Thébaïde. — Zéa en observation. — Tout est tranquille. — Le sommet de la montagne. — Panorama. — Deux points noirs. — Joie inexprimable. — Mouvements insolites des naturels. — Les pirogues en sentinelle. — Tout va bien. — Le chant du coq. — Le premier village. — Mesure de précaution. — Une colère du Grand-Génie. 156

CHAPITRE XVI

Dépôt d'armes. — Étape peu avenante. — Un lieu *tabou*. — Tony. — Peur et défiance. — Un pigeon. — La chasse aux guillemots. — Les préférences de Maïda. — Paillettes d'or. — Paysage maudit. — Son influence sur Zéa. — Lamentable histoire. — Zoubéa. — Massacre. — Incendie. — Un second village. — Une nuit affreuse. — Chant matinal. — Précautions minutieuses. — Solitude à trois. — Déguerpissement. 158

CHAPITRE XVII

Près du péril. — Dévotion de Maïda. — Le village s'éveille. — La case du chef. — Toilette des sauvages. — Comment on devient anthropophage. — Manger sa mère. — Les oreilles sauvages et les oreilles civilisées. — L'onébadini, miroir des dames. — Le grand chef sait tout. — Kaï. — Sa mésaventure. — Curiosité de Tony. — Ses conséquences.. . . 178

CHAPITRE XVIII

Nous sommes découverts. — Rumeur dans le village. — Échange de costume. — Cruelle perplexité. — Sages dispositions de Zéa. — Hur-

TABLE   239

lements féroces. — Zéa au-devant du péril. — Arrivée du chef et des
habitants du village. — Colloques. — Mensonges innocents. — Découverte des armes. — Fâcheuse position. — Incident qui la complique.
Oosa. — Le chef. — Sa proie. — La vérité est encore un mensonge. —
Maïda convoitée. — Indécision. — Sursis à l'arrêt de mort. . . . 186

CHAPITRE XIX

Oosa veut nous conduire sous escorte au grand chef Buarate. — Il confisque nos armes. — Nous fait conduire à sa case. — Un enfant rongeant un os humain. — Pourquoi on nous donne à manger. — Costume
de cérémonie d'Oosa. — On nous lie les mains. — Maïda et les femmes.
— Navrant spectacle. — Flagellation de Zéa. — Fureur concentrée.
Les mégères. — Absence du compagnon de misères. — Les coups de
bâton. — Oosa blessé. — Le brancard. — La plaine rocheuse. . . 191

CHAPITRE XX

Ce qu'un apprenti charpentier admire le plus dans un beau paysage. —
Correction. — Une agréable et courte surprise. — Pauvre Kaït! —
Concert vocal et danse. — Chœur infernal. — Tristes prévisions. —
Une rencontre. — La mer. — Indiscrétion punie. — Un repas de chien.
— La dernière étape. — Appréhensions d'Oosa. — Le tigre. — Congé-
diement des femmes. 197

CHAPITRE XXI

Rumeurs étranges. — Les naturels en émoi. — Le village du grand
chef. — Nouvelle bastonnade. — Insultes et menaces. — De quelle
couleur est le sang des visages pâles. — Message infructueux d'Oosa.
— Buarate le grand chef. — Ce que coûte à l'humanité une de ses
colères. — Les blancs dans l'île. — Frayeur de Tony. — Oosa et
Buarate. — Terrible colloque. — Interrogatoire. — Un mensonge. —
Pauvre Maïda. 203

CHAPITRE XXII

Le pouvoir du *tabou*. — Prisonniers chez Buarate. — Le cachot. — Les
hommes forts. — Vigilante gardienne. — Désappointement d'Oosa. —
Sa récompense. — Humiliation du grand chef. — Sommé de comparaître devant les blancs. — Ozoni. — Un peu de liberté. — La musique.
— Buarate. — Bien accueilli à bord des bâtiments français. — Traité
de paix. — La tribu se dispose à recevoir les Français. — Allocution
de Buarate à ses sujets. — Un orateur de l'opposition. 207

CHAPITRE XXIII

Arrivée des Français. — Buarate leur souhaite la bienvenue. — Discours
interrompu. — Épisode inattendu. — Colère de Buarate. — Sublime

dévouement de Malfa. — Nous sommes rendus à la liberté, à nos
compatriotes. — Le drapeau français flotte sur la case de Buarate après
qu'on en a enlevé les trophées des débris humains. — Serment de
Buarate de renoncer à l'anthropophagie et au meurtre. . . . 213

CHAPITRE XXIV

Enfin nous savons où nous sommes. — Une cabine à bord de la corvette.
— Du pain frais. — Audience du commandant. — Excellent accueil.
— Confession générale. — Simples et bonnes paroles. — Travestissements. — Lettre et gracieuse réponse de M. de Montravel. — Surprise
et terreur. 216

CHAPITRE XXV

Cordiale hospitalité maritime. — *La Constantine*. — Libéralité et prévoyance. — Débarquement. — La mission. — Le R. P. Rougeron. —
La chapelle. — Actions de grâces. 221

CHAPITRE XXVI

L'office dominical. — Le double baptême. — L'adoption chrétienne. —
Projets. — Les premières inclinations. — La sainteté du serment. —
Arrivée d'un vapeur français. — Désespoir de Zéa. — Départ pour
Sydney. — Résolution héroïque. 228

8105. — TOURS, IMPR. MAME